WARRIORS

猫武士

三力量

三部曲之②

暗河汹涌
Dark River

艾琳·亨特◎著

张子漠◎译

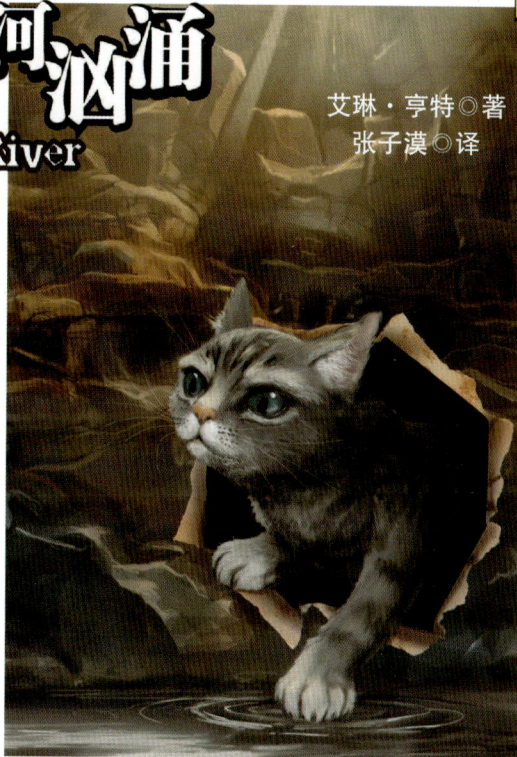

未来出版社

FUTURE PUBLISHING HOUSE

风靡全球的动物励志传奇故事

图书在版编目（CIP）数据

暗河汹涌 /（英）亨特著；张子漠译.—西安：未来出版社，2010.1
（2018.7重印）
（猫武士）
ISBN 978-7-5417-3928-6

I. 暗… Ⅱ.①亨…②张… Ⅲ.儿童文学 – 长篇小说 – 英国 – 现代 Ⅳ.I561.84

中国版本图书馆CIP数据核字（2009）第235839号

猫武士三部曲·三力量②暗河汹涌　Dark River
ANHE XIONGYONG

总 策 划：孟讲儒　冯知明		执行策划：孟讲儒　唐荣跃	
丛书统筹：张忠民　赵党玲		责任编辑：董文辉　孟讲儒　唐荣跃	
版权支持：丁 杰　李 萍		美术编辑：许 歌	
发行总监：孟讲儒　樊 川		营销宣传：薛少华　陈 欣	

出版发行：未来出版社	地　址：西安市丰庆路91号	
邮　编：710082	电　话：029-84287959　84289199	
经　销：全国各地新华书店	印　刷：陕西安康天宝实业有限公司	
开　本：880mm×1230mm 1/32	印　张：10.75	
字　数：190千字	印　数：122001-138000册	
版　次：2015年6月第2版	印　次：2018年7月第17次印刷	
书　号：ISBN 978-7-5417-3928-6	定　价：20.00元	

致中国小读者

中国的猫武士迷们：

你们好！

非常感谢你们阅读我的作品！得知猫武士在全世界都大受欢迎，我感到非常骄傲。这个系列现在已经被翻译成27种语言，我希望能拜访每一个国家，向读者们表达我的谢意，是你们让我的作品风靡全世界。我常居英国，但荣幸的是，我每年都有机会拜访美国，和粉丝们见面，谈一谈我的新书。他们总是提出好多问题！今年我第一次拜访了德国，这次旅程非常特别。我甚至学会了一点儿德语，当然啦，我的口音肯定非常重。

在创作这个系列的过程中，最棒的一件事是：我不必单独工作。我想，你们一定已经知道，并没有一位叫艾琳·亨特的作家了吧。她其实是由我（维多利亚）带领的一个创作团体，另外几位作者分别是凯特·卡里、基立·鲍德卓和图伊·萨瑟兰。凯特和基立和我一样都是英国人，而图伊则是美国人。

我参与了每一本书的创作，搭起故事的框架，创造出其中的人物，然后和另一位作者一起写作整个故事。这种工作方式相当好，因为这样一来，我就不会孤单了！写作可能是一种非常孤独封闭的工作，陪伴你的只有你自己的想象。而通过这种方式，我总能从另一个人那里找到灵感，或是在思维卡住的时候寻求他人的帮助。

　　收到读者的来信，我总是欣喜万分，特别是大家在信中就武士名向我提供各种建议的时候。我已经想了太多太多的名字，再也想不出新的了！而你们总是有绝妙的点子。读者们在来信中也经常会问到同样的问题，我列出了其中一些最热门的问题，及四位艾琳给出的答案（见《猫武士·月光印记》）。希望你们会喜欢！

　　再次感谢你们对猫武士系列的热爱。我向你们保证，将来会继续奉献给大家更多精彩的故事！也许有一天，我会拜访美丽的中国，亲自与你们见上一面！

　　祝你们阖家幸福！

维多利亚/艾琳

献给吉奥夫。
特别感谢凯特·卡里。

绿叶
两脚兽地盘

空地

两脚兽巢穴

两脚兽小径

两脚兽小径

影族营地

半桥

小雷鬼路

绿叶
两脚兽地盘

半桥

小河

小岛

河族营地

被遗弃的两脚兽巢穴

月池

旧雷兔路

雷族营地

空地

风族营地

断半桥

两脚兽地盘

马场

雷兔路

雷族

河族

影族

风族

星族

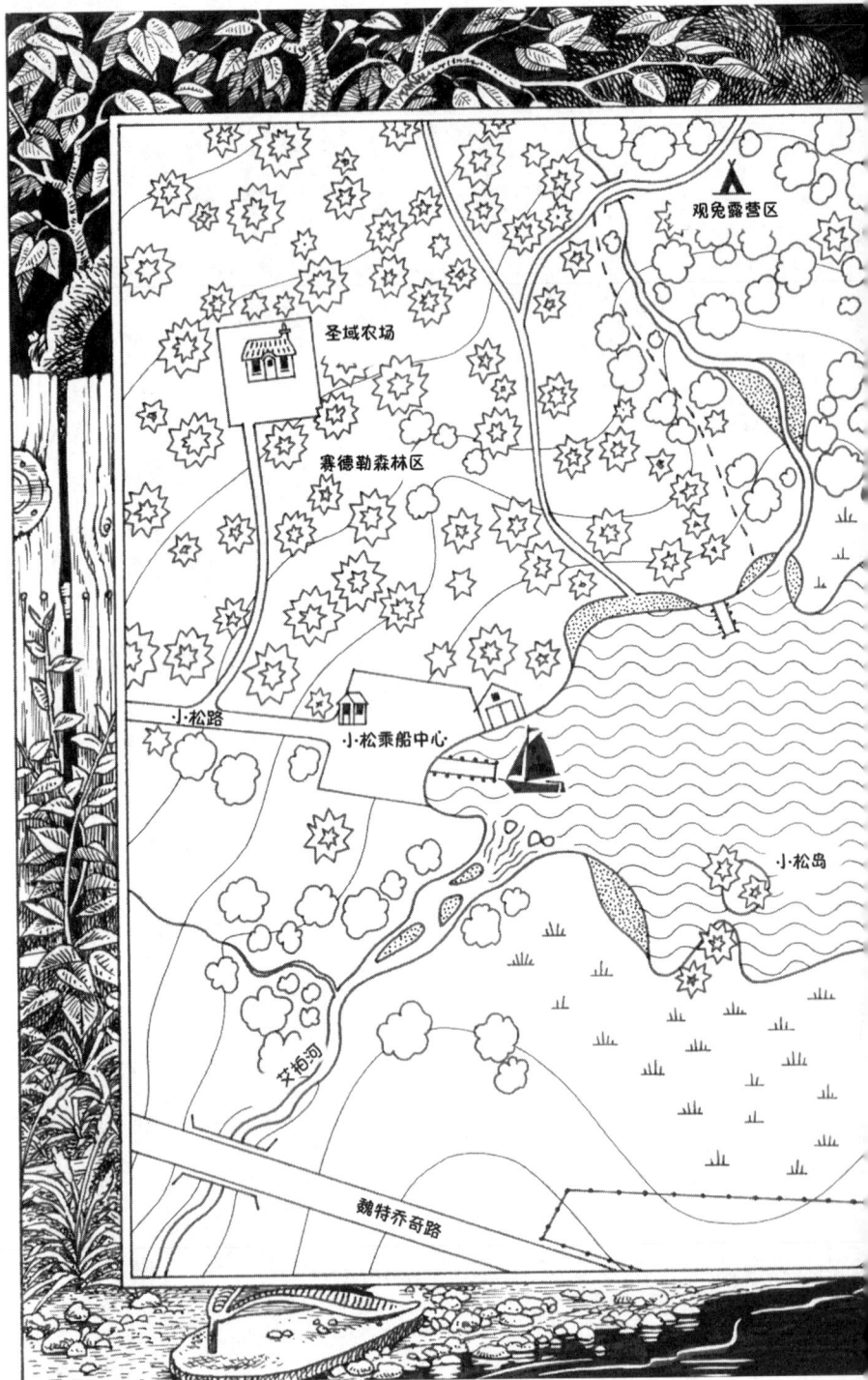

观兔露营区

圣域农场

赛德勒森林区

小·松路

小·松乘船中心

小·松岛

文柏河

魏特乔奇路

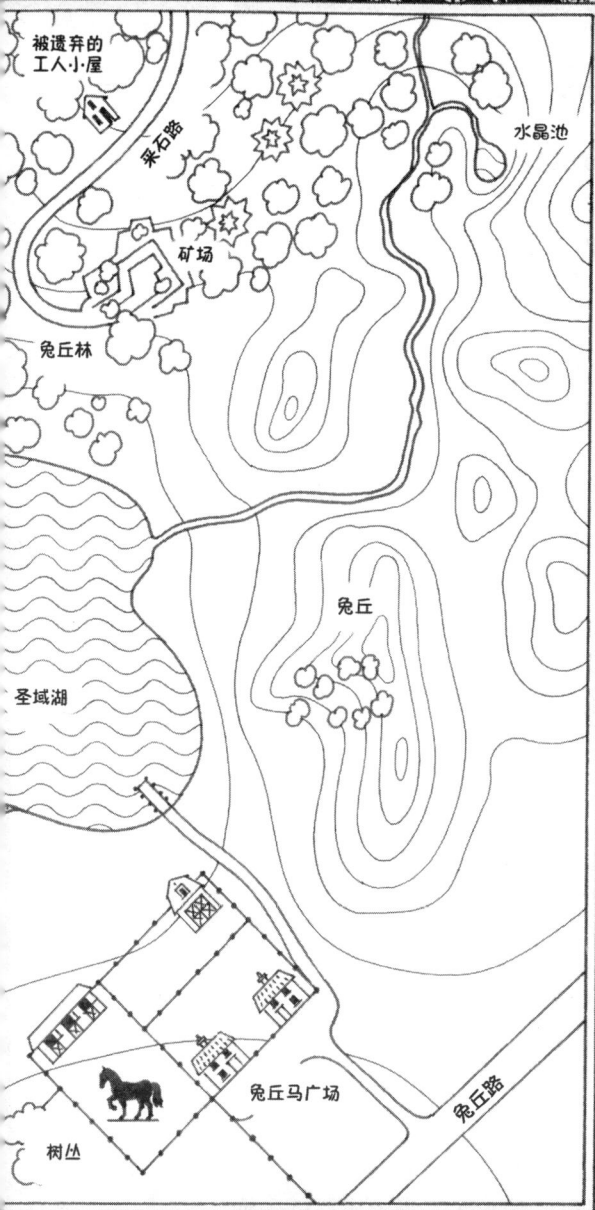

被遗弃的
工人小屋

采石路

水晶池

矿场

兔丘林

圣域湖

兔丘

兔丘马广场

兔丘路

树丛

落叶林区

松树林

沼泽

湖

小路

北

各族成员

雷族(Thunderclan)

族长

    火星:外表英俊的姜黄色公猫。

副族长

    黑莓掌:琥珀色眼睛、暗棕色的虎斑公猫。
         所指导的学徒是莓爪。

巫医

    叶池:琥珀色眼睛、白色脚爪、娇小的浅褐色虎斑母猫。
         所指导的学徒是松鸦爪。

武士(公猫和母猫均可成为武士。)

    松鼠飞:绿眼睛、暗姜色的母猫。

    尘毛:黑棕色虎斑公猫。
         所指导的学徒是榛爪。

    沙风:姜黄色母猫。
         所指导的学徒是蜜爪。

    云尾:长毛白色公猫。
         所指导的学徒是煤爪。

    蕨毛:金棕色虎斑公猫。
         所指导的学徒是冬青爪。

    刺掌:金棕色虎斑公猫。
         所指导的学徒是罂粟爪。

    亮心:白色带姜黄色斑点的母猫。

    蜡毛:深蓝色眼睛、灰白色带深色斑点的公猫。

所指导的学徒是狮爪。

栗尾：琥珀色眼睛、玳瑁色加白色的母猫。

暴毛：琥珀色眼睛的深灰色公猫。

蛛足：琥珀色眼睛、四肢修长、肚子是棕色的黑色公猫。
所指导的学徒是鼠爪。

溪儿：棕色虎斑母猫。

白翅：绿眼睛的白色母猫。

桦落：浅棕色虎斑公猫。

灰条：纯灰色长毛公猫。

米莉：体态娇小的银色斑纹母猫。

学徒（六个月以上的猫，正在接受武士训练。）

莓爪：乳白色公猫。

榛爪：娇小的灰白相间的母猫。

鼠爪：灰白相间的公猫。

煤爪：灰色母猫。

蜜爪：浅棕色母猫。

罂粟爪：玳瑁色母猫。

狮爪：琥珀色眼睛的金色虎斑公猫。

冬青爪：绿眼睛、黑色母猫。

松鸦爪：蓝眼睛、灰色虎斑公猫。

猫后（正在怀孕或照顾幼猫的母猫。）

香薇云：绿眼睛、身上有深色斑点的浅灰色母猫。

黛西：乳白色的长毛母猫。

长老(退休的武士和退位的猫后。)

　　长尾:苍白带有暗黑色条纹的虎斑公猫,因视力减退而提
　　　　　前从武士岗位退休。

　　鼠毛:娇小的深棕色母猫。

影族（Shadowclan）

族长

　　黑星:白色大公猫,脚爪巨大黑亮。

副族长

　　黄毛:暗姜黄色母猫,曾为泼皮猫。

巫医

　　小云:个头非常小的虎斑公猫。

武士

　　橡毛:小个子的棕色公猫。

　　烟足:黑色公猫。

　　　　　所指导的学徒是鹰爪。

　　花楸掌:姜黄色公猫。

　　　　　　所指导的学徒是常春藤爪。

猫后

　　褐皮:绿色眼睛的玳瑁母猫,花楸掌的伴侣。

长老

　　杉心:暗灰色公猫。

风族（Windclan）

族长

    一星：棕色虎斑公猫。

副族长

    灰脚：灰色母猫。

巫医

    青面：短尾棕色公猫。

        所指导的学徒是隼爪。

武士

    裂耳：虎斑公猫。

        所指导的学徒是兔爪。

    枭羽：亮棕色虎斑公猫。

    鸦羽：蓝眼睛的灰黑色公猫。

        所指导的学徒是石楠爪。

    白尾：小个头白色母猫。

        所指导的学徒是风爪。

    夜云：黑色母猫。

    鼬毛：白色脚掌的姜黄色公猫。

长老

    晨花：花斑母猫。

    网脚：暗灰色虎斑公猫。

河族（Riverclan）

族长

　　豹星:身上长有醒目的金黄色斑点的虎斑母猫。

副族长

　　雾脚:蓝眼睛的暗灰色母猫。
　　　　　所指导的学徒是斑爪。

巫医

　　蛾翅:琥珀色眼睛、漂亮的金色虎斑母猫。
　　　　　所指导的学徒是柳爪。

武士

　　黑掌:棕黑色虎斑公猫。
　　芦苇须:黑色公猫。
　　　　　　所指导的学徒是扑爪。
　　藓毛:玳瑁色母猫。
　　　　　所指导的学徒是卵石爪。
　　田鼠齿:娇小的棕色虎斑公猫。
　　　　　　所指导的学徒是鱼爪。
　　榉毛:浅棕色公猫。
　　涟尾:深灰色公猫。

猫后

　　曙花:浅灰色母猫。

长老

　　巨步:强壮的虎斑公猫。

引　子

夜色清冷，一片靛蓝笼罩着荒野。

晚风拂过石楠花丛，山腰上荡起阵阵涟漪。低矮的灌木丛中，一群猫若隐若现，从山坡上鱼贯而下。微风抚平了他们身上的毛发。

其中，一只虎斑猫后和一只年轻英俊的公猫并肩而行："你确定你已经做好准备了吗？"

"我已经准备好了。"年轻公猫答道，他碧绿的眼眸在月光下闪闪发光。

"你是我的长子，落叶，"猫后低声说，"也是我第一个接受如此严峻考验的孩子。"

"我不会有事的。"

"他训练有素。"一个声音从后面传来。

"只凭训练，一只菜鸟还经受不了什么风雨！"另一声咆哮旋即响起。

落叶抬头注视着天空："但天空还是很晴朗。"

"告诉你吧，我闻到了山雨欲来的气息。"

顿时，警觉的喵声在猫群中蔓延开来。

"天空很晴朗。"落叶从石楠花丛中走出来，他停下脚步，坚持说道。月光洒落在他黄白相间的毛发上，族猫们摇着尾巴，接踵而至。他前爪下的山坡陡峭地直切下去。在这片长年累月经受风雨洗礼的荒野上，地底的岩石都裸露出来了，鳞次栉比地环绕着摇曳的石楠花丛。

"祝你好运，菜鸟！"

落叶跃下崖壁，轻盈地落在沙地上。他的母亲紧跟着攀爬而下："小心点！"

落叶和母亲蹭了蹭鼻子。"黎明时再见。"他允诺道。

前方，一条黑黢黢的深沟如同悬崖上的一道伤疤，赫然张开。落叶脊背上的毛竖了起来，他之前从未去过那里——只有被选中的猫，才能进入那个山洞。

他抬起脚步，朝前走去，黑暗逐渐将他吞没。这儿应该有点光亮照路才对！他心里像揣了条被抛上岸的鱼，忐忑不安，但他努力压抑住了内心的恐惧。

"那条通道会指引你找到那个山洞，"老师的话语在心底回响，"用你的胡须引导自己。"

落叶颤动着胡须，并专注于它轻微的触觉，以引导自己在狭窄的通道中前行。

突然，前方闪现出一道微光，通道拓展成了一个洞穴。月光

从洞顶的缝隙中透进来，并映照出拱形的墙壁。岩石周围传来一阵湍急的流水声。

有一条河？一条地下河？

落叶紧盯着眼前那条将沙地一分为二的宽阔河流，在若隐若现的光线中，浓墨般的流水闪烁着暗淡的光芒。

"落叶？"

一个低沉而沙哑的喵声吓了年轻公猫一跳。他猛地抬起头来，只见一只动物蹲在岩架上，月光洒落在他的四周。落叶的瞳孔不由得收缩起来。

他就是岩石吗？

他披着一身田鼠般的皮毛，毛发十分稀疏，只有脊背上还剩下几绺。他那双空洞的眼睛瞪得像一枚鸡蛋，细长而弯曲的爪子抓着一段光溜溜的树枝。树枝的皮被剥掉了，即便在如此暗淡的光线下，落叶依然看到上面布满了爪印——密密麻麻的直线刻满了苍白的树枝。

他肯定就是岩石。

"我能感到你的惊讶。"那只瞎眼动物嘶哑地说道，"它像金雀花一样刺痛了我。"

"对——对不起。"落叶向他道歉，"我只是没想到——"

"你只是没想到一只猫居然长得这么丑！"

落叶感到后背有点发凉。岩石能读懂他的心？

"一只猫需要阳光、暖风来滋养他的毛发，还需要愉悦的捕猎来磨砺他的爪子。"岩石继续说道，他的声音听起来如同岩石在相互摩擦，"但我必须守护着我们的武士祖灵，他们就在这片土地下安息。"

"对于这件事，我们很感激您。"落叶毕恭毕敬地小声说道。

"别感谢我。"岩石咆哮道，"这是我不得不遵守的使命。还有，一旦你开始了解，就不会这么感激我了。"他一边说着，一边把一只长长的爪子移到树枝上光滑的地方，轻轻一划，另一条直线就显现出来，与之前的直线交叉，但不是全部。"没有交叉的直线，代表的是那些进入通道却没能再出去的猫。"

落叶盯着洞穴旁的那些黑洞，它们就像等着吞噬一切的大嘴。如果它们不是通向外面，而是暗藏凶险，那到底会通向哪里呢？"群猫都是从哪些通道进去的？"他问道。

岩石摇了摇头说："我不能告诉你。我只能在你上路时，祈求我们的祖灵保佑你。"

"一点建议都不能给我吗？"

"通道里没有光，你只能靠直觉。跟着自己的直觉走，如果直觉是正确的，那你就安全了。"

"万一不正确呢？"

"那你就会死在黑暗中。"

落叶耸了耸肩膀："我不会死的。"

"希望如此。"岩石喵道，"你知道你再也不准回到这个洞穴了吗？你必须找到一个通往外面旷野的通道。外面下雨了吗？"

他突然问道。

　　落叶僵住了，他是否应该告诉岩石，空气中满是山雨欲来的气息？不，那样岩石就会让他改天再来的。他已经等不及要成为一名利爪了，他现在就想做到。"天空很晴朗。"他回答道。

　　岩石再次将脚掌挪到树枝上满是刻痕的地方："那就开始吧。"

　　在岩石所处的岩架下，有一条通道。它比其他通道宽敞，而且走势看起来是向上的，似乎直通上方的旷野。落叶将目光锁定那里，这条通道将是他的选择。

　　落叶的心怦怦直跳，他跃过河流，钻进了刺骨的黑暗之中。

　　但愿黎明来临时，我就是一名利爪了，他的毛发兴奋地竖了起来。

第一章

"当心！"松鸦爪抽动着尾巴叫道，"影族就在我们身后。"

冬青爪猛地转了一圈，黑色的毛发根根竖立："我来解决他们！"

狮爪瞥了弟弟一眼，问道："你闻到什么了，松鸦爪？"

"更多的武士正赶来！"灰色虎斑猫警告道，他失明的湛蓝色眼眸中充满了警觉，"马上准备攻击！"

"等他们通过营地围墙时，我们伏击他们！"狮爪命令道。他又将头转向冬青爪问道："你能解决他们三个吗？"

"小儿科！"冬青爪打个滚后，站了起来，她的爪子在午后的阳光下闪闪发光。

狮爪突然猛地向前冲去，他在刺篱旁蹲伏下来，低声喊道："快，松鸦爪，到我旁边来。"

松鸦爪飞奔过去，并摆好攻击姿势："他们来了。"

一名虎斑武士快步穿过了通道入口。

"攻击！"狮爪尖叫道。他猛地扑向那名武士。松鸦爪则蹿到

了敌人的脚掌间。入侵者惊呼了一声,被绊倒在地上,狮爪立即跳到他身上。

"够了!"松鼠飞尖利的喵声传遍了小小的空地。

狮爪停止了对黑莓掌的攻击,望着自己的母亲,她正从荆棘围篱的缺口处匆匆赶来。"可是我们在练习攻击影族耶!"狮爪咕哝道。

松鸦爪也停下来抱怨道:"我们就快赢了。"

黑莓掌站起来,将狮爪抖落到地上。"不错的伏击。"他喵呜道,"但你们知道吗,你们本不该在这儿演习的。"

狮爪滑倒在地上。"可这里是唯一一个能出其不意攻击敌人的地方。"他恼怒地说。他看着刚完工一半的巢穴,荆棘围篱从武士巢穴的一侧突了出来。一旦树枝被推到上边,形成屋顶,那么新旧巢穴将被连接在一起。

冬青爪朝他们走来,将自己假想的敌人抛诸脑后。"我们没有妨碍到任何猫。"她说。她的毛发逆风飞扬。新叶季的阳光带走了山谷中的寒冷,午后,山上吹来的微风让狮爪意识到,秃叶季已经过去一周了。

"如果所有的学徒都在这儿演练格斗技巧,那会怎样?"松鼠飞质问道,"围墙随时会被毁掉,而桦落和灰条的辛勤劳动将付诸东流。"

"在你们和其他学徒成为武士之前,我们需要扩建武士巢穴。"黑莓掌补充道,"现在的武士巢穴已经太拥挤了。"

"好啦,我们明白了!"松鸦爪扬起下巴,他的毛发逆风飞扬,上面沾满了树叶残片。

"你看看你!"松鼠飞舔了舔松鸦爪的耳朵,"把自己弄得脏兮兮的。"她责备道,"我们一会儿就要去参加森林大会了。"

狮爪没等母亲开始数落自己,便赶紧清理胸前的枯叶碎末。

松鸦爪低头避开了母亲的舔舐。"我自己能清理,你知道的。"他抱怨道。

"别管他们了。"黑莓掌对伴侣喵呜道,"我相信,在我们离开之前,他们能把自己弄干净。"

"我们当然能!"松鸦爪保证道。让其他族群的猫看到他像只刺猬的样子,门儿都没有。这是他们三个第一次一起去参加森林大会。"这个机会我们已经等了好几年了。不是吗,松鸦爪?"

松鸦爪弹了弹尾巴,开心地叫道:"喔,你说对了。"

狮爪攥紧了爪子。为什么弟弟总是这么浮躁?不过话说回来,松鸦爪当然会期待了。这是他有生以来第一次去参加森林大会。他已经错过了前两次,一次是因为被惩罚不准参加,一次是因为巫医职责脱不开身。狮爪太了解弟弟了,他知道做一切其他猫能做到的事情,在弟弟看来是多么重要,包括去参加森林大会,哪怕他是一只盲猫。

"快点!从这儿出去,别让火星看见!"松鼠飞命令道,将自己的孩子轰到了围墙缺口处,"去猎物堆找点吃的,将有一整个漫长的夜晚要度过呢。"

一想到森林大会，狮爪的尾巴就兴奋地抽动起来。他似乎已经闻到了小岛上松树的味道。

但冬青爪的眼里充满了忧虑："我希望，其他族群别再找我们的麻烦了。你们谁知道米莉会不会去？或许这一次，她应该留下来。"

两个月前，灰条回来时，带来了他的新伴侣米莉。米莉是他被两脚兽捉去时认识的一只宠物猫，灰条像训练武士一样训练她。在回族群的路上，她陪着灰条度过了漫长而艰险的旅程，最终在湖边找到了失散多年的族群。米莉宠物猫的出身很容易成为其他族群攻击的目标，而且在雷族，她也不是唯一一只因为非族生而遭到嘲弄的猫了。

"米莉能照顾好自己。"松鼠飞说道。

"而且大赛似乎也让事情缓和了一些。"黑莓掌补充道。

"但能维持多久呢？"冬青爪喵道。狮爪知道，妹妹从来就没有完全相信，白天的森林大会能真正弥合族群间的裂痕。四族进行了友好的竞赛，他们测试打斗技巧，派出学徒斗智斗勇，企图抛开相互间的不信任，缓和边界上的紧张气氛。然而，狮爪却是因为其他原因而记住了那一天：他和风族学徒风爪掉进了獾洞，差点儿因沙土掩埋窒息而死，幸亏松鸦爪及时找到了他们。

"你总是杞人忧天。"松鸦爪朝冬青爪哼道，"就像和一只焦躁的猫头鹰住在一起似的。"

"新叶季已经来临了。"松鼠飞指出，"周围的猎物多了起来，因此族群间的矛盾也会少一些。"

冬青爪瞥了松鸦爪一眼，喵道："有些猫就算饱食终日，依然还是个刺头儿。"

"别说了。"松鼠飞用鼻子戳了戳冬青爪，"去吃点东西吧。"

"我只是实话实说！"冬青爪朝前走去，但松鸦爪却从她身旁冲了过去。她发出一声尖叫，怒视着冲向巫医巢穴的松鸦爪的背影。"他咬我！"

狮爪抽动着胡须。"你单掌就可以击败三名影族武士，"他嘲弄道，"但你弟弟的一小口，就让你叫得像只小猫似的。"

冬青爪用尾巴弹了弹狮爪的鼻头："你也尖叫过啊。"

"自从离开育婴室后，我就再也没有尖叫过！"

冬青爪调皮地眯起眼睛："不然我咬你一口试试，看你有多勇敢？"

"但你首先得抓到我。"

狮爪猛地跑开了，冬青爪紧追不舍。

"给你！"狮爪在猎物堆旁停住脚步，冬青爪赶上时，他将一只老鼠朝她扔了过去，"你还是咬它吧，别咬我了。"

满月高悬，夜空清澈湛蓝。前方，小岛从湖面显现出来，娇嫩的枝叶遥指着星空。

狮爪和冬青爪并肩而行，跟随族猫走在铺满卵石的沙滩上。狮爪又瞥了松鸦爪一眼，弟弟走在叶池身边，正抽动着鼻子，嗅

闻陌生的大地。叶池也不时地碰碰松鸦爪,提醒他避开尖利的石头和突出的树根。

她向松鸦爪提到过树桥吗?它可不是一般的湿滑,狮爪第一次过桥时,就差点儿掉下去。

冬青爪在狮爪身旁喵道:"就要见到柳爪了,真开心。"

"柳爪?"他心不在焉地重复道。在森林大会上,狮爪只想见到一名学徒——石楠爪,那位漂亮的风族学徒有着如烟般湛蓝的双眼。他轻轻地叹息了一声。

"你在想什么?"冬青爪戳了他一下,"怎么神不守舍的?"

"呃,松鸦爪。"他飞快地喵道,"我在想他能否通过树桥。"

"别让他听到你的话。"冬青爪警告道。

狮爪突然感到脚下有水渗出来。火星已经领着他们来到了河族边界旁的沼泽地。沙风紧跟着他,黑莓掌和松鼠飞走在米莉和灰条身旁,桦落和尘毛则跟在他们身后,正说着悄悄话。榛爪正听她的老师讲话,而莓爪则挤来挤去地嗅着草丛,好像随时都可能冲出去逮点什么回来。

"这儿是河族的领地。"冬青爪小声说道,她提醒莓爪,在别族领地捕猎是被禁止的。

"我知道,"莓爪回嘴道,"看看又没什么关系。"

"如果你只是看看,那就没关系。"

突然,灰条发出一阵响亮的喵呜声。"火星?"他叫道,"看来冬青爪准备挑战你的领导权威呢。"

狮爪瞥了妹妹一眼，难道灰毛武士在委婉地提醒她，别这么爱指手画脚吗？

"她可以挑战一切她想要挑战的。"火星喵呜着回答道，"但我觉得，在她长得更大点儿之前，我是不用担心的。"

"嘿！"冬青爪恼怒地抖了抖毛发，"我只是提醒他而已！"

火星在树桥那水蛇般的树根旁停了下来。树枝上，风族和影族的气息依然新鲜，他们肯定已经到了。狮爪竖起耳朵，听到了岛上隐约传来的喵声。沙风敏捷地跳上树桥，穿过残枝和树结，到达了对岸。其他的猫鱼贯而过。狮爪却退到后面，冬青爪紧跟着榛爪，跳上了树桥。

"你不过来吗，狮爪？"她稳住身体喵道。

"当然要过来。"狮爪回答道。

"他在等我先过去，以确保我不会掉进水里。"松鸦爪在他身后喵道。

"只是因为我第一次差点儿掉下去。"狮爪赶紧解释道，"如果你不知道在哪儿落脚的话，会很麻烦。"

松鸦爪够到了纠结的树根，并开始用他的前爪探路。

"这儿不是太高。"叶池喵道，她越过松鸦爪，跳上了树干。

松鸦爪抬起鼻子嗅了嗅，以此判断他与老师的距离。然后他直起身，爬到她身旁的树干上。突然，他的前爪在身子底下滑了出去。

松鸦爪侧滑出去时，狮爪的心都快跳出来了。叶池猛地冲过

暗河汹涌
DARK RIVER

去，但松鸦爪已将爪子插进了残损的树皮中，稳住了自己，他正摇摆着尾巴，重新找回平衡。在他身下，黑色的流水一如既往地拍打着湖岸。狮爪赶紧跃上树干帮忙，此时，松鸦爪已越过他的老师，沿着树干朝前走去。叶池蹲伏下来，紧张而安静地等待着，万一松鸦爪再次滑倒，她好跳过去帮忙。盲眼学徒凭着自己的感觉，在树桥上一步一步，缓慢地走着。

"跳到这边来，松鸦爪！"冬青爪在湖岸的另一边喊道，"沙地有点软，但很宽阔。"

松鸦爪跳了下去，落地时有点笨拙，但他立刻站直了身子。

狮爪长长地舒了一口气。

"快点，狮爪！"

莓爪正试图从他身旁挤过去——狮爪跳上树干时，挡住了他的去路，而莓爪跳上来时，树干却颤动起来。

"快点！"莓爪又一次催促道。

狮爪感到，莓爪的鼻息就在自己的脚后跟，正催促自己往前走。他用爪子牢牢地抓住树干，沿着树桥朝前爬去。

"没必要着急。"蕨毛警告的喵声从身后一条尾巴远的地方传来，但莓爪一直在狮爪身后催促着。

"别晃来晃去的——"

那名学徒的喵声突然变成了一声惊叫。狮爪回过头，瞥见莓爪从树干上滑了出去，他乳白的皮毛朝着漆黑的湖水往下坠。

蕨毛猛冲过来，抓住了莓爪的脖子。莓爪扭动着身体，四只

013

爪子在空中乱蹬,蓬松的乳白色尾梢在水面拂起一阵涟漪。

"抓住别动。"蕨毛咬紧牙关喝道。金色武士皮毛下的肌肉突起,他将莓爪拖上了树干。"我告诉过你别急的!"

狮爪眨了眨眼。"感谢星族,掉下去的不是我。"他转过身,慢慢地走完了剩下的路。河族的气息从湖岸上飘了过来,他们的队伍肯定正朝湖边走来。狮爪扫视了一圈湖的四周,却没看到他们的身影。

"大家都准备好了吗?"当狮爪、莓爪、蕨毛和蜡毛终于跳上沙滩时,火星叫道。

族猫们点了点头。火星甩了甩尾巴,发出信号,于是大家朝树林走去。

狮爪看着冬青爪黝黑的皮毛消失在蕨丛中,便脚跟痒痒的,想要冲过去跟上她,但松鸦爪却没有丝毫动作,他只是盯着树林看。他紧张了吗?

"只有蕨丛。"狮爪安慰道,"直接穿过去就行了。这里离空地不远了。"他把尾巴放在松鸦爪的腰上,感到了弟弟皮毛下那结实的肌肉。

"你们两个快点!"冬青爪从蕨丛中折回来,"还在磨蹭什么啊?"

"我只是在想该从哪儿走而已。"松鸦爪弹了弹尾巴,朝前走去。

狮爪跟着弟弟,朝空地走去,蕨丛坚硬的锯齿叶刮擦着鼻

子,但他依然能感到脚下柔软的新叶缠绕在一起。"新叶季的新叶。"

"影族和风族正在空地上等着呢,"冬青爪回头叫道,"但河族还没到。"

"他们已经在路上了,"狮爪喵道,"我在树桥那儿闻到了他们的气味。"

松鸦爪仰起鼻子,嗅了嗅:"你说得对。"他抽了抽胡须,"但似乎有点儿不寻常……"

狮爪张开嘴巴,又嗅了嗅河族的气息,可对他来说,似乎并没什么不同。"可能是他们吃鱼吃多了吧。"他猜测道。

"我们只需要确保能打败他们就行啦。"冬青爪催促他们赶紧穿过蕨丛。

一进入空地,松鸦爪便停下来嗅了嗅。"大会上每次都有这么多猫吗?"他小声问道。

狮爪注视着拥挤在空地上的武士、学徒和巫医,对他来说,这就是一次寻常的森林大会。"石楠爪来了吗?"他心想。

"嘿!宠物猫!"

风族母猫白尾朝米莉冲了过去,她的学徒风爪贴着耳朵,紧跟在她身后。狮爪伸出爪子,准备保护自己的族猫。

"嗨,米莉!"白尾和米莉蹭了蹭鼻子,并将尾巴缠在她的尾巴上,俨然一对老朋友的样子。

狮爪收回了爪子。

"她们认识吗？"冬青爪喘息道。

狮爪耸了耸肩。

风爪瞪大眼睛，盯着自己的老师。白尾后退了几步，温暖地朝米莉眨了眨眼。"谢谢你在大赛上给我们的兔子。"她喵呜道，"你和族猫一样慷慨。"

米莉低下头。"那是个分享的日子。"她喵呜道。

"看起来，大赛还是有点用的。"冬青爪对狮爪小声说道。

但另一名风族武士裂耳却眯起眼睛，盯着米莉，很显然，他并不喜欢族猫跟一只宠物猫交谈。黄毛也定定地注视着米莉，浑身的毛发直竖，她俯身在一只族猫的耳边嘀咕着什么。

风爪什么也没说，只是从老师身边轻轻地走了过去，挤进了拥挤的空地。莓爪和榛爪正跟影族和风族的一群学徒交谈着。风爪加入他们时，狮爪激动得连毛发都颤抖起来。石楠爪那灰白的虎斑毛发，会出现在这一片混乱的皮毛中吗？

他看不到她。

"你为什么看起来这么失望啊？"松鸦爪问道。

狮爪盯着他，支支吾吾地说："失——失望？"松鸦爪总能猜到他的心思，真是不可思议，"我没有失望！"

"连一只远在荒野上的老鼠，都能听到你的尾巴敲打地面的声音。"松鸦爪喵道。

"我很期待见到某只猫。"狮爪坦白道。

冬青爪好奇地竖起了耳朵："石楠爪？"

"好啦,你不是也很希望见到柳爪吗?"他反驳道。冬青爪指责的语气令他的毛发竖了起来。

"这是不一样的。"

"是一样的!"狮爪争辩道,"我们只是朋友。"他正说话时,突然闻到了一股熟悉而温暖的气息。石楠爪正穿过空地,朝他飞奔而来。

"狮爪! 原来你在这儿! "

狮爪感到心跳骤然加速,随即不安地瞥了松鸦爪一眼。他不会也听到自己的心跳声了吧? 就好比好东西得藏起来慢慢品尝一样,狮爪压抑住内心的兴奋。"你好,石楠爪。"他酷酷地喵道。

"听你的语气,好像不太高兴见到我啊。"风族猫抽动了一下耳朵,"整个月来,我都在拼命表现自己,以请求鸦羽别把我留在营地。"

狮爪突然对自己假装漠然感到很愧疚,但随即又很恼怒,为什么要愧疚呢?她只是一个朋友而已。"我很高兴你做到了。"他平静地喵道。

冬青爪走到他前面,和石楠爪碰了碰鼻子。"星族又给我们披上了漂亮的衣裳。"她客气地喵道。

"你把你弟弟带来啦!"看到松鸦爪时,石楠爪的眼睛亮了起来。嫉妒像冰冷的水一样,沿着狮爪的脊背流淌下来,他祈祷松鸦爪将他从塌陷的獾洞救出来时,石楠爪千万别在附近。

当松鸦爪激动而暴躁地对石楠爪说"没有谁带我来,我是和自己的族群一起来的"时，他简直有点感激涕零了。

"那是自然。"石楠爪立即喵道，"我很抱歉，我知道你自己能来。只是——"

"松鸦爪！"叶池的叫声将石楠爪从尴尬的解释中救了出来，"到我们这儿来！"她正和青面坐在一起。

看着松鸦爪挤向其他巫医，狮爪对石楠爪喵道："别理松鸦爪了，他的脾气和獾一样坏。"

"谁的脾气坏啊？"

狮爪立即回头，查看是谁在发问，当看到风爪正朝他们走来时，他的心又擂起鼓来。

"你不会再跟这两只笨猫说废话了，对吗？"这位风族的黑毛学徒在石楠爪身旁坐了下来，"常春藤爪和鹰爪刚刚向莓爪挑战了，他们要比比，看谁跳得更高。"他舔了舔前爪，然后伸到耳朵后。

"那你干吗不去看看啊？"石楠爪问道。

"你干吗不和我一起去呢？"一抹挑衅的神色浮上风爪的眼眸。

狮爪听到蕨丛中传来一阵窸窣声，一股熟悉的气味飘了过来。"河族来了。"他喵道。

冬青爪在他旁边踮起脚尖，看到河族列队进入了空地。

似乎有点儿不对劲。河族猫都低垂着尾巴，紧贴着耳朵。松鸦爪之前说过的话在狮爪耳朵里嗡嗡作响。"似乎有点儿不寻

常。"

冬青爪眯着眼睛说："豹星看起来不大高兴。"

那只虎斑母猫正和火星碰鼻子问候，但尾巴却不耐烦地弹动，目光也在空地上游移不定。

"冬青爪！"柳爪离开队伍，匆忙跑过来和冬青爪打招呼，"我不能多待。"巫医学徒上气不接下气地说道，"我必须到蛾翅那边去。我只是想过来和你打个招呼。"

"没事吧？"冬青爪问道，"我是指你的族猫，你们看起来都有点儿——"

就在这时，鸦羽走过来加入了他们。狮爪沮丧地抽动着胡须。难道他就不能和石楠爪单独待一会儿吗？

"石楠爪，"风族武士轻快地对他的学徒说道，"你干吗不去和其他族群的学徒聊聊呢？这是一个了解其他猫的大好机会。"他的目光从狮爪和冬青爪身上扫了过去。

"快点，"风爪催促道，"我们去看看常春藤爪是不是跳得比莓爪高。"

狮爪眼睁睁地看着鸦羽和风爪将石楠爪带走，他用尾巴狠狠地抽打着落满厚厚针叶的地面。

"所有的族群都到星族下方集合！"

黑星嘹亮的喵呜声在大橡树下响起。四族族长已经在最低的枝丫上一字排开，月光映照着他们的剪影，他们的眼睛在阴影里闪闪发光。冬青爪匆忙跑到族猫中间，在蕨毛身旁坐了下来；

狮爪紧跟着她,挤到她前面,坐到了蜡毛身旁。

"嘿!"冬青爪小声说道,"你把脑袋低下来一点儿,我还想看呢!"

狮爪低下头,并突然意识到自己已经比妹妹个头儿大了。在过去的几个月里,如果说其他方面没有超过妹妹的话,但最起码个头儿是超过她了。

"影族带来了好消息,"黑星宣布道,"褐皮生下了幼崽。"

猫群中响起了祝贺的喵声,松鼠飞的声音最响亮:"干得好,褐皮!"

黑星继续说道:"他们被命名为小火、小曙和小虎。"

听到小虎这个名字,年长的猫纷纷压下了喉咙里的喵鸣声。狮爪不安地眨了眨眼。虎星已经是一个很久远的记忆了,可为什么还能吓到大家呢?族猫真是跟猫头鹰一样迷信!

"如果他们是褐皮的孩子,"狮爪回头对冬青爪小声说道,"那就是我们的亲戚。"在其他族群里有亲戚,总是感觉怪怪的。他第一次试着想象自己的父亲是如何看待褐皮的。虽然褐皮已在另一个族群找到了归宿,但她依然是父亲的妹妹。黑莓掌曾在战斗中面对过她吗?

"还有什么要汇报的吗?"火星的声音将狮爪从梦中惊醒过来。

"我错过什么了吗?"狮爪回头瞥了妹妹一眼。她摇了摇头,但眼里写满了担忧。

　　黑星把尾巴盘在脚掌上，看起来一副心满意足的样子。一星将头从雷族族长那儿转了过来，示意他没什么要说的。

　　火星点了点头说："雷族也一切都好。"他又转向河族族长，"豹星？你还没和大家分享河族的信息呢。"

　　"没什么好分享的。"她粗暴地说道，"鱼又回到湖岸边了，猎物也比较充足。我的族群很好。"

　　"听到这个我很高兴。"火星回答道。

　　"那么森林大会到此结束吧。"豹星宣布道。

　　族长们从枝丫上跳下来后，各个族群便开始从大橡树下退场。狮爪伸了个懒腰，一动不动地坐着，他感觉有点冷。

　　榛爪用鼻子顶了顶他。"影族多了三只小猫！"她喵道，"我们以后得更加刻苦训练才行。"说完，她便跟着族猫穿过了空地。

　　狮爪匆忙跟上她："但他们还只是小猫。"

　　"小猫长大了，就是武士！"榛爪提醒他。

　　狮爪感到冬青爪靠近了自己，她的皮毛在颤抖。"你觉得，我们将来会和他们战斗吗？"她焦虑地小声说道。

　　"现在别谈论战斗的事了。"松鼠飞来到他们身边，无意间听到了冬青爪的话，"对每个族群来说，多了三只小猫都是值得祝贺的事。"很明显，她对褐皮的好消息感到十分高兴。

　　叶池带着松鸦爪赶了上来："上次见到褐皮时，我就注意到她怀孕了。"

　　松鼠飞吃惊地看着她："可是你从来都没提起过啊。"

"星族还没显示征兆，我说出来不合适。"叶池回答道。

"这根本就不关你们的事！"一声粗鲁的喵声吓了众猫一跳。

狮爪回过头来，看到一名姜黄色的影族武士正眯着眼睛盯着他们。他是花楸掌。

松鼠飞直视着他的眼睛说："恭喜你，花楸掌。星族保佑你有了三个健康的孩子。"

他一定是小猫的父亲。

花楸掌撇了撇嘴。"三只健康的出生在族群里的小猫。"他低声咆哮道。

"如果他们对生养自己的族群忠诚的话，那真是星族的恩赐。"松鼠飞尖锐地回应道。她发怒了。

花楸掌发出一声低沉的咆哮。

叶池赶紧走到两名武士中间劝解道："你们没必要吵架。"

"他只是说出了事实。"

"谁在说话？"狮爪猛地将头转过去，"风爪！"

风族学徒正站在他父亲身旁。

鸦羽凝视着叶池，目光炯炯地说："风爪，别忘了，雷族实际上是以混血猫闻名。"

叶池像是被鸦羽扇了一耳光似的，猛地转过头去，然后便匆匆离开了。

"他的行为就像是雷族做错了什么事一样！"狮爪伸出爪子，但随即感到母亲的尾巴放到了他的腰上。

"一起走吧,狮爪,别忘了休战协议。"松鼠飞紧挨着狮爪,朝空地边缘走去,拉着他离开了鸦羽、风爪和花楸掌。

狮爪回头瞟了那三只猫一眼。他真希望自己忘了那愚蠢的休战协议,并从那三只猫身上各揪下一撮毛来。

"狮爪!"石楠爪朝他飞奔而来。

"怎么了?"狮爪停下来,面对着石楠爪,松鼠飞也在他身旁停了下来。

石楠爪仰望着她,恳求道:"我能和狮爪单独谈谈吗?求你了。"

松鼠飞抽了抽耳朵,但还是点了点头:"别太久哦。"说完,她便跟着叶池、冬青爪和松鸦爪走进了蕨丛。

"求求你,别生气了。"石楠爪恳求道,"鸦羽的脾气一向都很怪,他就是那个样子。而风爪则认为自己已经是一名武士了。"

"可是你也听到了,他们说雷族有混血猫。他们总是这样不依不饶,不是吗?"

"或许是他们看不开,但我们忘记这件事吧,好吗?"石楠爪的眼睛闪闪发光,"我有一个计划。"

"回去找他们?"

石楠爪瞪大了眼睛:"当然不是!他们是我的族猫耶!"她弹了弹尾巴,"我计划的完全是另外一件事。"

狮爪将脑袋歪到一边:"那……那是什么?"

"每次都非得等到森林大会,我们为什么不能提前见面呢?"

"提前?"狮爪惊讶地重复道。未经许可而擅自和其他族群的猫见面,这不是违反武士守则吗?

"明天晚上。"她小声说道。

"但怎么见面? 在哪儿见呢? "

"在树林的边界上,紫杉树旁。我们可以趁族猫睡着时溜出来。"

"但——"

石楠爪抽动着胡须说:"来吧! 肯定会很刺激的。而且,我们又不会伤害到谁。"

狮爪感到犯罪感和顾虑在肚子里纠结成一团,但石楠爪闪耀着绿色的眼眸, 正满怀期望地看着他。他完全可以向族猫解释,自己是在训练夜间捕猎技巧。而且石楠爪说得也对,他们又不是偷猎或做间谍,根本不会伤害到谁。如果小心点儿,没有猫会发现他们。"我会一如既往地忠诚于我的族群,而且不会丢下我的职责。"狮爪在心里默念道。

他朝石楠爪眨了眨眼:"好吧。"

第 二 章

冬青爪正在做梦。暴雨击打在落叶上，她正在森林里搜寻着。她瞥见柳爪那带条纹的毛发在树丛间闪过。河族巫医学徒跑得很快，总是领先她几步。

"等等我！"冬青爪叫道，"我有事要问你。"

"你追上我的话，我就告诉你！"柳爪回头叫道。

冬青爪猛地加速狂奔起来，四肢在泥地上直打滑，但柳爪依然领先她一条尾巴的距离。

"河族出了什么事，对吗？"冬青爪号叫着问道。

"我听不见，雨声太大了。"

"告诉我，出了什么事？"

雨下得更大了，树叶上响起噼里啪啦的雨滴声，地上也溅起一朵朵水花。

"柳爪！"

"我不能告诉你，除非你抓住我。"

"跑慢点！"冬青爪在瓢泼大雨中眯起了眼睛，"柳爪？"

柳爪消失不见了。

只剩下冬青爪孤零零地站在湿漉漉的森林中。

她眨了眨眼,睁开了眼睛。雨水正噼里啪啦地敲打着巢穴顶棚,并从茂密的紫杉枝叶中滴落到床上。冬青爪哆嗦起来,朝苔藓窝里缩了进去,但一个湿淋淋的东西贴近了她。

是狮爪的皮毛。

冬青爪猛地将他推开,叫道:"过去点,你的毛都湿透了。"

狮爪却又滚回到她身边。

"狮爪!"她爬起来盯着哥哥。黎明的光亮从枝叶间透进来,照亮了这只睡猫的颜色。狮爪像只落汤鸡似的,尽管他正在熟睡,但仍像是在外边淋了一整晚雨的样子。冬青爪疑惑地嗅了嗅。或许他是刚刚出去方便了,现在又溜回来睡回笼觉。

冬青爪打了个哈欠,伸了个懒腰,尾巴哆嗦起来。她感觉冷到骨子里去了。鼠爪、莓爪和蜜爪依然在熟睡,罂粟爪和榛爪的床铺却空了,但他们的气味仍然新鲜。他们肯定是和黎明巡逻队一起出去了。

"冬青爪?"煤爪抬起头来,眨巴着眼睛问道,"雨声把你吵醒了?"

冬青爪摇了摇头。"是狮爪,"她喵道,"他淋得像只落汤鸡。"

"这种天气他还出去了?"煤爪用一只脚掌擦了擦眼睛。

"看起来是这样。"冬青爪好奇得浑身痒痒的。这已经不是狮爪第一次行为怪异了。几天前的黎明时分,他偷偷溜回来时,就

吵醒过冬青爪,当时,他说出去方便了,但他的毛发上却有树叶的气味。看起来,他不像是去方便的样子,倒像是去森林了,而且,他当时的语气十分暴躁,好像认为冬青爪在刺探什么秘密似的。冬青爪确定,狮爪有事瞒着自己。

煤爪的肚子咕咕叫了起来:"我在想猎物堆里还有没有食物。"

"昨晚可能还剩下了一些。"冬青爪建议道,"我们去看看。"

她穿过熟睡的族猫们暖和的身体,挤出了洞口。她几乎看不清猎物堆,黎明的天空中乌云密布。天很暗,雨很大,空地上,雨滴溅起的泥浆四处飞舞。

煤爪挤到她身旁说:"我们冲过去吧。"

"好吧。"冬青爪闭紧双眼,猛冲了出去。

暴毛和溪儿正躲在高岩凸出部分的下面,分享着一只湿透的知更鸟。

"这种天气,就算是对河族来说,也太潮湿了!"暴毛大叫道。

冬青爪停下脚步,眨了眨眼睛,抖落眼角的雨水:"现在我终于知道鱼是什么感觉了。"

煤爪从她身旁冲了过去。

"别像只受惊的小兔子坐在那儿,冬青爪。"溪儿催促道,"赶紧找地方避雨。"

冬青爪匆忙跟上煤爪,在猎物堆旁停下时,她喷出了一大口雨水。几只湿透的猎物躺在泥浆里。她捡起一只品相极差的老鼠,跑到了巫医巢穴旁的黑莓丛下。

"呃!"煤爪扔下一只滴水的鹪鹩,抖了抖身子。飞溅的雨滴浇到冬青爪身上时,她贴紧了耳朵。

"对不起。"煤爪蹲下来,咬了一口鹪鹩。"这玩意儿吃起来一股泥浆味儿!"她满嘴都是食物地喵道。

巫医巢穴入口处,那湿淋淋的黑莓丛颤动起来,叶池急匆匆地走了出来。她抓着一捆药草冲过空地,消失在育婴室里。

"我希望小冰和小狐没事。"冬青爪喵道。

"昨晚黛西在打喷嚏,"煤爪告诉她,"我想她是感冒了。"

冬青爪从黑莓丛间窥视着天空:"如果雨不快点停的话,我们都会感冒的。不然,脚下也要长蹼了。"上次森林大会后的半个月里,几乎天天都在下雨。

营地的其他地方渐渐有了动静。刺掌绕着空地,边走边打哈欠,他的身后跟着尘毛。冬青爪咽下最后一大口冰冷的鼠肉时,火星出现在高岩上,正审视着营地。黑莓掌从武士巢穴里冲出来与他会合。两名武士低垂着尾巴,避过岩壁上的雨水,消失在火星的巢穴里。

鼠毛从覆满金银花丛的长老巢穴中溜了出来,厌恶地哼了一声后,又转身消失在长老巢穴里;灰条从他和米莉的临时巢穴里走过来,厚厚的灰色皮毛紧贴在身上。他从猎物堆里捡起两只鸟,又匆忙回到了自己的巢穴。

蕨毛出现在武士巢穴外,他伸出前掌,拱起背,伸了个懒腰,

胸口都快贴到地上了。然后他直起身子抖了抖，一身金色的毛发蓬松开来。"冬青爪？"他眯着眼睛溜过来，胡须上还滴着水珠，"是你吗？"

冬青爪从黑莓丛下走出来。"我正跟煤爪一起吃东西呢。"她说道。

"哦，如果你填饱了肚子，可以和我一起去狩猎。"

冬青爪十分开心，狩猎能让她暖和起来。"煤爪也能一起去吗？"她问道。

煤爪摇了摇头说："云尾叫我今天早上打扫长老的床铺呢。"

"如果可以的话，我会给你带一只热乎乎的老鼠回来。"冬青爪承诺道。

"请给我带一只没有泥浆的。"煤爪喵呜道。

"快点，冬青爪。"蕨毛已经朝营地入口飞奔而去。

森林里到处都湿透了，腐朽的枯叶又湿又滑，但冬青爪追着蕨毛，爬上斜坡时，感到暖和了起来。雨开始停了，这天早上，她第一次可以睁大眼睛了。前方的森林很茂密，松树开始在少叶的树丛中出现，森林暗了下来，影族领地就在前方。冬青爪想到那三只小猫——自己的亲戚，就在边界那边的营地里。如果他们和她有着相同的血统，是不是也跟她拥有相同的气味呢？是血统还是族群决定气味？他们又该怎样区分不同猫的气味？

"蕨毛？"

蕨毛在树叶上打着滑，他回过头面对着冬青爪，双眼发亮。

"你闻到猎物的气味了吗？"他满怀希望地问道。

冬青爪摇了摇头："我只是在想……"她搜索着合适的词语来解释自己的不安。

"什么事？"

"哦，我只是在想……"

蕨毛抖落了胡须上的雨水，不耐烦地喵道："看在星族的分上，到底出什么事啦？"

"如果影族新出生的小猫是我的亲戚，我还是要和他们战斗吗？"

"当然，如果他们威胁到你的族群的话。"蕨毛转过身，又奔跑起来，他抽动着鼻子，捕捉湿淋淋的灌木丛中的气味。

冬青爪赶忙跟上他，又问道："但万一是我的族群威胁到他们，而我又觉得不公平呢？"

"我们为什么要那么做？"蕨毛的耳朵竖了起来，并蹲伏下来，摆好狩猎的姿势。

"但万一我们那么做了呢？我不应该对亲戚忠诚吗？"

"一名真正的武士，对族群的忠诚高于一切。"蕨毛的后腿开始摩挲着地面。他看到了什么东西，正准备扑上去。但冬青爪的脑袋显然比肚子更饥饿。

"你不能伤害那些和你有着共同血统的猫。"她争辩道，"这是不是意味着还有比武士守则更重要的东西？"她警觉地眨了眨眼，"如果真是这样，那我们怎么知道什么才是正确的——"

"闭嘴!"蕨毛小声地吼道。就在这时,一只狐狸身长以外的地方,有一片树叶颤动了一下,一个小小的棕色身影闪电般逃进了洞穴。

蕨毛坐起身,气恼地盯着自己的学徒:"你与其对武士守则胡思乱想,不如直截了当地遵守它。你的族猫又冷又饿,你现在应该关注如何喂饱他们,而不是思考什么是对的,什么是错的!"

冬青爪的尾巴垂了下来。蕨毛是对的,她吓跑了可以喂饱自己族群的猎物。"我很抱歉。"她咕哝道。

"现在就停止提问,找一些猎物带回营地去!"

冬青爪比以前更加努力地捕猎,回营地时,她抓到了三只老鼠。蕨毛嘴里叼着一只乌鸦,领着她穿过荆棘通道。他把乌鸦扔到猎物堆上,另一支巡逻队也带回了一些猎物。

"你做得很好。"他向冬青爪祝贺。冬青爪松了一口气,总算弥补了吓跑老鼠的过失。"现在,回巢穴去把自己弄干吧。"他建议道,"我去给鼠毛和长尾送点吃的。"

雨已经停了,但森林里依然在滴水。冬青爪朝学徒巢穴走去。巢穴里,除了狮爪外,空无一猫。冬青爪看到狮爪正在睡觉,他金色的皮毛伴着呼吸起伏着。其他猫都在忙着照顾族群,他怎么能整整睡一个上午呢?

"蜡毛就没让你干活儿吗?"她暴躁地叫道。

"哦,什么?"狮爪猛地抬起头,眨了眨眼睛盯着冬青爪,"黎

明到了吗？"

"上午都过去一半了！"

狮爪跳了起来，眼里满是歉意："蜡毛找过我？"

"不知道，我外出狩猎去了。"冬青爪尖锐地回答道。她开始拖拽离她最近的床铺，并用牙齿叼着它甩了甩，以便让湿气透出来。"你怎么会这么疲惫？"她问道。由于叼着苔藓，她的喵声听起来有点儿含混不清。

"我没睡好。"狮爪回答道。

冬青爪瞥了他一眼，但他却望向地面，似乎在躲避她的目光。"出什么事了吗，狮爪？"

"没有。"他迅速地喵道。

"你肯定？"

"当然。"他的喵声很暴躁。

冬青爪突然感到一阵失落。以前，他们常常分享彼此的一切，但现在，要从哥哥嘴里得到半点信息，简直就像从刺猬身上捉跳蚤一样困难，除非它们自己跳出来，否则无计可施。

"好吧，好吧！你没必要把我的脑袋咬下来！"她又继续扒着苔藓。

狮爪跃过她。"我不会把你的脑袋咬下来，"他嘀咕道，"但别问那么多无聊的问题！"他昂首阔步地走出巢穴，留下冬青爪独自在那儿发呆。

她叹息了一声，将苔藓扔到地上。或许，松鸦爪知道狮爪出

了什么事,他总能准确地猜到她的想法,或许,他也能猜到狮爪的心思。她走向巫医巢穴,推开黑莓丛,钻了进去。

松鸦爪正在巢穴后边的岩石裂缝里整理药草。"我很忙。"他头也不回地喵道,"叶池让我在她回来之前,弄清还需要哪些药草。"

"小猫们病了吗?"冬青爪焦急地问道。

"黛西感冒了,"松鸦爪回答道,"但并不严重。下了这么长时间的雨,叶池想要预防一下。"

"我想和你谈谈狮爪。"冬青爪硬着头皮说道。

"他病了?"

"没有。"冬青爪坐了下来,她希望松鸦爪别再忙活那些药草,和她好好说说话,"他最近总是疲倦得不行,而且脾气也很暴躁。我每次和他说话,他都恨不得要把我的胡须拔下来。"

"我怎么知道他出了什么问题呢?"松鸦爪将一堆黑色的叶子推到一起,冬青爪试图记起它们的名字,毕竟,她也进行过一段时间的巫医训练,但终究还是没想起来。

"你通常都知道的。"

"你和他住在一起耶。"松鸦爪指出,"大多数时间,我都和叶池在这儿埋头工作。"他的声音很是不满。

冬青爪沉默着坐了一会儿。在担心狮爪的同时,关于柳爪的梦也沉甸甸地压在心头。但如果连狮爪出了什么事,松鸦爪都不肯帮她理清,那让他关心她的河族朋友给她带来的困扰,就更没有希望了。而且还有……

　　她决定旁敲侧击,用这招来对付狡猾的猎物一直都很有效。

　　"你在森林大会上和柳爪说话了吗?"她随意地问道。

　　"没说几句。"

　　"我想,她在担心你不喜欢她。"

　　"我为什么要喜欢我遇到的每一只猫呢?"松鸦爪咕哝道。

　　"你为什么要不喜欢你遇到的每一只猫呢?"她反驳道,"柳爪真的很好。你没必要非要弄得她不自在。"

　　"我没让她觉得不自在啊。"松鸦爪转向药草,"她爱怎么想就怎么想好了。"

　　"你就不觉得她在森林大会上表现得很焦虑吗?"冬青爪决定挑明,"你难道不觉得,整个河族的行为都有些不寻常吗?"

　　松鸦爪转过身来。"也许吧。"他的耳朵抽动了一下,似乎冬青爪终于说出了一些他感兴趣的事。

　　"这么说,我不是在凭空想象喽?"

　　"想象什么?"

　　"有某些事正困扰着河族。"

　　"你觉得有吗?"松鸦爪凑到她身旁问道。

　　"我不知道。"冬青爪可不想散布谣言,说河族看起来很虚弱,这让她觉得对自己的朋友有点不厚道。而且,这也并不一定是真的。"你呢?"

　　"我不能告诉你。"

冬青爪沮丧不已，谈话绕了一大圈，又回到了起点。

"但等巫医们去月池时，我可能会发现一些端倪。"松鸦爪接着说道。

那是自然！月半时，巫医们都会结伴前往月池，而且也没几天了。"如果有什么事在让柳爪担心的话，你会告诉我吗？"冬青爪问道。

松鸦爪眯起了眼睛："当然。我知道该怎么去寻找答案。"

冬青爪感到不安起来。"我不是要你去刺探什么。"她喵道，"我只是想知道，我的担心是否正确……"

"好吧。"松鸦爪耸了耸肩，又开始整理另一堆药草。

"冬青爪！"蕨毛在空地上叫道。

稍微松了一口气后，冬青爪匆忙跑出了巫医巢穴。山谷上方的天空中显现出一小块湛蓝色。

"雨停时，我们还要在森林里做一些训练。"蕨毛喵呜道，"云尾正要带煤爪出去探险，我想，我们应该加入他们，这样可以更好地了解领地。"

煤爪朝他们飞奔而来，身后跟着云尾和桦落。

"火星想让我们去查看一下狐狸巢穴，"桦落叫道，"以确保狐崽子们没再回来。"

冬青爪哆嗦起来，她仍记得那个可怕的日子。那天她和松鸦爪、狮爪一起去驱赶狐崽子，最后却演变成自己被驱赶。松鸦爪被吓得从山谷一侧摔了下去，差点儿丧命。

"别担心,冬青爪。"煤爪小声说道,"我会照看着你的尾巴。"

跟随武士们一起走出营地时,冬青爪感激地蹭了蹭煤爪的毛发:"我也会照看你的尾巴的。"

当他们接近通向狐狸巢穴的林间空地时,冬青爪嗅了嗅空气。她的爪子紧绷了起来。狐狸!

"一只年轻的母狐狸,但气味已经不新鲜了。"煤爪抽动着鼻子,详细地报告道。

"你怎么能肯定?"冬青爪惊讶地问道。据她所知,煤爪从未遇到过狐狸,不可能熟悉它们的气味,更不可能区分得这么清楚。

煤爪耸了耸肩。"我就是知道。"她喵道。

"气味不新鲜是对的。"云尾喵呜道,"落叶季过后,就没有狐狸来过这里。"

冬青爪瞟了同伴一眼。有时候,煤爪说话行事都显得比她一贯的形象老成一些,但保守秘密可不是她的作风。这位灰色学徒通常都是行动赶在脑子前,她宁可跳进去用胡须试探,也不会停下来思考。或许她之前来过这里,只是忘记了。

云尾显然也在思考同一个问题:"你之前和其他巡逻队来过吗?"

煤爪摇了摇头。"这绝对是我第一次来这儿。"她喵道。

云尾和蕨毛交换了一个眼神。冬青爪猜测,他们跟她一样迷惑不解。

一声猫头鹰的尖叫从山谷上方远远地传了过来。冬青爪被这个叫声吵得迷迷糊糊的,在床铺上翻了个身。她伸直前腿,去寻求狮爪的安慰,却发现他的床铺空空如也。

她眨了眨眼,睁开了眼睛。

"狮爪?"她压低声音叫道。

没有回应。

她又往前探了探,猜测他是不是翻到另一边去了,但还是没有找到,他确确实实不在巢穴里。

"你在找狮爪吗?"在狮爪床铺的另一侧,罂粟爪打着哈欠问道,"他离开巢穴有一会儿了。"

冬青爪坐了起来,心跳开始加速。狮爪消失得太频繁了。

"有什么不对劲吗?"罂粟爪的眼睛在黑暗中闪闪发亮。

"没——没有。"冬青爪不想引起其他学徒的怀疑。

"狮爪又去方便了吗?"煤爪的声音在她身后响起,"肯定是他吃的不新鲜的画眉鸟在作怪。"

冬青爪突然对她的朋友生出一丝感激,煤爪明显是在替狮爪打掩护,以免罂粟爪再问出什么棘手的问题来。那只画眉鸟是新捕的,绝对新鲜。

"我去看看他有没有事。"冬青爪喵道。

她蹑手蹑脚地走出巢穴,尽可能悄无声息地绕着营地边缘搜寻了一圈。狮爪的气息沿着隐秘的路线通向了出口。让我发现他确实是在方便吧,冬青爪祈祷着。

突然，身后传来了一阵脚步声。

冬青爪僵住了，回头瞥了一眼。

"是我呀。"煤爪的喵声在黑暗中响起，这只灰猫从阴影里走了出来，"我想，你可能需要一个伴儿。"

"谢谢。"如果狮爪真的是在方便，那煤爪知道也不要紧，但如果他没有，而是如冬青爪所担心的那样去了森林，那么能有个朋友一起去也不错。

她们一前一后，穿过了狭窄的通道，挤到了方便的地方。

"他不在这儿。"煤爪小声说道。

冬青爪叹了口气，心情变得沉重起来："的确不在。"

"你觉得他会去干吗呢？"

冬青爪不敢回答。她能想到狮爪为什么会在夜色的掩护下离开营地，但不愿相信这是真的。

"他的气息通往那边。"煤爪叫道，她抬起鼻子，指了指湖那边的山坡。

冬青爪的心纠结起来。狮爪的气息通往山脊，然后散布在荒野上，而那儿正是风族的领地。"或许他只是去看看。"冬青爪的胸口升腾起一丝希望，但怀疑狮爪是去与石楠爪约会的感觉，仍像是一块巨石，沉甸甸地压在心头。

"我们要跟踪他，不是吗？"煤爪紧盯着冬青爪，眼里满是忧虑的神色。难道她也猜到了？当然不是，她怎么会知道呢？

"或许，这不关我们的事。"冬青爪小声说道。

"这当然关我们的事。我们的族猫单独出去了,万一出了什么事,那该怎么办?"

"这就是你想要跟踪他的唯一原因——就因为担心他可能会有危险?"

"不是。"煤爪坐了下来,"我想,他可能在做会让他后悔一辈子的事。"

冬青爪被朋友那严肃的口吻吓了一跳。"你知道一些我所不知道的事?"她问道。

煤爪摇了摇头说:"只是一种感觉,我也解释不清楚。我感觉,狮爪正在犯一个曾经出现过的错误,一个永远都不应该再犯的错误,一个只会招来麻烦的错误……"她的喵声逐渐低沉下去,但双眼仍然闪耀着热烈的情感。

"好吧。"冬青爪不能忽视朋友的感觉,也不能忽视自己的感觉。她所有的本能都在告诉她,狮爪正在违反武士守则,而作为一只族群猫,阻止狮爪是她应尽的职责。她顺着斜坡向上搜寻,循着狮爪爬上山脊的路径,在灌木丛中捕捉他的气味。煤爪紧跟着她。她们很快便来到了树林的边缘。前方的地面倾斜向下,一直延伸到月色闪耀的湖边。冬青爪扫视了一遍远处的荒野,她既希望看到狮爪,又希望他不在这儿。如果狮爪真的在夜游,那么她希望是在雷族的领地上。

石楠花的阴影里没有动静。冬青爪冲下斜坡,沿着一条兔子的小路,穿过了纷乱的草丛。接近风族边界时,脚下的地面突然变得泥泞起来，山坡也逐渐平缓，道路两旁的石楠花丛生机盎然，波涛拍击湖岸的声音越来越清晰。

"你听到了吗？"煤爪的嘶声吓了冬青爪一跳。

她竖起了耳朵。前方的阴影里，有一片石楠花环绕的小小谷地，那里传来了一些声音。认出狮爪的喵声时，冬青爪的尾巴竖了起来。狮爪的声音听起来很开心，比这些天来她所听到的哥哥发出的任何声音都开心。她匍匐前进，俯身钻进了遮蔽着谷地的石楠花丛。花丛中传来一阵沙沙声，在光秃秃的花茎间，她像条蛇似的爬行，并在斜坡顶上向外窥视。

狮爪正在追逐一个苔藓球，兴奋得像只小猫似的。苔藓球停下来，他就猛扑过去，然后用力一击，让它飞向另一边。一个轻盈的身影突然跃起，接住了苔藓球，她那身带斑纹的皮毛在月光下熠熠生辉。冬青爪的心里如同揣了一块巨石：石楠爪！

"你似乎一点儿都不惊讶。"煤爪已经溜到她身旁，正从草坡上向下窥视。

冬青爪摇了摇头，反驳道："我当然惊讶。"她不情愿地爬出石楠花丛，叫了一声："狮爪！"

狮爪和石楠爪一下子僵住了，他们面面相觑，苔藓球掉到了地上。

"你在这里干吗？"冬青爪逼问道。

狮爪缓慢地将目光从石楠爪身上移开，回头面对着妹妹，双眼中闪耀着不屑："你来这儿干吗？"

"找你。"

"跟踪我？"

冬青爪瑟缩了一下。"你不应该在这儿，不应该和她一起玩！"她怒视着石楠爪。

"为什么不能？她只是我的一个朋友。"

"一个其他族群的朋友！"

"你和柳爪也是朋友！"

"我不会每晚都溜出去见她。"

狮爪张开嘴，想要反驳，却无话可说。冬青爪知道自己赢得了这场争执，但哥哥的眼里没有丝毫退让的神色，只有闪耀的怒火。他转向石楠爪说："我得走了。"

石楠爪低下了头。"我知道。"她叹息道。

狮爪和风族学徒蹭鼻子时，冬青爪的牙齿都快咬碎了。他不会真的认为，是友谊将他带到这儿来的吧？

狮爪走上斜坡，怒视着煤爪。"你非得让整个族群都知道这件事吗？"他对冬青爪吼道。

煤爪弹了弹尾巴。"我只是来保护冬青爪的安全，"她解释道，"其他猫都不知道。"

"而且他们也不会知道。"冬青爪补充说，"只要你离石楠爪远点儿。"

狮爪咬牙切齿地说："你在威胁我？"

冬青爪向后退了几步，她从未见过狮爪如此愤怒。小时候，他们也吵过架,但那时,他眼里总是透着温暖,但现在不是了,他的双眼像星星一样冰冷。

"如果你继续和石楠爪约会,那我就必须告诉黑莓掌。"她尽量稳住自己颤抖的声音,坚持说道。

狮爪浑身的毛发都竖了起来。

"武士守则禁止不同族群的猫交往,是有充分理由的。"冬青爪继续说道,"如果你的心在别的族群那儿,又怎能忠诚于自己的族群呢? "

"你是在怀疑我的忠诚吗? "狮爪贴紧了耳朵。

"我知道你一直都很忠心,"冬青爪喵道,"但你将自己陷入了两难的境地,这就是你必须悬崖勒马的原因。"在其他族群有亲戚,已经够为难了,更别提这么草率地在森林外交朋友。狮爪有这么多只族猫陪伴,还不知足吗?

狮爪的喉咙里发出一声低沉的咆哮,他猛地从冬青爪身旁冲了过去,奔向了树林。冬青爪感到煤爪把尾巴放在了她的腰上,抚平她因愤怒而竖起的毛发。

"他会跨过这道坎的。"煤爪保证道。

"希望如此。"冬青爪叹息道。她知道自己的做法是对的,但没想到狮爪会表现得如此愤怒,就好像他什么也没做错似的。他会原谅冬青爪吗?

第 三 章

　　路上的沙石扎进了松鸦爪的脚掌，他不由得瑟缩了一下，好在它们不再冰冷刺骨。新叶季再次接管大地，通往月池的石头小径也变得暖和起来。

　　叶池在和蛾翅聊天，她们的喵声混杂在湍急的水声中，只能隐约地听到。远处，大山上融化的雪水注入了路旁的小溪，带来了寒霜和岩石的气味，湖水也因此而上涨了一些。

　　小云和青面打头阵，柳爪和隼爪则走在最后。松鸦爪偶尔会放慢脚步，等那两名学徒追上来，但柳爪又会马上调整步伐，隼爪也配合着她的速度，因此他们总是落后松鸦爪一段距离。

　　这是一种无声的挑战，但松鸦爪对独自行走感到很满意。至少，他可以听听巫医们谈话的只言片语，比如谁从绿咳症中恢复了过来，谁的脚踝扭伤了，什么药草治疗目前影族学徒巢穴中流行的疥癣最有效等等。他一边听，一边下意识地注意着这些言语背后的情感。

　　"我已经用紫草治疗过瘙痒了。"

他在责备学徒们不爱干净。松鸦爪心想。

"我们原以为,晨花的绿咳症治不好了,但她居然坚持到了新叶季。"青面倾诉道。

但你的焦虑告诉我,你觉得这已经是她生命的尽头了。松鸦爪心想。

"鼠毛完全康复了吗?"蛾翅问叶池。

松鸦爪捕捉着蛾翅的心理,却发现她的情感一片空白,似乎她一直都在刻意地隐藏。他又将注意力转向柳爪。如果冬青爪说河族有麻烦是对的,那么柳爪就是突破口,她的思维通常都像荒野一样,无遮无拦。他把意识集中在这名河族学徒身上,像嗅闻气味似的,嗅着她的思想。松鸦爪非常肯定,一种不安的情绪正笼罩着她。松鸦爪试着更深入地探索她的思想,但她像是用刺丛将自己包裹起来似的,令他无法接近。他沮丧地放弃了尝试。

"等她做梦时,我就能发现更多的东西了。"松鸦爪心想。

小径引领他们到达了山脊边陡峭的岩石上。谈话停止下来,因为巫医们翻越岩石时,都有点儿喘不过气。松鸦爪跑到叶池前面。他跃上一块难爬的岩架时,感到老师关切的目光正温暖着自己的毛发。他很感激叶池什么也没说。这条路已经走过很多次了,现在不需要帮助,他也能爬上山脊。

他一翻上山脊,便闻到月池清新的气息,那是清霜、岩石和天空的味道。

"看,它现在真大啊!"柳爪爬到他身边时,喘息道。

"是冰雪融水的缘故。"叶池喵呜道。

"它太宽阔了，简直可以盛下满天的星星。"隼爪喵道。

"今晚，这儿有足够的空间让所有的猫待在这里。"一声低语伴着微风，传到了松鸦爪的耳朵里。那些声音又来迎接他了，他在想他们是否也在迎接其他猫。

"你们听到了吗？"他随意问道。

叶池的目光像要烤焦他的耳朵似的："听到什么？"

"应该是风声。"小云解释道。

"在这儿听起来不一样，因为有岩石的回音。"青面补充道。

他们煞有介事地回答着松鸦爪的问题。这些猫只听到了风声。那些声音只对他自己倾诉。

松鸦爪再次想起他在火星梦里听到的那个预言："将有三只小猫，你至亲的至亲，星权在握！"他激动得连毛发都刺痛起来。这肯定就是他力量的一部分，能够听到其他猫听不到的声音。

柳爪的重心在脚掌上换来换去："我们应该躺在哪儿？池水把我们平时躺的地方淹没了。"

松鸦爪听到蛾翅的尾巴在空中甩了一下："那边的岩石很平坦。"

他随着叶池向池边走去。微风吹拂着毛发，那些声音又在他耳畔响起来：欢迎你，松鸦爪。他脚下的岩石坑坑洼洼，那是族猫经年累月所踩出的足印。

水突然拍打到了他的脚掌。可是才刚到半山腰耶！他惊奇不已地跟着叶池,绕过拓宽了不少的月池,来到岩石上,并在她身旁躺下来。他听到叶池的呼吸在池面颤动着,随即,她便沉入了梦乡。

其他猫也都躺了下来,他们的毛发摩擦着岩石。很快,便只剩下呼吸声和水面的风声,在山谷中回荡着。柳爪是最后一个躺下来的,松鸦爪一直等她进入梦乡后,才开始专注于她的思维,他伸出鼻子,触碰到了池水。

旋即,他被汹涌的激流卷了进去。

他感到恐惧不已,用脚掌不停地拍打着水,挣扎着。他抬起头,只见空中乌云密布,四周是一望无际的汹涌洪水。然后,他看到柳爪的脑袋漂浮在水面上,她正在游泳。柳爪目光坚毅,紧紧地叼着满嘴的药草,脚掌不停地划水。松鸦爪手忙脚乱地蹬踏着,奋力将头伸出水面。但波涛吞没了他的后腿,把他向下拖去。水立刻灌满了鼻子和嘴巴。他咳嗽着、扑腾着,试图将自己带回到安全的意识里。

他躺在一块潮湿的草地上,睁开了眼睛。树枝悬垂在上方,枝叶挡住了太阳,周围全是蕨类植物。松鸦爪挣扎着站起身来,四处打量了一番。这是柳爪的梦,还是他自己的梦?

"你必须快一点!"一个沙哑的声音在蕨丛那边响起。松鸦爪小心翼翼地直立起来,透过蕨丛向外窥视。一只上了年纪的棕色公猫正推着柳爪往前走,他的行动十分僵硬。"你必须离开。"他喵道。

"那我的药草怎么办？"柳爪将爪子插进草地里，"你知道，我不能丢下它们的，泥毛。"

"那就尽量带一些吧，带不走的，等你到了那儿再去找。"

"到哪儿？"柳爪的声音听起来有点儿惊慌失措。

"现在没时间让你提问。"泥毛喵呜道，"如果你留下来，整个族群就毁了。"

"但是我没地方可去啊！"

松鸦爪四肢着地。河族出事了，出大事了。

"又在偷窥！"

松鸦爪回过头来，搜寻了一番。他以前听到过这个声音，这声音里一如既往地充满了嘲弄。

"我不明白，你怎么能指责我偷窥。"他反驳道，"连你自己都经常出现在我的梦里。"

"但这些并不是你的梦境，不是吗？"黄牙琥珀色的眼睛冷冷地盯着他，她那厚厚的毛发依然乱糟糟的。

松鸦爪恼怒地吼道："我在做梦，所以这就是我的梦境！"

"聪明！"黄牙嘶声说，"但不诚实。你闭上眼睛时，就谋划着私闯柳爪的梦境。"

"如果你真的知道我想做什么，那为什么不马上阻止我？"他反问道。

黄牙将脸转了过去。

"你阻止不了我，对吗？"松鸦爪突然感到一股莫名的高兴，就像一只逃离魔爪的小鸟，"我掌握着星族的力量！"

黄牙猛地转过头，怒视着他，问道："你真的相信？"

"你不会告诉我这是假的吧？"

"你只要告诉我——你究竟要用这份力量去做什么？"

松鸦爪盯着她。

"你不知道，对吗？"黄牙步步紧逼。

松鸦爪抽动了一下胡须，反问道："那你知道吗？"

黄牙缓慢地眨了一下眼睛，但没有回答。

"我拥有这份力量是有原因的。"松鸦爪坚持道。

"那在你用它之前，请想清楚这个原因是什么！"黄牙转身走开了。她刚消失在蕨丛中，松鸦爪便醒了过来。

黑暗再次将他淹没，他又变成了一只盲猫。

在他身旁，叶池正伸着懒腰。"你做梦了吗？"她打着哈欠问道。

"是的。"松鸦爪爬起来，凑到她耳边小声说道，"关于雷族的。"

"离开其他猫之后，就告诉我。"说完，她便转过头去，"蛾翅，一切都好吗？"

"什么，她的梦竟然是关于抓松鼠和捕蝴蝶的？"松鸦爪一直都怀疑蛾翅和星族的联系出了问题，叶池一定知道其中的秘密，但她不会出卖自己的朋友。

他听到了沙石在岩石上滑动的声音。柳爪跳了起来。"蛾

翅！"松鸦爪听出这名年轻学徒正努力压制着自己颤抖的声音，"我们得立刻回家！"

"你在梦中看到了什么？"叶池显得很焦急。松鸦爪感到，她的这份焦虑像闪电般在空气中噼啪作响。

河族猫已经在风族边界跟其他猫分手了，她们正沿着山坡朝森林走去。夜风很冷，夹带着迎风招展的树叶的气味。松鸦爪猜想，黎明就要来临了。

"河族遇到麻烦了。"他宣布道，"我看到柳爪在一个大湖里挣扎，那湖比现在这个还要大。她说，河族必须寻找一个新的家园，而且，她在跟一只名叫泥毛的老猫交谈——"

"他是蛾翅之前的河族巫医！"叶池惊呼道，"他来你的梦里干什么？她们俩分别都做了什么……"她的声音停顿下来，松鸦爪感到她开始生气了，"你去了柳爪的梦里，是吗？"

"冬青爪让我看看河族是不是有麻烦了。"

"她让你擅自闯入她朋友的梦里吗？"

"当然没有。冬青爪还不明白这些吗？她只是想知道出了什么事，所以我试着找了找。"

"只是为了取悦你的小伙伴？"叶池的喵声十分尖锐。而且，在她的愤怒之下，松鸦爪居然会感到恐惧，这让他很是不解。这有什么好怕的？

"是星族让我这么做的。"他告诉叶池，"你干吗要自寻烦恼？

最重要的是,我们知道河族有麻烦了。"

"你不该这么轻易地发现。"叶池咕哝着,又像在自言自语。

"你做不到也不意味着它不对吧?"松鸦爪不耐烦地哼道。

"这两件事根本就没有丝毫关系!"叶池暴躁地说,"我只是担心会像上次那样。"

"我梦到恶狗攻击风族那一次?"

"是青面梦到恶狗攻击风族那一次!"叶池尽量压抑着声音,"星族和他分享了那个信息,所以他能保护自己的族群。而你却想乘人之危。"

"好了,这次我只是想帮冬青爪一个忙。"松鸦爪喵道。

"千万别告诉其他猫你做的这件事。"叶池恳求道。

"为什么不能?"松鸦爪攥紧了爪子,"为什么应该将星族赐予我的天赋秘而不宣?"

为什么叶池对隐藏秘密这么感兴趣?关于他的天赋的秘密,关于蛾翅和星族的秘密。他怀疑老师心里还埋藏着更多的秘密,一些她守护得严严实实的、难窥丝毫的秘密。

"有时候知道的太多,也很危险。"叶池警告道。

松鸦爪沮丧不已。他一辈子都生活在黑暗之中,他渴望光明。他强迫自己压下怒火。叶池伴随她的秘密生活了太久,松鸦爪不能一夜之间就改变她的想法。但她为什么非要把松鸦爪拖到她那复杂的世界中去呢?

"但我们得告诉火星关于河族的事,对吗?"他提醒道。

"我们或许应该这么做。"叶池顿了顿,"但请你别提到你是怎么发现的。"

松鸦爪没有回答。这就像是风族的那个梦境。那时候,他就不在乎其他猫是否知道他的能力,现在他也不在乎,但他不喜欢叶池帮他拿主意。松鸦爪加速朝前走去。现在,他对脚下的路已经很熟悉,他们已经快到营地了。他突然奔跑起来,叶池踩踏在落叶上的脚步声紧跟着他。他们一前一后地冲进了营地。

"叶池?"火星的喵声从高岩上传来,"出什么事了?"

"我需要和你谈谈。"叶池叫道。她跑到松鸦爪前面,朝杂乱的落石堆走去。

"我们需要和你谈谈。"松鸦爪心里默念着,并跟随她上了高岩。

"到里面来吧。"火星领着两只猫进了巢穴。松鸦爪闻到了沙风的气味,还听到了她有节奏的舔舐声。

"早上好,叶池。"沙风停止了梳洗。问候松鸦爪时,她的声音变得柔和起来:"早上好啊,松鸦爪。"一阵隐隐的不满在松鸦爪心底翻腾着:她仍然觉得我是一只小猫。

"我做了一个梦——"他开口说道。

"关于河族的。"叶池迅速抢过话头,"松鸦爪梦到河族有麻烦了。他们的营地似乎遇到了大麻烦。"

火星的尾巴在地上甩来甩去:"有关于雷族的消息吗?"

"雷族并没有被卷进去。"叶池谨慎地喵呜道。

"没有明确的迹象表明他们的麻烦具体是什么吗？"火星询问道。

"没有。"松鸦爪坦承道。

"那我不知道我们可以做什么。"火星总结道。

"我们不该试着帮一下忙吗？"叶池的喵声里充满了惊讶。

"如果他们需要帮忙，会来找我们的。"火星移动了一下脚掌，"这不关雷族的事。"

"为什么不关我们的事？"松鸦爪沮丧不已。

"我还没忘记上次你带着梦境来找我的情形呢。"火星低声咆哮道，"乘人之危，攻击其他族群，这可不是武士守则的一部分。"

松鸦爪的耳朵火辣辣的，他辩解道："我从没说过要攻击他们。我们可以帮助他们。"如果雷族现在施以援手，那河族就会欠他们一个人情。

"不。"火星坚决地说，"我们有自己的族群需要担心。我不明白，星族为什么不传递关于我们自己的梦给你们，而是关于其他族群的一个又一个的难题！"

叶池朝前走了一步，继续恳求道："但你可以派一支巡逻队过去，只是去看看。如果他们待在湖岸附近，这并不违反——"

"他们住在湖的另一边！"火星打断她的话，"我想，一星已经烦透了我们的干预，而且，黑星总是在抓雷族的把柄。星族知道这是为什么。雷族做尽了好事，最终却成了其他族群愤恨和嫉妒

的靶子,我已经受够了!"

松鸦爪感到叶池十分的失望,她磨蹭着地面,走了出去。他跟着她,爬下了乱石墙。

"你不和他争辩吗?"

"我已经试过了。"叶池叹息道。

"但他得听你的。你是巫医。"

"他是族长。"叶池走开了,"我去检查一下黛西。"她喵呜道,"你去睡觉吧。"

松鸦爪弹了弹尾巴,他真希望梦境能再明确一些,那样的话,火星就有可能采取行动了。斑驳的阳光温暖着皮毛,他朝巫医巢穴走去。经历了去月池的长途跋涉后,他已经很累了。在思考问题之前,他需要休息。

"松鸦爪,等等!"冬青爪的声音从学徒巢穴传来。她在松鸦爪身旁猛地停住脚步:"柳爪去月池了吗?你和她说话了吗?"

"没有。"松鸦爪需要的是睡眠,而不是聊天。

"她没去那儿吗?"冬青爪的声音里透着失望。

"她去了那儿,只是我没有和她说话。"

"你发现什么了吗?或许,蛾翅会告诉叶池一些事情。"

"河族确实遇到了麻烦。"松鸦爪喵道。

"出什么事了?你怎么这么肯定?"冬青爪围着他团团转。

"我在梦里见到了柳爪,她正为寻找一个新家园而着急。"

"一个新家园?"冬青爪惊呆了,"这太不可思议了!那火星会怎么做？"

"什么也不做。"松鸦爪回答，"他不想插手。"

"但他必须做点什么。"冬青爪喘息道，"河族有麻烦了。"

"火星说，这是他们自己的问题。"松鸦爪烦恼不已，他又想起族长忽视自己的情形。"又一次。"

"那我们就这样袖手旁观吗？"

"唉，我累了。"松鸦爪朝巫医巢穴走去，"你去跟火星争辩吧，他才是最后作决定的猫。"

他离开冬青爪，但感到她的目光一直跟随自己的背影，穿过了空地。他感应到她的毛发里升腾起一股愤慨，并听到她来回移动的脚步声。她在考虑要不要去找火星。

这么优柔寡断，可不是冬青爪的作风。假如她也知道有三只猫掌握着星族力量的预言，她会更坚定一些吗？还不是时候。某种感觉令松鸦爪退缩了，那是一种独守秘密的喜悦，也是一种对大声说出自己命运可能导致命运改变的恐惧。

此时，他唯一想做的事就是睡上一觉，让疲惫的脚掌好好休息。

第 四 章

"我真的很累。"松鸦爪抱怨道。

"但中午是采集锦葵的最佳时间，这时，它们的叶子是干燥的。"叶池正领着他朝湖边走去。

松鸦爪打了个哈欠。他的脚掌依然很酸痛，叶池将他戳醒时，他感觉好像根本就没闭上眼睛一样。好在天气很暖和。现在，秃叶季的魔掌已经没有机会再把新叶季给拽回去了。鸟儿的叫声此起彼伏，他能听到两脚兽玩水时发出的尖叫声和水花四溅的声音。想起自己掉进湖里被鸦羽救起的那一天，松鸦爪突然打了个寒战。如果能控制的话，打死他也不会把自己的脚掌弄湿。

附近水声潺潺。松鸦爪之前只来过这儿一次。一条小溪从森林中流淌出来，直奔湖水而去，一如通往月池的溪水，带着大山的芬芳。叶池领着他，沿着小溪在树丛间穿行。脚下的草地凉爽而柔软，叶池离开草地，转向卵石滩时，他觉得有一点儿遗憾。

"湖水的水位比我预想的要高。"叶池停下来喵呜道，"我们采不齐想要的所有药草了，但我看到那边有一丛。"她顺着一股

甜丝丝的气味飞奔而去,松鸦爪跟着跑了过去。

突然,身后的森林里传来一阵树叶的哗哗声和轻快的脚步声。

是一只松鼠!

松鼠沿着他身后的小溪飞速掠过,爬上了一棵树,弄得树叶沙沙作响。突然,水花四溅,一支狩猎队朝他飞奔而来,跳进了浅浅的溪水中。

"你听到它跑到哪儿去了吗?"桦落兴奋的喵声从树林里传来。

松鸦爪用鼻子指了指上面的某段树枝。

"我去抓住它!"鼠爪从溪水里飞奔到树干上,引发了一连串的卵石撞击声。树皮碎屑溅到了松鸦爪的脸上,他低下头,眨了眨眼。头顶的树枝嘎吱作响,然后,他便听到一声长长的尖叫。

但那不是松鼠的叫声,而是鼠爪的。

那名学徒从树枝上掉了下来,摔到了松鸦爪身旁的卵石上。

"狐狸屎!"鼠爪狼狈地站了起来,尴尬不已。

"抓到它了吗?"松鸦爪询问道。

这时,头顶上方的树叶响了起来,松鼠已经逃之夭夭了。

"不错的尝试!"蛛足站在溪水里叫道。

"下次我会抓住它的!"鼠爪回头对他的老师喊道。

溪水的味道让松鸦爪有点迷糊,但等巡逻队爬上岸,抖落掉爪子上的水滴后,他认出了他们来本的气息。蜡毛、狮爪、桦落、

蛛足和鼠爪在一起。

狮爪跃下沙滩招呼道："嗨，松鸦爪。"

"一个适合狩猎的早晨。"松鸦爪一边回答，一边用尾巴轻轻地拍了拍哥哥的皮毛。

"嗯。的确如此。"

松鸦爪忽然呆住了，他感到很奇怪。狮爪心不在焉，心思完全没放在狩猎上。

"你到这儿来干吗，松鸦爪？"桦落在岸边叫道。

"我在帮叶池采集药草。"松鸦爪朝叶池那边点了点头。她正在远处的沙滩上采集锦葵。

"她在干什么？"狮爪问道。

"采集锦葵。"松鸦爪告诉他，"你在其他的地方看到过锦葵吗？"

"远处的一根老树枝附近有一丛。"狮爪将弟弟推到正确的方位上，"过去时，要小心一点，那儿有许多被冲到岸边的细枝条，别被绊倒了。"

"快点，"蜡毛不耐烦地叫道，"我们回去继续狩猎。"

"你有个大致的印象了吗？"狮爪围着松鸦爪团团转。

"当然了。"

"好吧，那待会儿见。"狮爪飞奔而去。卵石堆上又传来一阵杂乱的声响。

巡逻队又回到了树林里。松鸦爪忽然有点儿嫉妒哥哥。在这

个季节,捕猎肯定比采集药草有趣多了。他叹了口气,转向狮爪指出的方向。现在,他已经闻到它们了,那股甜丝丝的玫瑰香味被太阳烤得暖烘烘的。松鸦爪小心翼翼地避过被洪水冲下来的垃圾,走过了沙滩。他伸出鼻子,触到了锦葵叶,并深深地吸了一口气。

忽然,他的前脚碰到了某个坚硬的东西。这就是狮爪提到的树枝吗?他俯身嗅了嗅,感觉那根树枝很光滑。它上面的树皮被剥去了,里面的木头却十分干燥。它肯定没在水里泡太久,否则,就算有新叶季阳光的照耀,肯定也是湿透的。

与此同时,松鸦爪也觉得事情有些蹊跷:树枝上,满目疮痍的抓痕整齐有序,这有点儿不同寻常。有些抓痕还呈现出十字交叉状,有如两条背道而驰的小径。

"那是什么?"叶池的声音突然在身后响起,吓了他一跳。他太专注于那些抓痕了,以至于根本没听到叶池走了过来。

"一根树枝。"他费了好大的劲儿,才把那根已经在锦葵下扎根的树枝拽了出来,"看这些抓痕。"

叶池嗅了嗅。"没什么气味,"她说,"估计是被湖水冲过来的。"

"但这些线条有点儿不对劲儿。"松鸦爪提醒她,"它们太不寻常了。"

"说得对。"叶池附和道,"我也很纳闷儿,它们是谁留下的。狐狸?或者是獾?"

"它们太整齐了,不可能是獾或狐狸留下。"

"或许是两脚兽的杰作吧。"叶池猜测道。她摇了摇尾巴说:"快点儿,我得从这些植物里挖些根茎,添加到我采集的药草里边。"

松鸦爪闻到她爪子上粘着的泥巴里有股鱼腥味儿。

"你动手摘些叶子吧。"叶池继续说道,"如果运气好的话,在下个雨季来临前,我们还来得及把它们晾干。"

她为什么就不能对树枝多点兴趣呢? 他们之前可从没遇到过类似的情况。松鸦爪闷闷不乐地将脚掌从树枝上划过,他感觉到自己之前触摸过的地方暖暖的。他从锦葵上扯下一把叶子,而叶池则沿着树根刨了一圈, 然后用牙齿把锦葵从泥土里拔了出来。

"我们把这些药草都搬回营地吧。"她喵道,"我还留了些树根在那边。"她跑了过去,松鸦爪则叼起那些树叶,朝沙滩走去。

他突然停了下来。那这根树枝怎么办?不能让它就这么一直留在原地呀。它随时都有可能被冲走。想到这里,松鸦爪放下锦葵叶,回过头,用脚掌把那根树枝推离了岸边。

"我们不可能把它也搬回营地去。"叶池回到他身边喵呜道。她叼着锦葵,声音有点儿含混不清。

"但我们可以把它放在一个相对安全的地方啊。""我还想再回来看看呢。"他心想。

"可以,但是得抓紧时间。我想趁太阳还暖和的时候,把叶子晾出去。"

　　松鸦爪拽着树枝,把它从鹅卵石上拖了过去,并越过了岸上的那些木头和垃圾。最后,他气喘吁吁,终于感觉到草丛摩挲到皮毛了。他已经离开小溪,来到了岸上。他四处探了探,最终在一丛纠结的树根下找到了一个缝隙,把树枝塞了进去。希望涨水时,它能将树枝卡住。他突然又有点儿担心:万一树枝被冲到湖里,该怎么办?

　　"快点儿。"叶池不耐烦的声音传了过来。

　　松鸦爪飞快地跑回去,捡起之前放下的叶子,跟着老师走进了树林。他步履沉重,而且心里有点儿忐忑不安,他隐隐地觉得,留下树枝不是个好主意。他很想知道自己为什么会有这种感觉。

　　我会回来的,他暗自下定决心。

第五章

在黑暗中看到冬青爪那闪亮的眼睛时,狮爪僵住了。当他溜进学徒巢穴时,冬青爪就一直这样看着他。

"好了。"狮爪在她耳边小声说道,"我只是出去方便了一下。"他握紧了爪子,为什么随时都得向她报告啊?冬青爪翻过身子,没有回应。狮爪蜷缩在自己的窝里,背对着她。

外面皓月当空,天空一片皎洁,暖风徐徐拂过。他期盼着能偷偷溜出去,和石楠爪约会。石楠爪可不像冬青爪那样,总是盯着他不放,好像他是自己族群的叛徒似的。石楠爪也明白,他们只是在一起玩耍,并没有打算泄露彼此族群的秘密。狮爪闭上眼睛,愤怒像一个打不开的死结,郁结在心中,就这样伴随他进入了梦乡。他开始做梦了。

冬青爪正向他眨着眼,她那火炬般的目光从一个洞穴里望过来。他们都充满了温情和兴奋,跟小时候玩耍时一样。狮爪蹑手蹑脚地靠近洞口。她在那里做什么?

"冬青爪?"

"我会抓住你的。"她笑着说。

就是如此。

一个游戏。

狮爪俯下身,靠得更近了。冬青爪顽皮地抽动着胡须,琥珀色的双眼在暗夜里闪闪发光。

狮爪的血液骤然冷却。

琥珀色？冬青爪的眼睛明明是绿色的啊!

狮爪退了回来。那双眼睛隐去了玩耍的神情,正狠狠地盯着他。这不是冬青爪。洞穴里传来一声低沉的咆哮——是狐狸! 狮爪想要逃跑,却发现四肢无法动弹。那畜生咆哮着,张开血盆大口,向他猛扑过来。

狮爪猝然惊醒,猛地跳了起来。惨白的月光正透过洞口的枝叶照进来,斑驳地映照着熟睡的群猫。

冬青爪猛然间抬起头:"你还好吧?"

"只是做了个噩梦而已。"狮爪喘息着回答道。

冬青爪凑到他身边:"你梦到什么啦?"

"一只狐狸。"

"这里没有狐狸。"煤爪从自己的床铺上走过来,眨着眼安慰他。

狮爪突然愤怒起来。这两个间谍难道就不能给他留一寸立足之地吗? 他从她们中间冲了过去。"我去找点吃的。"他喵道,然后重重地跺着脚,走了出去。

黑莓掌正在高岩上巡视营地。火星肯定出去巡逻了,狮爪猜测道。在空地另一端的半截石上,松鸦爪正坐着梳洗身体。狮爪经过时,他停了下来。

"你还好吧?"松鸦爪歪着头问道。

"我只是做了一个噩梦而已。"狮爪咕哝道。他走到猎物堆旁,叼起一只硬邦邦的小老鼠,回到了松鸦爪身边。

他们默不作声地分享着食物。好在松鸦爪对狮爪上个月所做的事情,似乎并没有插上一脚的意思。

"狮爪!"蜡毛从武士巢穴里走了出来,"今天早上,我们将和蕨毛、还有冬青爪一起在营地训练。"

"噢,真是倒霉!可是,我就永远摆脱不了她吗?"他在心里嘀咕着。

这时,荆棘围篱颤动起来,黎明巡逻队走进了营地。火星和沙风都叼着猎物,蛛足和鼠爪也各叼着一只老鼠,白翅则叼着一只肥美的画眉鸟。

"一切都正常吗?"黑莓掌问道。

火星将猎物放在猎物堆上:"一切都很平静,如你所见,猎物也都活蹦乱跳的。"

莓爪来到猎物堆旁,嗅了嗅白翅扔下的画眉鸟,然后叼起它,走进了育婴室。

"嗨,松鸦爪。"冬青爪和煤爪穿过空地,蹦蹦跳跳地走来,"还有吃的吗?"

"你待会儿再吃吧,冬青爪。"蕨毛正在营地入口处上蹿下跳,"先去训练。"

狮爪心满意足地吞下了最后一口老鼠肉。冬青爪很可能已经谈论过他那不可告人的秘密了,如果她因为这个而饿肚子,那真是活该。他站起身,朝蕨毛走去,蜡毛也穿过空地,加入了他们。

"我都快饿死了耶!"冬青爪一边抱怨,一边追了上去。

"打斗训练后,我们会去狩猎的。"蕨毛许诺道。

这位金色武士朝通道飞奔而去,狮爪和蜡毛并肩而行,留下冬青爪独自在后面追赶。他们默不作声地朝训练场前进。绿叶凝翠,晨曦在林,鸟鸣动野。狮爪看见冬青爪正撇着嘴巴。

蜡毛坐在场地中央,尾巴拂过布满苔藓的地面:"今天,我们将探讨一下其他族群的打斗技巧——包括他们的优势与劣势,以及如何借鉴。"

"那么其他族群都有哪些优势呢?"蕨毛问道。

"河族会游泳。"冬青爪喵道,"也就是说,他们可以在水中行进。"

"风族擅长伪装,而且体型较小,因此他们不易被察觉。"狮爪说道。

"除非他们是在上风向,"冬青爪指出,"否则,他们身上兔子般的气味就会出卖他们。"

狮爪愤懑不已。石楠爪身上就没有兔子的气味。

"那影族呢？"蜡毛问道。

"他们简直就是恶魔！"冬青爪咆哮道，"你根本就不知道他们的攻击手段是多么的下三滥。这也使得他们难以捉摸。"

"那影族的劣势呢？"蕨毛追问道。

"他们过分地高估了自己的英勇。"冬青爪喵道，"河族则饱食终日，所以他们比我们速度慢。"

狮爪来回移动着脚步，搜肠刮肚地想要说点什么。但冬青爪已经抢先一步，回答了所有问题。

蜡毛注视着他，问道："风族怎么样？"

狮爪顿时口干舌燥起来，蜡毛的目光仿佛看穿了他。难道冬青爪已经告诉他的老师，他在和石楠爪幽会？意识到三只猫都在盯着自己，狮爪感到惊慌失措。他急得如热锅上的蚂蚁。加油！我知道答案的。

冬青爪的眼珠骨碌碌地转着："狮爪觉得，风族没什么劣势。"她的抢答让狮爪尴尬得面红耳赤。她干吗说得这么露骨啊？她是在提醒他，她可以让他吃不完兜着走吗？

怒火腾地一下蹿了上来。"才不是这样！"他叫道。

"什么不是这样啊？"黑莓掌从山坡上走了下来，身边跟着莓爪。

狮爪扬起下巴回答道："冬青爪指责我偏袒风族。"

"那她为什么要那样说呢？"

"我只是开玩笑。"冬青爪喵道，"狮爪太敏感。他做噩梦了。"

狮爪抽动着尾巴。冬青爪一定要让他看起来像个白痴吗?必须得让她见识一下自己的厉害。"风族速度很快,但是不如我们强壮,因为在旷野上,他们没什么树可以攀爬。"他怒视着冬青爪咆哮道。

"不错。"蕨毛点了点头说,"你似乎抓住了一些要点。我们来练习一些动作吧。首先,我们来试一个对付河族的动作。"

蕨毛猛地俯冲到蜡毛的肚子下,咬住了他的后腿。蜡毛回身准备反击,但蕨毛已经跳了出去。蜡毛立即一个泰山压顶扑向他,但蕨毛一个懒驴打滚,就地躲了过去,随即,他以迅雷不及掩耳之势扑到蜡毛背上,压得灰毛武士一个趔趄,侧摔在地上。两名武士站起身来,抖落了身上的泥土,转身面对着他们的学徒。

"现在,你们两个来试一下。"蜡毛喵呜道。

"狮爪。"蕨毛用尾巴碰了碰狮爪的腰,"你来扮演河族猫,因为你是哥哥,而且强壮些。冬青爪,你就像我刚刚摔蜡毛一样摔倒他。"

冬青爪点了点头说:"可别让我赢得太容易哦!"她的眼里闪烁着坚毅的光芒。

"放心吧,我绝不会手下留情的。"狮爪咬牙切齿地说道。她难道不知道惹恼他的下场吗?

狮爪感到冬青爪已经俯冲到了自己的肚子下, 而且牙齿划过了他的后腿,但他不想让冬青爪像蜡毛那样轻易脱身。冬青爪还没来得及翻身,他便将自己全身的重量向她压了过去,接着用

爪子抓住她,将她拽翻在地上。

"嘿!"冬青爪尖叫道,"这不是你的步骤!"

"你干吗不再快点啊?"狮爪气呼呼地说道。他用前爪抓住冬青爪的双肩,后爪则朝她的脊背扫去。

"你伤着我了!"冬青爪尖叫道,拼命地想要挣脱出来。

"狮爪,住手!"黑莓掌严厉的命令把他惊呆了。冬青爪从他的爪子下溜了出来,挣扎着站起身。黑莓掌俯身盯着狮爪,双眼里燃烧着怒火:"这是训练!我不想让任何一只猫受伤!"

狮爪站了起来。"对不起,"他喵道,"我刚才太投入了。"

冬青爪正舔舐着狮爪留下的抓痕。一阵内疚浇灭了他的怒火,狮爪耷拉着脑袋。"对不起,冬青爪。"他低声说,在肚子里憋了一上午的怒火消失得无影无踪,"我真的很抱歉。"他局促不安地瞥了父亲一眼,等待着被训斥,但黑莓掌的眼里只有关切的神色。

"你们俩今天上午能训练一下莓爪和冬青爪吗?"雷族副族长直接问蜡毛和蕨毛,"我想带狮爪去捕猎。"

狮爪羞愧不已,跟着父亲走出了训练场。他已经准备接受训斥了,但黑莓掌只是一声不吭地穿过了树林。

"我不该被怒火冲昏头脑的,"狮爪脱口而出,他打定主意,直奔主题,"但她整个上午都在监视我。"

黑莓掌仍旧一言不发。

"我不是在找借口,"狮爪继续说,"以后我不会这么做了。"

"我知道。"黑莓掌喵呜道，他停下来，注视着狮爪。"这太不像你了。"虎斑武士叹息道，"我一直希望，你可以照顾好弟弟妹妹。"

狮爪耷拉着脑袋，他让父亲失望了。

"你是不是出了什么事？"黑莓掌问道，"有些东西……"虎斑武士停顿了一下，"困扰着你吗？"

狮爪知道，自己不能告诉父亲有关石楠爪的事，以及冬青爪如何阻止他去见她。"只是有点儿……"他说不下去了。他该如何解释自己的恼怒呢？"看起来，冬青爪不相信我能成为一名忠诚的武士。"

黑莓掌点了点头："我明白那种感受。"他继续在树林间穿梭。狮爪迷惑不已，急忙跟了上去。

"作为虎星的儿子，这意味着，我必须一次又一次地赢得每只雷族猫的信任。"黑莓掌继续平静地说道，"因此我能够理解，当你必须去证明那些根本没必要证明的东西时，心情会如何的沮丧。"

前方是一片覆满落叶的山坡，他们将爪子深深地插入芬芳的泥土，向上爬去。

"麻烦的是，每只猫都只能看到虎星邪恶的一面。他们都忘了，他曾经也是一名勇敢、杰出的武士。"

狮爪竖起耳朵。黑莓掌是在为虎星辩护吗？

"我没有忘记虎星是如何背叛自己族群的。"黑莓掌喵道，

他似乎注意到了狮爪的惊讶，"但我们都有优点和缺点，仅仅是你的缺点被其他猫记住了，这是很可悲的。我希望我被其他猫记住的，是我的优点，而不是缺点。"

"当然了。"狮爪喵道。一想到父亲最终会化为尘埃，变成族猫的一个回忆，他浑身的毛发都刺痛起来。"族里的每只猫都很敬重你。"

"我真希望这是真的。"

"你这话是什么意思？"

"我想，族群中可能有一只猫希望我受到伤害。"他小声说道。

狮爪的心猛地沉了下去："是谁啊？"

黑莓掌摇了摇头说："这无关紧要。忘记我刚才所说的吧。"

"但如果有一些你不信任的猫——"

黑莓掌打断他的话："如果你希望自己的优点被记住，就必须为族群服务。这或许意味着，你必须向那些对你心存芥蒂的猫证明你的能力。也就是说，你不能强迫冬青爪去信任你，你必须用行动向她证明，你值得信赖。"

狮爪忽然觉得很厌倦。他为什么非得向冬青爪证明自己呢？"我又没做错什么！"他心想。

噼里啪啦！

一块石头在营地的围墙上撞出一连串声响，最后，砰的一声落在了学徒巢穴外面的地上。

狮爪抬起头，在黑暗中眨了眨眼。难道是兔子跑到山谷顶上觅食来了？

噼里啪啦！

肯定不是兔子，如果是兔子，第一串撞击声就能把它吓得逃进树林去。

狮爪十分好奇，他悄悄地站起来，瞟了冬青爪一眼。她正在酣睡。多谢了，蕨毛！冬青爪的老师带着她到森林深处去打猎，回来时，她已经精疲力竭、四肢酸痛，但她还是兴高采烈地带回来三只老鼠。

狮爪蹑手蹑脚地从她的床铺旁走过，弯着腰溜出了巢穴。

噼啪！

嘭！

一块鹅卵石滚落到脚边，他敏捷地躲到一旁，并警觉地向上望去。在崖壁顶上，一双圆圆的眼睛正炯炯有神地盯着他，还眨了几下。

是谁在窥视营地？是不是应该告诉别的猫？他扫视了一圈营地，月光下空空如也，没有其他猫的动静。在确认有危险之前，他不想贸然惊醒族猫。万一只是某只好奇的小鹿发现这里，而自己就贸然示警的话，那他就成一个大傻蛋了。他应该先查看清楚，如果真有危险，再发警报也不迟。

白翅的皮毛在营地入口处闪耀着，她一定在站岗。如果有危

险，可以叫她。

狮爪沿着空地边缘绕了一圈，然后钻进了巫医巢穴旁的黑莓丛，他知道，可以顺着黑莓丛后面的崖壁爬上去。他从满是荆棘的枝叶中探出身，用爪子抓到了岩架，把自己拽了上去。然后，他小心翼翼地朝前移动，以免带动碎石而弄出声响。就这样，他沿着一块块凸出的岩石，爬到了崖顶的草地上。稍微喘了一口气之后，他蹑手蹑脚地绕着山谷边缘走去。

"狮爪！"一个温柔的喵声从前方的蕨丛中传来。看到石楠爪从拱起的锯齿叶下溜出来时，狮爪惊呆了。"感谢星族，真的是你。"

"是你把那些卵石扔下去的？"狮爪警觉地盯着她。万一她被抓住了，那该怎么办呀？"你还好吧？"

"我必须来见你！"

狮爪满心欢喜，她比自己想象中的还要勇敢，但他必须马上带她离开营地。"跟我来。"他嘘声说道，随即像兔子般朝湖那边的山坡冲去，但石楠爪并没有跟上来。

"快点儿啊！"狮爪恳求道。他滑了几步，停了下来，转身看着石楠爪。

石楠爪的双眼闪闪发光。"别走那边。我有东西给你看。"说完，她便转过身，一头钻进了蕨丛。

狮爪急忙跟了上去，问道："我们这是要去哪儿呀？"

"你等着瞧吧。"

她似乎正朝旧狐狸巢穴走去,狮爪放慢了脚步。"小心!"他警告道。

"没事儿。"她告诉他,"这儿没有狐狸。"来到坡底时,她在一丛茂密的黑莓前停了下来,"你在这里等我。"

她钻到了黑莓丛中。狮爪看着她的尾巴消失在茂密的枝叶里,只剩下灌木丛不停地颤抖着。她要去哪儿?忽然,一只猫头鹰在头顶的枝叶里叫了一声,狮爪吓得毛发倒竖,紧张地扫视着四周。

"这儿!"

狮爪抬起头,向山坡上看去,只见石楠爪正在一条狭小的通道外冲他眨眼。"你在那里做什么啊?"那地方看起来像个兔子窝。

"你永远都不会相信里面有什么。快点儿过来!"石楠爪说完,便飞快地转身,钻进了黑暗里。

狮爪在黑莓丛下痛苦地扭动着身子,他的脚掌被刺得生疼。黑莓刺挂住了他的皮毛,痛得他龇牙咧嘴。他用力将自己拽上斜坡,摆脱了刺丛的纠缠,然后在隧道口停了下来。

"石楠爪?"他紧张地叫道,心都快跳到嗓子眼了。

"快进来!"她的喵声在暗夜里神秘地回荡着。

狮爪挤身跟了进去。

通道里伸手不见五指。他匍匐在地,蜿蜒前行,毛发紧紧地贴在潮湿的地面上。石楠爪到底要去哪儿呀?这鬼地方,连兔子

都钻不进来,更别提猫了。突然,一阵凉爽的风拂过他的毛发,通道变得开阔起来。狮爪终于松了一口气。他站直身子,昂首阔步地朝前走去,然后,便感到石楠爪温暖的气息吹到了脸上。

"它通向一个山洞!"石楠爪喵道,"山里有许多通道,其中的一条正好通往风族领地。"

"伟大的星族啊,你是怎么找到它们的呀?"

"风爪让我到荒野那边的岩石中抓老鼠,那里离营地不远。我追着一只老鼠,来到了一条石缝里,发现那条石缝连着一条通道,进去后,便发现里边四通八达。"

"你就不怕迷路吗?"

"刚开始时,我探寻得很慢,确保熟悉一条通道后,才去查看另一条。很神奇,我发现洞顶上有一束光透了进来,然后,我就找到一条通往雷族领地的通道。"她欢欣鼓舞地喵道,"是不是很神奇呀?"

狮爪简直不敢相信自己的耳朵。"一条连接着雷族和风族领地的通道?"他喘息道,"真是太棒了!要是遭遇袭击,或是发生火灾,雷族可以用它来逃生——"

"不!"石楠爪尖锐的喵声里充满了不满,"我们不能告诉任何一只猫,你明白吗?以后,这里就是我们的地盘!"

"我们的地盘?"

"我们可以在这里见面,任何猫都别想发现我们。就算是冬青爪,也猜不到你去哪儿了。"

　　狮爪抽动着胡须。现在,他可以和石楠爪想待多久就待多久了,而且谁也发现不了。"这主意太棒了! 你真聪明,石楠爪。"

　　她快活地喵呜着,飞快地用鼻子蹭了蹭狮爪的脸颊,然后便跑开了。"跟上来,我带你去看那个山洞。"

　　她迈开步子,撒着欢儿,消失在黑暗里。恐惧再次涌上心头,狮爪努力压抑住转身跑回森林的想法,紧跟着石楠爪往前走。黑暗紧紧地将他包围,他突然明白了松鸦爪的感受。他使劲地四处嗅闻,哪怕是嗅到一些狐狸、兔子甚至是獾的味道也好啊,但这里除了潮湿泥土的气息,什么也没有。通道里散发着一股陈腐的味道,似乎已经有好几个月没有任何动物光顾过这里了。

　　"这个地方怎么会没被使用呢?"他好奇地问道。

　　"除了水和石头,我在这儿从没闻到过其他的东西。"

　　狮爪感到有点不安:"但似乎我们不是最先——"他话还没说完,通道突然亮了起来,而且拓展成一个巨大的洞穴。狮爪木然地停下来,惊讶地盯着四周。正如石楠爪所说,月光透过洞顶的一个小孔照进来,点亮了岩石墙壁。光滑的石面铺满了尘埃,不时能在上面看到放射状的纹路,像是仙人的脚印;最神奇的是,一条流经森林的河流注入了一个低矮而宽阔的通道,消失在黑暗中。

　　一条地下河? 这怎么可能?

　　"这不是很棒吗?"石楠爪跃上一个岩架,"这里就像是我们自己的营地。我们可以是暗族,我就是族长,你可以做我的副族

长。"

"副族长？如果我想做族长呢？"狮爪越过她，跳到了更高的岩架上。

"是我找到这个地方的，所以我应该是族长！"石楠爪扑向他，把他撞了下去。

狮爪呜呜叫着，轻轻地落到地面上。"好吧，石楠星，"他喵道，"你有什么打算？"

"狮爪，醒醒！"

狮爪感到一只柔软的脚掌正推着自己的肚子，他猛地抬起头来。看到四周都是岩石墙壁，他很是惊讶。随即他想了起来，自己是在山洞里。石楠爪正坐在他身旁，眼里写满了蒙眬的倦意。

"看！"她把头转向洞顶的缝隙，"我们睡过头了。"外面的天空已经露出了鱼肚白。

狮爪跳了起来。"我必须回去了！"他焦急地盯着墙上纷乱的洞口，"哪条才是通向雷族的？"

石楠爪走到河边一条狭窄通道附近。"是这一条。"她又冲着对面墙上一条更宽阔的通道弹了弹尾巴，"我从那儿走。"她的双眸闪耀着，"你今晚还会来吗？"

"会的。"狮爪迫不及待地回答道，"如果我走得开的话。"

他沿着通道匆匆地走了下去，石楠爪送别的声音在身后回荡着。他的族猫们肯定已经发现他不在自己的床铺上了，这次，他又该如何搪塞过去呢?冬青爪肯定会怀疑的。他必须为自己这么早出去找个理由,不然,今晚就别想再和石楠爪见面了。

周围的通道更加狭窄了,他感觉有东西在摩擦着他的皮毛。肯定是洞壁。石楠爪还记得正确的路径吗?他的心里突然涌起一阵恐慌。万一找不到出去的路,那该怎么办? 又有一个东西拂过他的毛发,感觉不像是泥土,它更软,像是猫的皮毛紧挨着他。警觉感迅速传遍了全身,他开始奔跑起来,朝黑暗猛冲了过去,紧张得大气都不敢出一口。

前方亮了起来。他冲出洞穴时,绝望和兴奋交织在一起,令他四肢发软。黎明的光线顷刻间注满了双眼,他眨了眨眼睛,飞速地向四周扫了一眼。没有巡逻队的踪迹。他俯下身,穿过黑莓丛,向营地飞奔而去。

我不能就这样两手空空地回去! 这个念头让他猛地刹住脚步。

一只麻雀在头顶飞过。如果我是为族群找食物,那就不会有猫说三道四了。狮爪蹲下身子,迅速进入捕猎状态。他稳如磐石,看着那只麻雀翩然落到地上,蹦蹦跳跳地靠近了自己。他压抑住扑过去的冲动,耐心地等待猎物进入攻击范围。落叶沙沙作响,它跳得更近了。狮爪的后腿跪到了地上。再跳一步……

可抓到你了! 狮爪如蛟龙般一跃而起,一巴掌解决了那只小鸟。他叼起瘫软的麻雀,朝营地飞奔而去。

"你好,狮爪。"白翅还在入口处站岗,"我怎么没看到你出去

啊？"

狮爪叼着麻雀，含混不清地喵道："我从厕所那儿的通道出去的。"撒谎让他的尾巴刺痛起来，但这也是情非得已啊。

"看来，又有猫能吃到香喷喷的早餐了。"白翅说道。

"嗯。"狮爪点了点头，走进了营地。

冬青爪正和松鸦爪躺在半截石旁，狮爪进入营地时，她抬头看了一眼。狮爪朝她弹了弹尾巴，将那只麻雀扔到了猎物堆上。

"你肯定起得很早。"松鸦爪喵道。他爬上光滑的半截石，开始梳洗起来。

"鸟儿们太聒噪了，我真奇怪，你们居然睡得着。"狮爪回答道。他的大脑飞速转动着。

冬青爪眯起了眼睛："昨天蕨毛带我狩猎回来后，我就睡得什么都不知道了。"

狮爪用脚掌抓了抓耳朵，肚子里的肠子都快打结了，他讨厌撒谎。他和石楠爪一起玩耍，不会妨碍到任何猫，但他的族猫却不这么看。

我对自己的族群是忠诚的，狮爪告诉自己，我没必要非得去证明它。

但是，谎言苦涩的滋味依然堵在他的喉头。

第 六 章

冬青爪在巢穴入口打了个哈欠,伸了个懒腰,初升的太阳暖暖地照在她的脚掌上。她回头看了一眼,狮爪仍在睡觉。

煤爪已经站在猎物堆旁了。

"有什么吃的吗?"冬青爪朝她的朋友喊道。

"只有一只老鼠。"煤爪不确定地扒拉了一下,"不太新鲜了,但还没坏。"

冬青爪朝她走了过去:"或许,我们应该先问问黛西,看看小猫们需不需要。"

"不了,谢谢你们。"黛西正在育婴室外晒太阳,香薇云的孩子们围绕在她身旁,"等黎明巡逻队带回暖和新鲜的猎物后,再给他们吃。"

"我不介意吃不新鲜的老鼠。"小狐主动说道。

"不行。"黛西喵呜道,"你感冒了,只能吃暖和的食物。"

"但我饿了耶!"

"你更像是嘴馋了!"小冰嘲笑道。毛茸茸的白色小家伙轻轻

地拍了拍哥哥的耳朵。小狐掉转头朝她扑了过来，小冰尖叫着用后脚踢了他一下。

他们从黛西身边翻滚而过时，黛西挪开了尾巴。"等他们搬到学徒巢穴后，我就可以松口气了。"她喵呜道。冬青爪知道这并不是黛西真正的想法。到那时，香薇云也会搬回武士巢穴，那么育婴室就只剩下她一个了。她一直都很清楚，自己不可能成为一名武士，但是如果没有小猫给她哺育，她就什么都不是。希望春天能给她带来一只新的小猫。

"冬青爪！煤爪！"叶池从长老巢穴探出头来，"过来清理一下床铺。"

"我去拿些新鲜苔藓。"冬青爪知道叶池在巫医巢穴旁储藏了一些。她跑过去抓起一卷，带到了长老巢穴。

长尾和鼠毛床铺旁的金银花丛抽出了新的枝叶，新鲜的藤蔓在微风中摇曳着，花蕾也在慢慢生长。绿叶季到来时，这里肯定花香四溢。冬青爪低头走了进去，放下了苔藓。煤爪正忙着整理床铺，把陈腐的苔藓都抓了出来。

叶池蹲在长尾身旁，抬起头说："长尾被虱子咬到的地方发炎了。"药草浓浓的芳香传遍了整个巢穴，"我已经给他涂上药膏了。但我想清理一下床铺，以防他再生虱子。"

"好的。"冬青爪点了点头。

鼠毛僵硬地坐了起来，感叹道："能再次看到新叶季，真好。"

叶池将更多药膏抹上长尾的伤口时，他痛得缩了一下。"森林的气味闻起来不错，"他喵呜道，"我真想出去走走。"

冬青爪惊讶地眨了眨眼睛。自从失明后，长尾就很少离开营地了。

"只有我陪着你去才行。"鼠毛嘶哑地说，"你需要一只猫来帮你看看有没有狐狸。"

"狐狸！"冬青爪夹紧了尾巴。

煤爪拖着一卷苔藓，朝洞口走去。"狐狸没那么可怕。"她回头说道。

"没那么可怕？"冬青爪喘息道，"那追逐我的那几只怎么样？我的尾巴差点儿被他们咬断了！"

"那时你还是只小猫。"煤爪指出，"现在再碰到它们的话，你就不会觉得那么害怕了。"

冬青爪还是不相信。

"狐狸只是让猫讨厌而已，"煤爪接着说道，"倒是需要特别小心獾。"这只灰色母猫睁大了眼睛，"他们太恐怖了。"她脊背上的毛发竖了起来，"我这辈子再也不想碰到另外一只了。"

"另外一只獾？"冬青爪坐了起来，"你连一只都没见过呢。"

煤爪将脑袋歪向一边，眼里满是困惑。"你说得对。"她伸直身体，把鼠毛旁边那些陈腐的苔藓拽了出来，"我肯定是梦到过。"

煤爪怎么这么鼠脑袋啊！

冬青爪去抓新鲜苔藓时，注意到叶池正盯着煤爪。巫医张大

了嘴巴,像是正舔着什么东西时,被冻僵了一样。她怎么这么惊讶啊? 煤爪又不是第一次这么糊里糊涂的了。

长尾开始烦躁起来:"你弄完了没,叶池?"

"还没。"叶池迅速地低下头,"别动,就快完事了。"

火星的声音在巢穴外响起:"请所有能够自行狩猎的猫到高岩下集合!"

"族群大会?"鼠毛眯起了眼睛,"我希望一切都好。"她慢慢地站起来。冬青爪瞥了煤爪一眼,胸口激烈地起伏着。有什么事要发生了吗? 她抢在其他猫前面,冲了出去,看到火星正从高岩上跳下来。

猎物堆上的食物很充足。"黎明巡逻队已经回来了。"冬青爪对追上来的煤爪小声说道,"或许,他们带回了什么消息。"

暴毛和溪儿待在空地边缘;灰条和米莉正从他们的临时巢穴里走出来;黑莓掌和松鼠飞坐在高岩下的阴影里;狮爪则与老师蜡毛坐在一起;黛西待在育婴室里,正用尾巴把想看看热闹的小冰和小狐往回赶。

族猫到齐后,火星便在空地中央坐了下来,目光炯炯地环视了一周。

"不像是有什么坏事发生。"冬青爪对煤爪嘀咕道。

"我有些事情,要占用大家一点时间。"火星开口说道,"现在,新叶季已经来临了,似乎是一个不错的开端。"

冬青爪激动地向前倾了倾身体。

"现在,是让米莉成为雷族武士的时候了！"

冬青爪惊呆了。灰条遇到米莉时,她还是一只宠物猫。灰条对她进行了武士训练,而且,在灰条回营的途中,她也帮了不少忙,但这就表明她是一名武士了吗?冬青爪甚至不知道米莉是否信仰星族。

赞同的喵声在营地四周响起。

"是时候了！"白翅叫道。

桦落按了按地面。"她有一颗武士的心！"他说。

冬青爪惊讶地盯着他们。这件事肯定没那么简单。那次白天的森林大会,确实在一定程度上抚平了其他族群的激怒,但让一只宠物猫成为武士,情况会怎样呢?难道不会再次激起其他族群的敌意吗?米莉是一名很好的猎手,也在战斗中证明了自己的忠诚,但让她成为一名雷族武士……

"米莉。"火星在召唤这只灰色虎斑猫。

她扬起下巴,朝前走去。冬青爪不禁羡慕起她来。她从未接受过学徒训练,又怎能拥有一个武士名号呢? 冬青爪心乱如麻。

"你在战斗中英勇拼杀过,"火星喵呜道,"在艰难的秃叶季,你养育过族群。这里没有谁会怀疑你的忠诚和打斗技巧,你通过自己的努力,赢得了我赐予你的武士名号。"他停顿了一下,继续说道,"从今天起,你的名字将是——"

"等等！"

米莉打断火星时,惊讶的喵声此起彼伏。

她目光炯炯地环视着四周。"能晋升为一名雷族武士,是我莫大的荣幸。"她喵呜道,"有此荣耀,我别无他求。而且,我要感谢灰条将我从宠物猫的生活中拯救出来。"她含情脉脉地朝伴侣眨了眨眼,"如果我终此一生,都作为两脚兽的玩物,那么我的人生将不能完美。但是——"

灰条走上前去。"米莉?"他的眼里满是焦急,"你会离开,对吗?"

"我永远都不会离开。"米莉走上前,和他碰了碰鼻子,然后转向火星,"在加入星族之前,你都可以相信我的忠诚。你必须相信,我会为保护雷族赴汤蹈火。但我不想改变名字,我一直都叫米莉,而且,我不会因为这个名字而感到羞耻。"

一阵震惊的沉默攫住了族群。蜡毛弹着尾巴,沙风眯起眼睛,打量着这只宠物猫,黑莓掌抽动着胡须。

灰条抬起下巴说:"米莉说得对,她叫什么并不重要,重要的是如何表现,而且我相信,她永远都会把族群利益放在第一位。"

冬青爪看着火星,猜测着他会怎么做。雷族族长正不安地来回移动脚掌,他看看灰条,然后又看看米莉。

突然,另一个喵声响了起来:"我能说两句吗?"

冬青爪回头看了一眼,发现黛西正走上前来。这位乳白色猫后从蛛足和桦落中间溜了出来,走到了空地中央。冬青爪竖起了耳朵,她还从没见过黛西在族群大会上发言。

"我很高兴米莉选择保留自己的名字。"这只母猫开始说道,她温柔的喵声略微有些颤抖，"我不是武士，但我是一只雷族猫。我待在育婴室而没有出去狩猎和战斗，是因为哺育是我做得最好的一件事。我像对待亲生骨肉一样，照料着每一只小猫，这是我对族群的贡献，但这是我用自己选择的名字所作出的贡献。"

"她说得对。"溪儿走到前方说道，"我的忠诚和雷族共存，但我永远不会放弃部落赋予我的名字。"

暴毛走上前，把尾巴放在了溪儿的腰上："这里有谁不相信米莉、黛西或是溪儿会和雷族并肩战斗吗？"他挑衅地环视着四周。

"不会！"灰条带头叫道，黑莓掌、云尾、白翅和其他猫也纷纷附和，黛西的孩子莓爪、榛爪和鼠爪的叫声最响亮。

冬青爪不安地看着眼前的一切。

突然，刺掌的喵声盖过了其他声音："停！如果现在其他族群能够看到我们，他们会怎么说？"

尘毛点了点头，开口道："就因为雷族不再是纯粹血统的族群，影族已经试图侵占我们的领地了。"

蛛足眯起眼睛说："命名仪式是武士守则所规定的。在忽视武士守则的情况下，我们还能得到其他族群的尊重吗？"

冬青爪的尾巴在地上扫来扫去。尘毛和蛛足说得对，米莉、黛西和溪儿对雷族很重要，但如果她们不能接受族群的所有规矩，又怎能真正地融入进来呢？

火星的目光闪烁着。"安静！"他暴躁地吼道，"别忘了，你们

是在谈论自己的族猫！我邀请黛西、溪儿和米莉加入雷族，是因为她们使我族更加强大。"他瞟了一眼空地，"在享用她们捕获的猎物，以及让她们陪族猫战斗时，你们很开心。但是现在就因为她们的名字，你们就要我将她们赶出去吗？你们是想让其他族群来指挥我们该怎么做吗？"

"当然不是！"灰条喵呜道。

"米莉和溪儿已经是武士了，"黑莓掌插话道，"名字并不能改变这个事实。"

"不是这么回事！"冬青爪将爪子插进泥土里。她们还没进行过正式的命名仪式。雷族正在忽略一个已经进行了无数岁月的仪式，星族会怎么想呢？"我们必须按照武士守则行事！"她盯着刺掌，希望他说点什么，但刺掌只是朝族长低下了头。

火星朝他眨了眨眼后，再次转向米莉："你可以保留你的名字，在战斗和捕猎中，我们都看到了你的勇敢和技巧。你现在是一只雷族猫了，祈求星族，接受你成为一名真正的武士。"

"雷族！雷族！"桦落率先开始欢呼，其他猫也迅速加入进来。冬青爪默默地看着，她注意到尘毛和刺掌交换了一个焦虑的眼神。

"你不觉得振奋吗？"松鼠飞挤到冬青爪身旁。

冬青爪抽动着胡须说："万一星族不接受她成为一名真正的武士呢？"

"你真的以为星族的心胸那么狭隘吗？"松鼠飞小声说道。

新叶季已经来临了，似乎是一个不错的开端。
现在，是让米莉成为雷族武士的时候了！
米莉，从今天起，你的名字将是——
等等！
我会为保护雷族赴汤蹈火。但我不想改变我的名字，而且，我不会为这个名字而感到羞耻。
啊！

"我们制定武士守则肯定是有原因的,而这并不符合规定。"冬青爪背上的毛发散开了,"黑莓掌应该提出来的,他知道遵守武士守则有多么重要。"

松鼠飞用尾巴抚平了冬青爪的毛发。"黑莓掌是雷族的副族长,他必须支持火星。"她绿色的双眼明亮起来,"而且别忘了,火星曾经也是一只宠物猫。"

"但他接受了武士名号呀!"冬青爪激动地喵道,"他遵循武士守则,而且接受了学徒训练。"欢呼声逐渐平息,众猫都回到了自己的工作岗位上。"火星从未试着去改变武士守则!"冬青爪在心里嘀咕着。

"冬青爪!"

蕨毛的叫声将她从思绪中拉了出来。他正站在云尾和蛛足身旁,他们的学徒煤爪和鼠爪,正蹦蹦跳跳地撒着欢儿。

"是时候测试一下你们的成绩了。"蕨毛对她说,"我想让你和煤爪、鼠爪一起去狩猎。尽可能多带一些猎物回来。"

松鼠飞的双眼放着光:"开始测评啦?"

冬青爪忘掉了自己的不安,心头涌起一阵兴奋。她终于有机会大显身手了。

蕨毛弹了弹尾巴:"别忘了,我会在你们看不到的地方观察。"

"祝你好运!"松鼠飞一走开,冬青爪便又感到不安起来。万一她让蕨毛失望了,怎么办? 不! 绝对不能让这样的事发生。

鼠爪和煤爪朝她这边跑了过来。

"我不知道我更想表现给谁看——蕨毛还是云尾？"煤爪焦急地瞥了两名武士一眼。蕨毛是她的父亲。云尾则是她的老师。

"我会让蛛足知道，我确实能够抓到一只松鼠。"鼠爪发誓道。

"你们最好现在就开始。"云尾走了过来，"还有，你们必须单独行动，我们会观察你们，所以尽量地表现自己吧。"

"我们肯定会！"冬青爪答应道。

煤爪冲了出去，鼠爪急忙跟上。在刺篱通道旁，冬青爪追上了他们。大家争先恐后，想要第一个冲出去。冬青爪之前从没单独狩猎过，她抽动着胡须，充满了期待。

"你们要去哪儿狩猎？"冲出营地后，她问道。

"我去影族边界附近的小溪旁，"煤爪回答道，"那儿通常都会有猎物。"

"那里有点儿开阔，不是吗？"冬青爪喵道。

"我擅长跳跃，"煤爪提醒她，"就算是在开阔的地方，等猎物发现我时，也已经太晚了。"

"我想，我还是去灌木丛吧。"冬青爪决定道，"我更喜欢神不知鬼不觉地靠近猎物。"她瞥了鼠爪一眼，问道，"你呢？"

"我和你一样，"他回答道，"在灌木丛中更容易一些。等我抓到两只老鼠，再逮一只松鼠回来。"

"那就赶紧行动吧！"煤爪带头冲上了山坡。

冬青爪和鼠爪加快速度跟着她，树叶不断地从身旁掠过。快接近小溪时，煤爪离开他们，朝岸边跑去；冬青爪朝着一片小小的斜坡前进，那里的蕨丛十分茂密；鼠爪则朝另一个方向跑去。

在斜坡边上，冬青爪停下来，喘了口气，摆好狩猎姿势，往斜坡下溜去。她静悄悄地钻过茂密的枝叶，尽量不发出任何声响。蕨毛已经在看着我了吗？她一边想着，一边蹑手蹑脚地朝前走去。别想这个了，专心捕猎。她把注意力集中在前方的枝叶上，并轻轻地张开嘴巴，嗅了嗅微风中的气息。兔子的味道已经不明显了，但老鼠的气味还很新鲜。很好！她停下脚步，竖起了耳朵。突然，前方的蕨丛颤动了一下。她眯起眼睛，透过交错的枝叶向外窥视，发现一个小小的棕色身影，冲过了铺满落叶的地面。是一只鼩鼱！它在纷乱的枝叶中刨着树根。

冬青爪悄悄地靠了上去。

鼩鼱突然僵住了。

老鼠屎！她的尾巴碰到了一片叶子。

千万别动！冬青爪屏住呼吸，将尾巴紧紧地贴在地上。

那只鼩鼱又开始刨起树根来。

太好了！那家伙正忙着找吃的。

冬青爪像蛇一样慢慢地前进，鼩鼱却依然在翻找着什么。只要再前进一小步！

忽然，一条细枝在她脚下啪地断成两截，鼩鼱猛地冲了出去。冬青爪扑了过去，闪电般地伸出前掌，在鼩鼱逃之夭夭之前，

牢牢地抓住了它。她迅速在猎物脖子上咬了一口。冬青爪的心怦怦直跳,她将猎物带到一棵山毛榉下,迅速埋了起来,然后回去继续捕猎。

不多久,她又抓到一只鼩鼱和一只老鼠。当冬青爪将最后一份战利品埋到山毛榉下时,看到一个金色的身影在坡顶的黑莓丛中闪了一下。蕨毛观察她多久了?她希望自己已经引起了老师的注意。

忽然,蕨丛中传来一阵沙沙的声响,鼠爪从她身后的树丛中走了出来。

"我已经抓到了两只老鼠,"这只灰白色公猫宣布道,"现在,要去逮那只松鼠了。"

"嘘!"冬青爪暴躁地吼道,"你会把猎物吓跑的!"

"对不起。"鼠爪弹了弹尾巴,"你还在捕猎吗?"

"我想,我的战利品已经够了。"冬青爪不情愿地承认道。

"有煤爪的影子吗?"鼠爪问道,"我希望她也完成任务了。"

"我完成得很好!"煤爪从蕨丛中走了出来,嘴里衔着四只水田鼠的尾巴。她把它们扔到冬青爪身旁,问道:"我能把它们和你的猎物埋在一起吗?"

"不会弄混吗?"

"云尾已经知道我抓了些什么。"

"你和他说话了?"冬青爪感到很奇怪。在测评中,老师是不准帮忙的。

"当然没有啦,"煤爪向她保证道,"但我看到他一直在观察我。浑身雪白的猫要藏起来并不容易,除非是在雪地里。"她愉快地喵呜道。

"鼠爪决定还要去抓一只松鼠。"冬青爪告诉她。

"真的吗?"煤爪惊讶地盯着那只灰白色公猫,"你还没抓够老鼠吗?"

"我抓到了很多。"鼠爪愤怒地喵道,"我只是想让蛛足知道,我也能抓到松鼠。"

"小溪的上游通常都会有一些。"冬青爪建议道。

"我想去爬天橡树。"鼠爪宣布道。

"不可能!"煤爪看起来一副难以置信的样子,"那是森林里最高的树!"

"其他树上也会有松鼠的。"冬青爪劝道。鼠爪是黛西的孩子,他出生在族群外,非常热衷于在族猫面前表现自己。但是经历了刚刚结束的族群大会,他不该认为还有什么证明的必要吧?

"我就是要爬天橡树!"鼠爪坚持道,"我已经接受过训练了,现在是时候让蛛足看看我有多棒了。"

"哇噢!"煤爪吸了口气说,"你太勇敢了!"

"冲啊。"鼠爪飞奔了出去。煤爪紧跟其后。冬青爪又瞥了一眼山毛榉,确认记住了埋藏战利品的地点后,也跟着他们跑了出去。

　　冬青爪站在天橡树下,透过枝叶向上望去。树干似乎没有尽头,湛蓝的天空在鲜绿的树叶间闪耀着。鼠爪也在仰望天橡树,冬青爪确信自己感到了他的颤抖。

　　"害怕了吧?"煤爪嘲笑道。

　　冬青爪将爪子插进泥土里。"千万别刺激他去做他不想做的事。"她心想。"干吗不抓一些老鼠来代替呢?"她建议道,"这附近肯定有不少。"

　　鼠爪背上的毛发竖了起来,看起来就像是一只刺猬。"不,我就是要抓到一只松鼠。"他坚定地小声说道。说完,他便跳起来,用爪子抓住树干,奋力将自己拽了上去,成功地爬上了最矮的树枝。"看!"他叫道,"很容易嘛。"他抬起头来,寻找下一个落脚点。

　　冬青爪忽然听到有脚步声朝他们飞奔而来。

　　"鼠爪!"蕨毛冲出了树林,他喘息着,眼里充满了警觉,"快下来!"

　　蛛足在他身后滑步停住。"别管他!"他暴躁地对蕨毛说,"如果他想尝试,就让他试试好了!"

　　云尾从树林里走了出来:"我原以为,我们是不能插手的——"看到鼠爪爬上了另一条树枝,到嘴的话又被他咽了下去。

　　"我真的觉得你应该叫他下来。"蕨毛建议道。

　　"你的意思是我的学徒不够优秀吗?"蛛足贴紧了耳朵。

　　"他还小,"蕨毛反驳道,"我就不会让冬青爪这么做。"

"冬青爪接受训练的时间没有鼠爪长。"蛛足指出。

"看，一点儿都不难！"鼠爪叫道。现在，树枝的间隔更小了，他正敏捷地向上跳去。

"别爬得太高了。"蛛足提醒道。看着鼠爪在树枝间跳来跳去，就连他也有点儿担心了。

鼠爪正上方的树叶沙沙地响了起来，一只松鼠正从那儿往上爬。

"快看！"煤爪兴奋地叫道，"那儿有一只松鼠！"

那只松鼠总是和鼠爪保持着几条尾巴的距离，像是在诱敌深入。

小心，鼠爪！

突然，松鼠朝天橡树外跃了出去，落在了旁边的一棵树上。细枝上的尘埃纷纷落了下来。

鼠爪呆住了。

他爬得太高了，看起来和一只老鼠差不多大。但即便隔了这么远，冬青爪依然能够看到他从头到脚的毛发都竖了起来。这名灰白学徒感到十分害怕。

"很不错的尝试。现在下来吧。"蛛足鼓励地叫道。

"我下不来了！"鼠爪几乎是在尖叫，"我不敢动！"

蕨毛叹了口气，问道："现在该怎么办？"

"我可以爬上去。"云尾自告奋勇。每只猫都知道他是族群中的攀爬高手。

"单凭他自己是下不来的。"蛛足同意道。

"我去把他接下来。"煤爪喵道。

"等一下!"冬青爪尖叫道。但那名灰色学徒已经爬到了树干上。

"马上给我下来!"蕨毛冲自己的女儿吼道。

煤爪在最低的树枝上停了下来。"但我发现了一条能轻松接鼠爪下来的路径。"她争辩道。

云尾和蕨毛焦急地交换了一个眼神。

"我会慢慢地上去,"见他们没说什么,煤爪承诺道,"而且,如果我觉得太高了,就会停下来。"

蕨毛点了点头:"好吧,小心点儿。"

煤爪开始小心翼翼地往上爬,每次跳跃前,她都思考再三,确保每一步都往上前进一点儿。冬青爪仰头看着上方,觉得口舌发干。煤爪会没事的,她一遍又一遍地告诉自己。

她感到身旁的蕨毛在颤抖,他睁大了双眼,惊恐地看着煤爪。

"她就快要够到鼠爪了。"云尾报告说。

现在,煤爪离她的族猫只有几条树枝的距离了。鼠爪看着她,身上的毛发逐渐平伏了下来。

"没事的,鼠爪,"煤爪抬起头叫道,"没什么好怕的。"

看着煤爪引导鼠爪跳下一条又一条树枝,冬青爪连大气都不敢出。

"就这样，"煤爪喵道，"下一条树枝离得很近。确保用爪子抓牢了，不会有事的。"

两只猫距离地面更近了，他们艰难的每一步，都预示着离安全又进了一大步。

他们能做到的！

突然，一只小鸟在他们身下尖叫了一声，飞了出来，吓得鼠爪从树枝上滑了下来。

煤爪闪电般伸展开四肢，抓住了他，把他拽了回去。鼠爪攀到树枝上，紧紧地贴着树皮，尾巴惊慌失措地晃动着。

冬青爪长舒了一口气。

随即，她看到煤爪摇晃起来。那只灰色虎斑猫的后脚在身后的树枝上直打滑，前脚则在空中绝望地挥舞着。随着一声短促的尖叫，她从树枝上滑了下来，跌落在地上。冬青爪惊恐地看着她如同一块石头般坠落下来，令人心碎地摔在地上。

"不！"蕨毛嘶吼着冲了过去，"煤爪？煤爪！"他趴在煤爪瘫软的身体上哀号着。

"赶快去找叶池！"蛛足在冬青爪耳边大声叫道。

在冲出树林之前，冬青爪又望了一眼同伴那扭曲的身体。"煤爪不能死！煤爪绝对不能死！"

第七章

"噢！"桦落猛地将脚掌从松鸦爪那儿抽了回来。

松鸦爪叹息道："如果我不把那根刺拔出来，你会伤得更严重的！"

桦落心有余悸地把脚掌又伸了出去。松鸦爪俯身用牙齿咬住了那根刺。"没你说的那么粗嘛。"他咧着嘴咕哝道。

"那是因为它的绝大部分都扎进了我的脚掌！"桦落抱怨道，"我居然还能带着它回到营地，真是太不可思议了。"

松鸦爪鼓了鼓劲，猛地一拔。

"嗷！"桦落跳了起来，单腿在巫医学徒面前蹦来蹦去。

松鸦爪扔掉了那根刺，啐了一口，以清除嘴里的血腥味。

"我告诉过你，它很粗的！"桦落得意洋洋地喵呜道。

松鸦爪用脚掌碰了一下，感觉那根刺的倒钩就像一只爪子。"但还是扎不死你。"他喵道。

桦落舔了舔伤口，抱怨道："作为一名巫医，你的同情心还不够。"

"我来这儿是给你疗伤的。如果你想要得到同情,那去育婴室好了。"说完,松鸦爪便朝巫医巢穴后面走去。族猫在战场上或许很勇敢,但一根刺就让他们叫唤得像只小猫。没多久,松鸦爪便叼着满嘴的金盏花回来了,它可以确保桦落的伤口不被感染。

突然,他呆住了。一阵脚步声正朝营地奔来。他嗅了嗅空气。冬青爪身上散发出来的恐惧气息深入到了他的喉头。

"这个给你,把它敷在伤口上。"松鸦爪将药膏扔到桦落的脚掌上,然后便推开将巫医巢穴和营地隔开的黑莓丛,走了出去。

冬青爪冲进了营地,惊恐地叫道:"煤爪从天橡树上掉了下来!"

松鸦爪倒抽了一口凉气:"我去找叶池!"他立刻朝育婴室跑去,叶池正在那儿治疗小狐的感冒。

此时,叶池已经跑出了育婴室:"煤爪?"

松鸦爪猛地收住脚步,避开了她。她停了下来,站在空地中央颤抖着。恐惧像鲜血从伤口上喷涌而出,传遍了全身。"不,不要再发生什么事了!"她无声的祈求切入了松鸦爪的大脑,清晰得跟她大声喊出来一样。

"你得马上过去!"冬青爪呜咽道。

"出什么事了?"火星从空地上跑了过来。顿时,脚步声从营地的各个角落里传了出来,整个族群都跑来查看到底发生了什么事。

"煤爪帮助鼠爪从天橡树上爬下来时,从树上跌了下来!"冬

青爪上气不接下气地说道。

"叶池,赶快去看看!"火星命令道。

"快点儿!"松鸦爪在心里默默地催促老师赶紧行动,但她却像是生了根似的。恐惧已经让她丧失了思考的能力。"我们都需要些什么药草?"松鸦爪提醒道。他能感觉到身后的冬青爪浑身颤抖着。

"罂粟籽?"见叶池没有回答,他追问道。

正当恐惧要将他淹没时,叶池从恍惚中回过神来:"罂粟籽,对。灯心草和蜘蛛网可以包扎断腿,百里香可以治疗惊吓。"

"我马上去找。"松鸦爪自告奋勇。

"请你快点儿!"冬青爪恳求道。

"谁跟煤爪在一起?"叶池询问道。

"鼠爪,蜡毛,还有云尾和蕨毛。"

"好。她需要被抬回来。"

松鸦爪推开灰条和米莉,飞奔到巫医巢穴,他的尾巴僵硬地直立着,浑身的毛发都竖了起来。他从站在巢穴入口的桦落身旁闯了进去,直奔药草储藏室。他舔起几粒罂粟籽,将它们妥善地压在舌头下,随即,又抓起一根百里香嫩枝,并把它和一大把灯心草一起,包在了蜘蛛网里,然后他叼起这捆药草,飞奔回空地。

"都带齐了吗?"叶池问道。

松鸦爪点了点头。

"快点!"冬青爪叫道。她领着他们跑出了营地。

松鸦爪觉得森林的地面很柔软。冬青爪猛地冲上了山坡,叶池紧跟着她。松鸦爪跟在她们身后,警惕着各种气息,并凭感觉躲避那些树木。一棵黑莓缠住了腿,把他绊了一下。他嘴里的药草卷掉了下来。

"我来拿!"叶池转过身,拾起了灯心草,再次加速奔跑起来。松鸦爪紧跟着,追随着她的脚步在森林中穿行。

"我看到天橡树了!"冬青爪叫道。她的脚掌更加急促地踩踏在地面上。"小心这棵倒下的树!"她警告道。

她从倒下的树上跃了过去,砰地落在了另一边,随即,她的脚步声停了下来。叶池依然紧跟着她。松鸦爪没有丝毫犹豫,他鼓足劲,奋力一跃,同时祈祷自己起跳的时机选得不错。从倒伏的树上跃过,轻轻地落在另一边时,他感到腐朽的树皮擦着脚掌掠了过去。

"在这边!"冬青爪已经跑到了其他猫那里。松鸦爪感到,蕨毛的慌乱如闪电般迎头劈来,他还能听到蜡毛围着天橡树不安地踱步的声音,也能够感觉到鼠爪的战栗。

"煤爪还有呼吸!"云尾叫道。

"很好!"叶池放下了药草卷。她朝煤爪俯下身子时,松鸦爪也蹲在了旁边。他能够听到受伤学徒的呼吸声,急促而气若游丝。他用鼻子碰了碰煤爪的腰,发现她瘫软得像一只死去的老鼠。他的心悬了起来。

"她休克了。"叶池宣布道,"我给她服用百里香,你舔她的胸

口。"

松鸦爪放下罂粟籽,并开始舔舐煤爪。煤爪的心在巫医学徒的舌头下剧烈地跳动着。突然,松鸦爪闻到了药草的味道。叶池将药草卷扯开了,她正在咀嚼叶子,以便能将汁液滴进煤爪的嘴里。

"她会死吗?"蕨毛的喵声颤抖着。

"我不会让她死的!"叶池暴躁地说道。

巫医转到了煤爪的另一侧。"现在,开始舔轻一些。"她命令道。于是,松鸦爪更轻柔地舔起来,感觉到煤爪的心跳慢下来时,他终于松了一口气。他听到叶池正嗅闻煤爪的身体,给她做检查。突然,巫医呆住了。

"怎么了?"松鸦爪小声问道。

叶池像被黄蜂蜇了似的,忽然向后退去。

"到底怎么了?"蕨毛猛地冲过来,差点把松鸦爪撞翻。

是什么把叶池吓成这样?松鸦爪停止了舔舐,开始搜索她的意识。他感到叶池意识里的恐惧就像深沉的黑暗,要将她吞噬。是什么如此糟糕呢?

"她——她断了一条后腿。"叶池深深地吸了一口气。

"我们可以用灯心草把断腿捆上。"松鸦爪建议道。

叶池没有回答。"不,不要再发生这样的事了。"她在心里祈求着。

恐惧和疑惑纠缠着蕨毛,他问道:"她不会因为断一条腿而死去,对吗?"

叶池一动不动。松鸦爪将注意力集中到她的意识上,看到了一只灰猫一瘸一拐的景象,他还感到一股悲痛,正灼烧着叶池的心。

"给。"松鸦爪抽出一根灯心草,用它戳了戳叶池。叶池猛地回过头,接了过去。看到她把灯心草放在煤爪的断腿边,又去抽另一根时,松鸦爪松了一口气。叶池小心翼翼地将灯心草绑在了煤爪的腿上。"我们需要固定住她的腿,好将她抬回营地去。"叶池小声说道,"然后,我才能好好地处理断裂处。"

她一捆绑完,就坐起来吩咐道:"蜡毛、云尾,你们帮蕨毛把煤爪抬回营地去,尽量别碰到她的腿。"

蕨毛、云尾和蜡毛抬起煤爪时,这名受伤的学徒发出了一声微弱的呻吟。

"小心点儿!"叶池喘息道。

松鸦爪听到巫医的脚步声围着武士们团团直转,她还忙着将黑莓丛推到一边。她的毛发上闪耀着的全是恐惧。"小心这些树根,抬着她绕过这棵倒伏的树!避开那道坎,把她抬得再稳一些!"

冬青爪紧挨着松鸦爪,她浑身颤抖着。"我还以为煤爪死了呢。"她小声说道。

"她会好起来的。"松鸦爪安慰道,"她的心跳很强烈,只有腿摔断了。"

"只有腿？"叶池尖利的喵声吓了松鸦爪一跳，"一名武士需要四条健全的腿！"

冬青爪将鼻子凑到松鸦爪的耳边。"我从没见叶池这么心烦意乱过。"她小声说道。

松鸦爪摇了摇头说："我也没见过。"他靠着冬青爪，任由她领着自己穿过灌木丛。他想把注意力集中到叶池身上。他能够感觉到慌乱、愤怒和后悔的情绪纠结在巫医的意识里。这是为什么？又不是她把煤爪从树上推下来的，这只是一场意外。

叶池为什么会如此自责呢？

煤爪的皮毛在沙石地上掠过，武士们轻柔地将她放到了巫医巢穴里。

栗尾已经在那里等着了，她正颤抖着四肢走来走去，浑身充满了悲痛和恐惧的气息。罂粟爪和蜜爪待在冬青爪旁边，坐立不安，震惊得大口喘息着。

"谢谢你们。"叶池轻快地对蕨毛、云尾和蜡毛喵道，"现在，请你们离开一下。"

"但——"蕨毛想要反驳，但栗尾温柔地打断了他。

"我会陪着她的。"

于是，蕨毛跟着蜡毛和云尾走了出去。

松鸦爪俯身舔了舔煤爪的耳朵。她又昏迷了过去。"我们会好好照顾你的。"松鸦爪承诺道。他感觉到了冬青爪注视自己的目光。

　　"你最好也离开一下。"他向冬青爪建议道，"火星正等着呢。"他能感知到巫医巢穴外雷族族长那伟岸的身影，"他想知道发生了什么事。"

　　"你们会让她好起来吗？"冬青爪喵道。

　　"我们会努力的。"

　　冬青爪一走出巢穴，叶池便小声地对栗尾说道："我会竭尽全力让她康复的。"

　　"我知道你会。"栗尾的声音充满了悲痛，但松鸦爪依然能听出她喵声里的感激。在松鸦爪出生之前，她和叶池就已经是最好的朋友了。

　　栗尾的呼吸弄乱了煤爪的毛发。"愿星族保佑你。"她喃喃自语道。

　　"她会好起来的，不是吗？"蜜爪担心的喵声在栗尾耳边响起。

　　"别让她死！"罂粟爪哭着说。

　　"来吧。"栗尾鼓励着他们，"我们去看看蕨毛，他需要陪伴。"她领着小猫们走出巫医巢穴，留下松鸦爪独自陪伴叶池。

　　其他猫一离开，松鸦爪便感到叶池的焦虑像一大群蜜蜂似的嗡嗡作响。忽然，煤爪动了一下。

　　叶池立刻用尾巴摩挲着年轻小猫的两肋。"别害怕。"她安慰道，"你已经安全地回到营地了。你从天橡树上摔了下来，伤着了

腿,但我们会治好你的。"绝望的期许在她内心熊熊燃烧,但她的声音依然显得很平静,"你到底想要干什么?你以为自己是一只鸟吗?还是觉得自己会飞啊?"

她的喵声听起来十分和蔼,就像母亲对自己的孩子说话似的。松鸦爪之前从未想过,叶池会不会因为她永远无法拥有自己的孩子而感到悲伤。

煤爪虚弱地呻吟了一声,呼吸也变得急促起来。她再次昏迷过去。

"快点,松鸦爪。"叶池喵道,声音突然变得严厉起来,"我们赶紧把她的这条腿接上。首先,我们需要把绑在她腿上的东西拿下来。"

松鸦爪迅速把蜘蛛网啃下来,并解开了灯心草。

"现在,我们需要新鲜的灯心草。"松鸦爪还没来得及动弹,叶池便向药草储藏室冲过去,"如果我们将这两棵灯芯草放在那儿,那么另外一棵就固定在这儿——"

松鸦爪探出身体,想要帮忙,却感到叶池已经将灯心草轻柔地按在了煤爪的后腿上,并用牙齿把蜘蛛网裹在了上面。"这样就能把它固定住了。"

松鸦爪忽然觉得自己就像是多余的一样。叶池是在教他怎么做吗?还是在自言自语?"需要我去拿点紫草吗?"

"什么?"叶池心不在焉地说,"好,好吧。好主意。"

松鸦爪叼着满嘴的叶子,并开始咀嚼。他依然能听到叶池手忙脚乱地包扎的声音。"再来一点儿蜘蛛网，就能把它完全固定住了。"她咕哝道。

煤爪抽搐了一下，微弱地叫了一声。

"或许，我们应该让她休息。"松鸦爪大着胆子说，"现在这种情况，我们也做不了什么。"

随即，他感到叶池那火热的气息吹到了脸上。"我们能为她做所有的一切！"她耳语道。

松鸦爪惊恐地往后退了几步，并贴紧了耳朵。

叶池怒火中烧。"我们不能让煤爪变成残废！"她吼道。

"我——我——"松鸦爪口吃起来。

叶池退了回去，松鸦爪感到她的意识被愧疚感淹没了。"我很抱歉，松鸦爪。我不该这么暴躁的，你已经帮了很大的忙。"

"但事实上，你什么都没让我干。"松鸦爪怕再次惹恼她，将溜到嘴边的话硬生生地咽了下去。

叶池转过身："我得去跟栗尾和蕨毛谈谈。"黑莓丛中传来一阵沙沙声，她走了出去。松鸦爪待在原地。他的老师到底怎么了？他知道她十分关心族猫，但之前有猫受伤时，也没见她如此愤怒过。好像治疗煤爪是她生平最重要的事情一样。只是因为煤爪是她好朋友的孩子吗？

松鸦爪把耳朵贴在煤爪的胸口上，检查了一下心跳。她的心跳太快了，呼吸也很急促。他紧挨着煤爪，躺了下来，让自己的体温慢慢渗透到她的身体里去。他还加快自己的心跳，以便跟上煤

爪的节奏,然后闭上了眼睛。

此时,松鸦爪正站在峡谷的顶端,周围到处是茂密的树林,树木和灌木丛将陆地隐藏得严严实实。这是星族领地的一部分吗?恐惧感袭上他的心头。煤爪正在死去吗?他被带到这儿来,是要像拯救罂粟爪那样拯救煤爪吗?

峡谷下方,一个灰色的身影映入他的眼帘。煤爪正沿着石头向下跳跃。最后,她消失在葱郁的树林里。

松鸦爪感到慌乱起来。"我绝对不能让她离开我的视线!"他越过峡谷,沿着煤爪的路径,在翻滚的岩石上尽力保持着身体平衡——他还不习惯用眼睛引导自己。在谷底,一堵厚实的金雀花墙挡住了去路,好在他及时瞥见煤爪的尾梢消失在里面。他匆忙地跟了过去,发现金雀花丛中有一个缺口。他扭动着身体,钻了进去,发现自己正置身于谷底的一片沙地上。灌木丛、蕨丛环绕在四周,在远端,一片犬牙交错的岩石阻断了出路。

"煤爪?"松鸦爪小心翼翼地朝她走去。他嗅了嗅空气,觉得这儿不像是星族的领地,但绝对有些气味是他所熟悉的。空地边缘的一截树桩上,似乎有火星和灰条的气息,而身旁的黑莓丛中则带有尘毛和刺掌的气味。

煤爪睁大了眼睛,环顾着四周,她的尾巴欢快地抽动着:"跟我记忆中的一模一样!我有太长时间没来过这儿了。"

她是什么意思?这可不是雷族的领地,她怎么可能来过?这里甚至不像是湖边的任何一个地方。微风吹拂过树叶时,发出的沙沙声与森林中的不一样。这里的空气更暖和一些,还充斥着一股松鸦爪从未闻过的潮乎乎的霉味。

"快看!!"煤爪走到一块巨大的岩石边上,"这就是高岩。"

她随即转身,跑到带有刺掌气味的黑莓丛中介绍道:"这儿是武士巢穴,长老巢穴在那边。"她朝一棵倒伏的树弹了弹尾巴,"而这边——"她又飞奔到空地边缘的另一丛灌木旁,"这里是学徒巢穴。我过去常常睡在这儿,那时我还没……"她的声音突然停下来,双眼变得迷离。她眨了眨眼,又接着说道:"然后我就搬到黄牙的巫医巢穴里去了。"

黄牙!这个名字灼烧着松鸦爪的耳朵。黄牙是炭毛之前的雷族巫医,现在她和星族在一起了,而对于松鸦爪来说,黄牙的主要任务似乎就是不停地干涉他的梦。他还能勾勒出黄牙的样子:闪耀的黄色双眼,凌乱的毛发,急躁的脾气……

"快来看!"煤爪的喵声打断了他的思绪。

煤爪领着他穿过一条狭窄的通道,来到一块更小的空地上,他突然产生了一种诡异的感觉。一块巨大的岩石耸立着,它的中间裂开了一条缝,刚好形成一个洞穴。

煤爪忧郁地注视着阴暗的洞穴。"黄牙把药草都储存在这里了。"她说。

"黄牙已经死了,"松鸦爪喵道,"她现在和星族在一起。"

煤爪看着他,诡异地说:"她当然是和星族在一起了!要不然她还能去哪儿?"

"我不明白。为什么你像在这里住过似的？"

"因为我确实在这儿住过。那是好几个月以前的事了，在我们离开森林之前。"

"但是你从来没有在旧森林里住过啊？"

"我曾经住过的。"煤爪蓝色的双眸如暗夜的星辰般闪耀着，"但是我已经回来了，回来重新选择一条路，一条成为武士的路。"她温和地看着松鸦爪，声音也变得低沉而睿智起来，就是一名长者，"告诉叶池，没什么好担心的，我这次能恢复过来。再告诉她，我为她感到自豪，她所学的东西已经远远超越了我。"

松鸦爪的毛发竖了起来，一幅幅生动的画面刺痛着他的心：一只年轻的灰猫奔跑在一片陌生的森林中，一只怪兽从雷鬼路上呼啸而来，剧痛撕扯着她的后腿，血流如注，族猫哀号。关于她一瘸一拐地跟着黄牙学习药草的记忆，关于在血泊中出生的孩子的记忆，关于森林被怪兽蹂躏的恐怖记忆，关于在冰天雪地里艰难跋涉的记忆，还有凶残的獾复仇的记忆……

松鸦爪深深地吸了一口气，几乎都站不稳了。"你就是炭毛，对吗？"他问道。

松鸦爪喘息着惊醒过来，脚掌上大汗淋漓，尾巴也僵硬地竖立着。他猛地抬起头来，黑暗再次淹没了他。

"松鸦爪？"叶池的呼吸吹拂着他的毛发，"你做梦了？"

松鸦爪爬起来，俯身查看了一下受伤的学徒。煤爪的呼吸变得轻柔平缓起来。

"松鸦爪？"叶池追问道，"你做梦了，是吗？"

"是的。"松鸦爪平复了一下呼吸。梦境中见到的暴力血腥场景依然刺痛着他，梦中充满了鲜血、痛苦和恐惧。

"她会好起来吗？"叶池悄悄地问道。

"会的。"

叶池呼地松了一口气。

"她之前来过这里。"松鸦爪小声说道。

叶池用尾巴温柔地抚摸着他的腰。"我原来也是这样想的。"她深吸了一口气，"她就是炭毛，对吗？"

"她带我去雷族的旧营地了。"松鸦爪解释道，"在那里，她非常开心。"他停顿了一下，突然意识到煤爪就躺在旁边，"你觉得她知道这些吗？"

"不，在清醒的世界里，她不会知道的。"叶池小声说道，"而且我们也不应该告诉她。"

"为什么不应该？"

"星族让炭毛回来追寻她一直梦想的武士之路，这已足够。"

松鸦爪竖起了耳朵："她不想成为一名巫医吗？"这么看来，我不是唯一一只不想成为巫医的猫。他心想。

"怪兽把她压残后，她才成为巫医的。那场事故以后，她就没有机会成为一名真正的武士，因此她要用其他方式服务族群。"

"但是，如果炭毛知道她正在实现自己的梦想，岂不是会很高兴？"

"如果星族想让她知道,他们会告诉她的。"叶池的喵声变得严肃起来,"我们不应该影响她的命运。"

"你觉得告诉她会改变她的命运吗?"松鸦爪的脑袋飞速地转了起来。难道叶池相信命运能这样被改变吗?这么说,他将火星的预言对狮爪和冬青爪保密是对的了?如果他把秘密告诉他们,会改变他们的行为方式吗?

"叶池?"煤爪在他们身旁动了一下,她的声音很嘶哑。

"我去给你取点水来。"松鸦爪自告奋勇。他找来一卷苔藓,在巫医巢穴旁的浅水池里浸透了它。

"来,喝吧。"松鸦爪把苔藓递过去,将水滴到煤爪的嘴里。煤爪急切地舔着,接着咕哝着说了些什么,松鸦爪没听清,所以凑得更近了一些。

"我饿了。"她声音嘶哑地说。

松鸦爪听到叶池欢快地喵呜道:"这才像原来的炭毛——"她立马改口,"煤爪嘛。我去猎物堆找点吃的去。"

叶池刚走出巢穴,松鸦爪便听到煤爪想要伸展身体的咕哝声:"噢,我的腿。"

"它会好起来的。你现在需要休息。"

"我这是在哪儿?"她虚弱地小声问道。

"在你应该在的地方。"松鸦爪把尾巴覆在了她的腰上,"在雷族。"

第 八 章

"我现在将你命名为狮掌，暗族的武士！"

石楠爪站在洞穴里最高的一块岩石上，朝狮爪喊道。狮爪攥紧了爪子。月光从洞顶的缝隙中倾泻下来，给她的身体镀上了一层银灰色。

她跳下来，和狮爪碰了碰鼻子："祝贺你！"

狮爪觉得浑身不自在。

"但是首先——"石楠爪湛蓝的眼眸在半明半暗的光线中闪耀着，"你必须跑赢我，以证明你是一名真正的武士。"

"这不公平！"狮爪弹了弹尾巴，"风族猫跑得快，这是人尽皆知的事。"

"如果你想成为一名暗族武士，就必须跑得和我一样快。"

"这么说的话——"狮爪猛地朝石楠爪扑过去，将她摔倒在地。他用脚掌支撑着地面，减轻了石楠爪倒地时的力度，"你也得证明你和我一样强壮！"

"嘿！这是作弊！你事先都没跟我说！"石楠爪喵道。

"作为暗族的族长，你必须时刻准备着。"

"像这样？"石楠爪从狮爪的爪下溜了出去，一眨眼的工夫，就冲到他身后，动作轻柔，却稳稳地咬住了他的尾巴。

"嘿！"狮爪尖叫着转身，想要甩开她，但她闪身避开了。狮爪发现，除了空气之外，他什么也没扫到，尾巴依然牢牢地被石楠爪叼在嘴里。他朝另一个方向转过身去，想要抓到她，但她又避开了。石楠爪抽动着胡须，狮爪能听到她喉咙里发出的得意的呼噜声。

石楠爪放开了他，调侃道："你用脚掌拍来拍去的样子好好玩哦！就像一只刚离开鸟巢的雏鸟！"

狮爪凝视着她，心里满是欢喜。只要一看到她那蓝色的双眸和柔软的毛发，内心就温暖不已。"真希望你是雷族猫。"他喵道。

石楠爪哆嗦了一下。"生活在那么多树下面，还被石墙圈起来？不了，谢谢！"她接着说，"我们有属于自己的山洞了，所以没必要非得在同一个族群。"她伸出一只爪子，从狮爪耳朵后面的毛发里取出了什么东西。"一个刺果。"她把它弹到了地上。

"谢谢。"

石楠爪关于山洞的说法是对的。狮爪知道，自己不想住在荒野上，正如石楠爪不想住进森林里一样。这个山洞是最好的解决办法。到目前为止，他们已经在这儿约会了半个月，却没有引起任何猫的怀疑——甚至他那个好管闲事的妹妹。

"我在想，其他通道都是通往哪儿的？"石楠爪越过河流，在一个洞口处嗅了起来。

狮爪跳到她身后。阴冷、潮湿而沉闷的空气从通道中钻出来，他打了个寒战。

"你觉得会有通向影族领地的吗？"石楠爪好奇地问道。

狮爪脊背上的毛发竖了起来。"我希望没有。"他回答道。

"我们可以找找看。"

狮爪退后了几步："不着急，等我们玩够了再说。"他朝山洞四周看了看。每次来这里之前，他都有点儿心虚，这些通道令他毛骨悚然，只有见到石楠爪在月光中的山洞里等他后，他才会安下心来。

石楠爪的眼睛闪耀着："山洞下面可能有各种各样恐怖的东西哦，它们有长长的獠牙，尖利而巨大的爪子——"

狮爪戳了她一下："闭嘴！"

她猛地跑开了。"快点！"她叫道，"你还没证明自己是一名武士呢！"说完，她便优雅地跃到了河对岸。

狮爪跟着她跳了过去，但落地时，他的后脚滑进了黑色的河水里，水花四溅的声音在洞穴中回响着。感到水流传来的巨大冲力时，狮爪的心差点儿跳了出来，他赶忙爬起来，抖落掉爪子上的水珠。

"当心，"石楠爪警告道，"我不想失去你。"

想到差点儿被河水拽进通道里，狮爪倒抽了一口凉气。他抬起头，看了看洞顶的缝隙，寻求月光的安慰。外面的天空已经亮

了起来。"我们得走了。"他提醒道。

石楠爪叹了口气。

"明晚还来吗？"狮爪满怀希望地喵道。

"明晚不行。"石楠爪在他身旁转了一圈，用浅色的虎斑毛发摩挲着他，"后天我有一场训练测评，我不想太累了。"

"那好吧。"狮爪耸了耸肩。他能够理解，石楠爪要把她的族群放在首位，但他还是会想她。

"再见。"

他们从各自的通道匆匆离开了。狮爪庆幸自己对道路已经足够熟悉，能够一路跑回去了。如果松鸦爪知道哥哥在黑暗中单凭胡须的指引就能跑得如此之快，也一定会感到吃惊的。狮爪冲出洞口，终于松了一口气。

这就是森林里属于我自己的领地！他在黑莓丛下欢快地扭动着，并打了个滚。就因为他们把族群带到了湖边，年长的武士们就都表现得好像是他们缔造了雷族领地一样。但狮爪知道，他们其实并没有探索过这儿的每一寸土地，这个山洞就证明了这里还保留着尚待开发的地方。这就有待于年轻的猫去发现了，谁找到了，那块地就是谁的。

透过树叶，他看到夜空开始泛白，于是在森林中跑了起来。他必须在营地苏醒前赶回去。

"欢迎你，狮爪。"一个低沉的声音在耳畔响起，并且有毛发摩擦着他的身体。

狮爪惊恐得毛发都竖了起来。他朝身侧瞥了一眼，看到一个隐约的身影正和自己齐头并进。我不会是在做梦吧？

"我们一直都在关注你。"那个影子清晰起来——一只巨大虎斑公猫的琥珀色眼睛在半明半暗的光线中闪耀着。他那宽阔的肩膀异乎寻常的熟悉。

又有什么东西摩挲着他身体另一侧的肋骨。狮爪转过头去，他的心狂跳不已。另一只猫在他身侧如幽灵般奔跑着。又一只虎斑公猫，他的眼睛是冰蓝色的，但同样是宽肩膀。

"你——你们是谁？"狮爪结结巴巴地问道。

"我们是你的亲戚。"琥珀色眼睛的公猫回答道。

狮爪焦急地轮番打量着他们。"你们是从星族来的？"他问道。

"我们曾经是武士。"蓝眼睛公猫咆哮道。

狮爪不寒而栗："虎——虎星？鹰霜？"他们为什么来找他？

鹰霜愣了一下，将硕大的脑袋转过去，盯着森林里。"有猫来了。"他警示道。

狮爪赶忙躲到一棵榛树下。

脚步声敲击着地面——是现实中的脚步声。狮爪连大气都不敢出。他刚蹲伏下来，蛛足就冲了过去。空气中激起的风搅乱了狮爪的毛发。那只长腿黑色公猫跑远了，消失在了蕨丛中。

狮爪从榛树下爬了出来。"虎星？"他环视着四周，"鹰霜？"

那两名鬼魅般的武士已经走了。

"等等！"狮爪小声叫道，"回来。"他必须知道他们为什么来找自己。蛛足消失的蕨丛中沙沙地响了一阵，随即，整个森林沉寂下来，只有鸟儿的叫声在呼唤着黎明。

狮爪打了个哈欠，从厕所那儿的通道溜进了营地。整个营地一片寂静，他松了一口气，但随即又内疚起来。离开石楠爪后，他突然意识到自己的行为是多么的鬼鬼祟祟。还没有猫起来，也没有黎明巡逻队的影子。没有比神不知鬼不觉地溜到床上补一觉更美的事了。他躲在阴影里，沿着空地边缘快速地跑了过去，溜进了学徒巢穴，接着便踮起脚尖，蹑手蹑脚地摸向自己的床铺。

"狮爪？"冬青爪抬起头来，"是你吗？"

他慌乱起来，随即又有点气恼。"是我。"他嘶声说道。

"你要去哪儿？"她打着哈欠问道。

狮爪犹豫了一下，他不能再找借口说要去方便了，不然冬青爪会以为他病了。"黎明巡逻。"他飞快地回答道。

榛爪疲惫地坐起来，眨了眨眼："我还以为轮到我和蜜爪了呢。"

"我也去。"狮爪喵道，"只是为了多锻炼一下。"他羞得面红耳赤：这么多谎话！

冬青爪将鼻子塞回到爪子下。"与其说你需要更多的锻炼，还不如说我更需要呢。"她咕哝道。

"我们最好快点行动。"榛爪捅了蜜爪一下，"起床啦，瞌睡虫。我们该走了。"

狮爪渴望地看着自己的床铺，四肢像灌了铅似的，但榛爪已经越过他，朝洞口走去。他跟了过去，留下蜜爪在床上伸懒腰。

"你起得很早啊，狮爪。"沙风正和尘毛坐在营地入口，见到狮爪，她感到很惊讶。

"我想参加巡逻队。"狮爪喵道。

"这对你有好处。"尘毛仰望着黎明晴朗的天空，"今天的天气非常适合捕猎，等我们巡逻完边界后，我要带榛爪再出去一趟。"

鸟儿在山谷中唧唧喳喳地叫着，狮爪硬生生地吞下一个哈欠，伸了个懒腰。

"你准备好了没，蜜爪？"沙风问道。她的学徒正从巢穴里跌跌撞撞地走出来，还眨巴着眼睛，驱赶走睡意。

蜜爪点了点头。

"那快点。"沙风带头走出了营地。

再次回到森林里，狮爪眼巴巴地盯着每一块苔藓地，他真希望能躺在上面美美地睡一觉。他跟在巡逻队后面，一路小跑着，尽量不落后太远。他们正沿着影族边界更新气味标记。

"这里一切平静。"尘毛终于喵呜道。

太好了，现在我们可以回家了！

沙风嗅了嗅空气。"我们再去查看一下风族边界吧。"她提议道。

狮爪的心都凉了。

巡逻队转身回到森林里。狮爪觉得自己困得连眼睛都睁不开了。忽然,一个身影映入他的眼帘。在远处的树丛中,有个东西在活动。

"虎星!"他环顾四周,但只看到蕨丛在微风中摇曳着。今天早上,他们为什么来找他?虎星说他们一直都在关注他。"他们肯定知道我在和石楠爪约会。"狮爪感到不安起来。他们认为他是在犯错吗?但是他们又警示自己蛛足的出现。或许,这两只星族猫只是来帮忙的。可他们为什么要帮狮爪呢?

巡逻队接近了风族领地。一条浅浅的小溪便是两族的边界,溪水在蕨类和黑莓丛中流淌着。越过小溪,森林又延伸一段距离后,才变成荒野。尘毛停下来,在一棵树上做下了标记。蜜爪到小溪边喝水,消失在了茂密的黑莓丛中。

榛爪忽然呆住了。"快看!"她盯着边界喵道。

只见风爪和兔爪正朝小溪飞奔而来,他们身前有一只仓皇逃窜的松鼠,那家伙的尾巴不停地跳动着。风族学徒在茂密的灌木丛中娴熟地穿行。他们居然在树林里捕猎,真是太不寻常了。

尘毛跑到沙风身边问道:"他们为什么在这儿捕猎?"

"那儿是他们的领地。"沙风指出。

"但风族猫不吃松鼠呀。"蜜爪被榛爪的警告声吓到了,从小溪边爬了上来。

尘毛眯着眼睛说:"是啊。我还以为他们只会抓兔子呢。"

又有两只风族猫出现了——裂耳和白尾正在荒野边缘观察着各自的学徒。

"在离雷族边界这么近的地方捕猎？"尘毛的喵声里充满了怀疑。

"他们正朝我们这边跑来。"榛爪警告道。

风爪和兔爪在松鼠后面追逐，双眼牢牢地锁定在猎物身上。

"他们并没有减速。"尘毛警告道。

"他们不会故意越界的。"沙风安慰他。

"但他们可能会不经意地闯过来。"尘毛回答道，"这条小溪不容易被看见。"他蹲了下来，悄悄地移动到小溪旁，躲在了黑莓丛后。

风爪和兔爪的脚步声砰砰地敲击着地面，他们跑得越来越近了，而且丝毫没有减速。

"站住！"尘毛跳了起来，隔着溪水冲风族学徒吼道。

风爪和兔爪猛地收住脚步，惊讶地瞪大了双眼。松鼠跳过小溪，消失在一棵高高的桦树里。

"星族啊，你们究竟在干什么？"裂耳愤怒的喵声从树丛中传来。这名风族武士突然朝边界冲了过来，身后紧跟着白尾。

"你竟敢恐吓我们的学徒？"裂耳猛地停在小溪边，盯着尘毛质问道。

"他们就要越界了！"尘毛强硬地弓着腰。

"你怎么知道？"风爪嘶嘶叫着。

"你们甚至没有减速！"尘毛责备道。

"我只差一步就抓住那只松鼠了！"

狮爪咧着嘴唇说："你根本就没靠近过它！"

风爪浑身的毛发都竖了起来："我就是靠近它了！"

"大家都知道，风族只会抓兔子。"狮爪反唇相讥，"雷族才是捕猎松鼠的好手。"

"不再是了！"兔爪在他的族猫身旁绷紧了肩膀，"每一名风族学徒都经过了特殊训练，所以我们再也不用只靠兔子活命了。"

沙风瞪圆了眼睛问道："真的？为什么？"

裂耳将冒火的双眼转向她："不关你的事！"

"就因为这个，你们就可以入侵我们的领地吗？"尘毛在边界线上来回走着，并愤怒地甩着尾巴。

白尾走上前来，她直立的毛发平伏了下来。"我们的领地上也有树林，"她平静地喵道，"把它利用起来是合理的。而且，我们不想只依靠单一的猎物。长老们至今还诉说着在大迁徙之前，两脚兽给兔子下毒时，风族所遭遇的饥荒。"

言之有理。狮爪将爪子缩了回去。但一想到风族猫正在捕捉雷族的猎物，他还是感觉怪怪的。

兔爪点了点头，补充道："而且现在荒野上来了羊群，还有两脚兽和他们的狗——"

裂耳用尾巴弹了弹学徒的嘴巴，打断了他的话。"这不关雷

127

族的事。"他暴躁地吼道,"只要我们是在自己的领地里,我们爱抓什么就抓什么。"

"但是松鼠不知道边界。如果它们越过了边界,你们就是在抓我们的猎物。"

"如果它在风族的领地上,那么它就是我们的猎物!"裂耳暴跳如雷。

"松鼠一直就是雷族的猎物!"尘毛停下脚步,竖起了脖子上的毛发。

"武士守则是这么规定的吗?"裂耳讥笑道。他向前迈了一步,眼里充满了挑衅的神色。

尘毛蹲了下来,准备扑过去。热血涌上狮爪的双耳,他忘记了疲惫,再次伸出了爪子,他准备让这些爱占小便宜的风族猫看看,胆敢入侵雷族领地的猫会得到什么下场。

"算了吧,"白尾小声地对她的族猫说,"不值得为这点事损失一根毛发。"

裂耳将目光转移到白尾身上。狮爪屏住了呼吸。随即,裂耳点了点头说:"好吧,那就暂时放过他们。"

尘毛眯着眼睛,看着风族猫转身沿着边界晃晃悠悠地走开了。

"我们走吧。"沙风将尾巴朝营地的方向弹了弹。

尘毛没有动。"他们不离开树林,我就不走。"他坚持道。

于是沙风开始坐下来洗脸。"你们三个去看看,能不能找点

猎物带回去,我们在这儿等着。"她吩咐道。

狮爪不情愿地收回盯着风族巡逻队的目光,跟随蜜爪和榛爪朝一片黑莓丛走去。

"你们觉得风族是在密谋入侵吗?"榛爪小声说道。

蜜爪瞪大了眼睛问道:"你为什么会这么想? "

"追逐松鼠是森林猫该干的事,而他们却是荒野猫,"榛爪喵道,"这有点可疑。"

"尘毛表现得像是他们要入侵一样。"狮爪评论道。

蜜爪回头瞟了一眼:"可他们为什么想要抢走我们的领地啊? "

"或许,两脚兽和他们的狗给风族带来的麻烦比我们想象的还要多。"狮爪猜测道。

"上个新叶季他们就应付过去了呀。"榛爪指出。

狮爪心里有一种不祥的预感:这次可能要糟糕得多。

"有什么要报告的吗?"黎明巡逻队走进营地时,火星站在高岩上叫道。

"风族在森林里捕猎。"尘毛回答道。

"在我们的森林里? "火星从岩架上跳了下来。

狮爪快步走到猎物堆旁,将带回来的老鼠扔到上面,然后匆忙地跑到尘毛身边。他要保卫自己族群的猎物不被任何一只风族猫夺走,但万一他们之中有石楠爪的话,那该怎么办?

"狮爪！"冬青爪在半路上截住了他，"发生什么事了？"

松鸦爪和她在一起，他的耳朵饶有兴趣地竖立着。

"风族猫出现在边界那儿。"狮爪解释道。他瞥了巡逻队一眼。

雷族族长已经跟尘毛和沙风会合。他正甩着尾巴，显然在为尘毛带回来的消息而烦恼。

"他们没有越过边界。"沙风解释道。

尘毛的尾梢抽搐了一下："他们差点儿就越界了。"

黑莓掌从武士巢穴里走了出来。"出什么事了？"他问道。

"两名风族学徒靠近了边界。"沙风喵呜道，"他们正在追赶一只松鼠，差点越过了边界上的小溪。"

冬青爪的毛发竖了起来："一只松鼠？"

"他们应该更警觉一些的。"尘毛咆哮道，"除非他们习惯了'不小心'越过小溪，才会对边界视而不见。"

"我们的领地上并没有风族的气味。"沙风提醒他。

"但风族为什么要追逐松鼠呢？"黑莓掌询问道，"他们的猎物是兔子呀。"

冬青爪凑到狮爪耳边说："完全正确！"

"不再是这样了。"榛爪摩挲着地面，"风爪说，所有的风族学徒现在都在接受林地捕猎训练。"

黑莓掌呆住了。"我们必须在边界上更新气味标记！"他喵呜道。

"我们已经那样做了。"尘毛告诉他。

沙风坐了下来,温和地说:"我们别这样小题大做,只是两只年轻的风族猫——"

尘毛打断了她:"他们在捕捉我们的猎物!"

"我们应该保卫自己,"黑莓掌建议道,"下次森林大会上,需要汇报一下这件事。"

火星在地上来回踱步。"有风族猫越界吗?"他开口问道。

"没有。"沙风回答道。

"小溪的这一边绝对没有风族的气味吗?"火星追问道。

"没有。"

尘毛哼道:"可能是被雨水冲掉了。"

"或许他们从来就没有越过边界。"火星说,"我们不能告诉风族,他们该在自己的领地上捕猎什么。"他转过身去决定道,"我们暂时按兵不动,先看看情况再说。"

松鸦爪眯起了眼睛。"又一次无所作为。"他咕哝道。

狮爪看了弟弟一眼,问道:"这是什么意思?"

"火星不想帮助河族,"冬青爪解释道,"尽管松鸦爪梦到他们有麻烦了。"

"如果我们总是这样毫无作为,又怎么能赢得族群的尊重呢?"松鸦爪抱怨道。

狮爪皱了皱眉头说:"这有什么关系呢?只要他们不越界就行。"

　　"但是族群间的力量必须平衡。"冬青爪反对道,"如果某个族群太弱了,我们就应该帮助他们;如果某个族群太强大了,我们也必须表现得强大。"

　　松鸦爪生气地皱起了眉头。"我不懂所谓的平衡。"他喵道,"我只是觉得,火星似乎又浪费了一个展示雷族完全可以保护自己的机会。"他弹了弹尾巴,走开了。

　　冬青爪凝视着他的背影。"你怎么想,狮爪?"她问道。

　　狮爪呆住了,眼前突然幻化出一幅石楠爪追逐松鼠,朝雷族边界跑来的画面。冬青爪也在这样想吗?"我能怎么想啊?"他支支吾吾地说。

　　"火星应该在下一次森林大会上质问风族吗?"冬青爪歪着头问道,她明亮的绿色双眼里充满了好奇。狮爪来回移动着脚掌,他不确定雷族族长会作何决定。如果火星总是忽视每一个问题,那雷族就会显得弱小。但和风族战斗的想法实在是令他不安。如果两个族群在战斗,他又该如何去见石楠爪呢?

　　突然,微风吹乱了他的毛发,一阵低语声传入他的耳朵:诚实点,狮爪,别担心你的欲望,你知道自己在想什么。

　　狮爪感到十分愧疚,但虎星说得没错。他清楚地知道自己的想法。与风族战斗是他最不愿看到的事情。

　　"我们应该别去管风族。"他喵道。

第 九 章

满月的光辉在湖面荡漾,天际浮云翻滚,湛蓝的夜空中悬浮着一片灰白。

冬青爪沿着湖岸朝森林大会会场前进时,不由得颤抖了一下。一阵冰冷的风逆向刮过来,撕扯着她柔软的毛发。她俯身钻到松鼠飞和蕨毛之间,以躲避寒冷。

"小岛上会暖和许多。"在逆风中,松鼠飞贴紧耳朵保证道。

蛛足和鼠爪在前方行走,尘毛、黑莓掌和松鼠飞走在他们旁边。而刺掌和白翅并肩而行,他紧挨着她,像是在为她御寒。火星和沙风走在队伍的最前面,狮爪陪着蜡毛和叶池紧随其后。沿湖而行时,轻柔的波涛拍打着湖岸,更远处,点缀着湖面的泡沫在月光下闪闪发光。

"快给我下来!"黑莓掌不耐烦的命令声盖过了风声。

冬青爪从"避风港"里溜了出来,想要看看父亲在对谁咆哮。

莓爪正踩在浅滩里的一根圆木上。一阵强劲的风从湖面刮过来,冬青爪的胡须贴在了脸上。她眯着眼睛,看到莓爪失去了平衡，摔倒在水中。他奋力站起身，抖落乳白色毛发上的水珠，跑回到队伍当中。

黑莓掌轻轻地拍着他的脑袋，斥责道："那是鼠脑袋才会干的事！"

莓爪打了个喷嚏。

"别以为你感冒了，就能逃脱任何训练！"

快要走出风族领地时，马场上酸臭的气味随风飘来。这儿的卵石滩十分狭窄，风吹起的浪花不时拍打着湖岸。火星领着队伍，从篱笆下钻了过去，踏上了柔软的草地。篱笆外，马匹在它们的地盘上嘶鸣着。看着那些巨大的身影在篱笆外来回移动，冬青爪不安地颤抖起来。或许，它们也不喜欢这种天气。狂风大作预示着有雨降临，而且是暴雨。

砰！一匹马的蹄子踏在了篱笆前。白翅惊恐地号叫了一声，连忙跳到一边。她猛地朝鼠爪冲过去，将他撞翻在卵石滩上。

"小心点儿！"鼠爪吼叫着爬了起来。

白翅俯视着他，沮丧地说道："对不起。"

为什么大家都这么紧张易怒？冬青爪凝视着周围的族猫。离开营地后，他们就很少交谈。众猫的毛发在逆风中飞扬，尾巴不停地甩来甩去。她自己也感到不安起来。自从发现风族捕猎松鼠后，各种流言就开始满天飞，偷猎啦、复仇啦、入侵啦……冬青爪不相信风族这种不寻常的行为会在战争后结束，武士守则并没有规定哪个族群该捕猎什么，不该捕猎什么。她讨厌这种紧张的

气氛,而且她还担心河族。

除了松鸦爪月半时做的那个梦,就再也没有河族的其他消息了。今晚,冬青爪无论如何都要跟柳爪说说话,焦虑令她的爪子紧绷起来。万一情况太糟糕,导致河族根本就来不了的话,那该如何是好?

她跟着黑莓掌走下湖岸,回到沙滩上时,狮爪走了过来。"我宁愿和松鸦爪一起留在营地。"他喵道。

冬青爪瞟了狮爪一眼。这听起来可不像他啊,他看起来一副昏昏欲睡的样子。

"你还好吧?"难道他对石楠爪是否会参加森林大会都不感兴趣了吗?

"我只是累了。"他喵道,"蜡毛训练得很紧。"

见狮爪对风族学徒缺乏兴趣,冬青爪稍微松了一口气。她觉得哥哥最终还是会放下和石楠爪的友情。但是,他宁愿待在营地也不愿参加森林大会,这还是有点儿奇怪。

尘毛在他们前方停了下来,竖起耳朵警告道:"风族!"

冬青爪看到一簇黑影在石楠花丛前移动着,他们正朝沙滩走来。"你觉得火星今晚会提到捕猎松鼠的事吗?"

狮爪耸了耸肩说:"谁知道呢?"

风族猫在前方不远处鱼贯而下,朝河族泥泞的湖岸走去。泥水在脚下扑哧作响,冬青爪皱起了鼻子。火星转向了离湖水更近的地方,领着族猫匆匆前进,以便赶到风族前面去。

"偷松鼠的贼！"尘毛斜视着风族猫嘀咕道。

"偷松鼠的贼！"莓爪更加大声地重复道。

辱骂声迅速在雷族队伍中传开了，甚至盖过了呼啸的风声。冬青爪紧张起来。他们今晚不能打架！她担心地瞥了风族猫一眼：裂耳的双眼在月光下燃烧着怒火；风爪卷着嘴唇，怒目而视；一星却不动声色地走着，双眼直视着前方的树桥。他率先到达桥边，却用尾巴示意族猫退后。风族猫的目光闪烁着，看着火星带领雷族猫越过他们，跳上了树桥。

火星在桥上注视着风族族长。"谢谢你，一星。"他喵道。

一星点头示意。

雷族猫依次通过了树桥。轮到冬青爪爬上树桥时，她第一次闻到了河族的气味，那气味里混杂着强烈的新鲜气息和陈旧的气味。"河族来了！"她浑身轻松起来。如果他们还能来参加森林大会，那就说明情况还不是太糟糕。她小心翼翼地沿着粗糙的树干走了过去，跳到了沙滩上。等待蜡毛和叶池过来的时间里，她摩挲着卵石下的沙子取暖。

"大家都过来了吗？"火星喵道。

黑莓掌点了点头。火星用尾巴示意了一下，便带头冲进了灌木丛。冬青爪紧跟着他，冲了进去。"我必须和柳爪谈谈！"一根倒刺扎到了她的鼻子，但她挤进了更柔软的蕨丛中，在族猫之前钻了出去。

空地上，到处是五颜六色的猫。灰色的皮毛在月光的照耀

下，像竖立在玳瑁色和棕色皮毛间的石头；条纹毛发和斑点毛发混杂；这里有健硕的公猫，苗条的母猫，还有体态轻盈的年轻猫；一些猫成群结队地闲聊着，一些猫则在空地边缘小心翼翼地环顾四周；小猫在大猫中穿行，有的甚至小到冬青爪都不敢相信他们到了做学徒的年龄。

她嗅了嗅空气。没有影族的气息。

"今天怎么来了这么多只河族猫？"狮爪赶了上来，上气不接下气地说道。

冬青爪摇了摇头，她感到十分不安。空地上，所有的猫都是来自河族的。

"其中一些猫有点儿老。"狮爪盯着一只矮胖的虎斑公猫说道。他的胡须花白，鼻子上有斑点。一只深色虎斑母猫坐在他旁边，毛发凌乱，似乎已无力梳洗自己。

"燕尾！"一只非常年轻的猫急匆匆地朝那只年迈的母猫跑了过去，瞪着恐惧的双眼说，"我找不到灰雾和小喷嚏了。"

"别担心，小锦葵。"燕尾用尾巴弹了弹那个小家伙，"你的母亲一会儿就会回来的，小喷嚏可能和她在一起呢。"

"她说的是'小'吗？"狮爪惊讶地问道。

冬青爪没有回答，她正盯着柳爪。那名巫医学徒正在一位快要分娩的猫后身前整理药草。警觉感迅速传遍冬青爪的四肢，她急忙跑到柳爪身边问道："出什么事了？"

柳爪抬起头，眼中写满了慌乱："冬青爪！"

"星族啊,到底出什么事了?"

柳爪还没来得及回答,风族众猫便冲进了空地。他们挤到河族猫中间时,惊讶的喵声顿时四散开来。

"灰雾? 灰雾?"一只玳瑁色小猫在一片混乱中哀号着。

"小喷嚏,你从你母亲那儿跑出来干什么?"燕尾猛地冲了过去,将那只幼小的猫叼了起来。她退了几步,似乎僵硬的四肢已经承受不住小猫的重量了。稍缓片刻后,她叼起小猫,走回到小锦葵身边。

"为什么小猫和长老都到这儿来了,柳爪?"冬青爪转向她的朋友问道。

"我们必须——"

火星的喵声打断了她:"豹星,出什么事了?"雷族族长朝大橡树走了过去,豹星正坐在橡树的树根间。

一星匆忙穿过空地。"看来,你把整个河族都带来了!"他咆哮道。

豹星眨了眨眼,不屑地说:"我确实是这么做的。"

"什么?"一星跌跌撞撞地停在她身边,瞪大了眼睛。

冬青爪往前凑了凑。河族出什么事了?

黑星愤怒的喵声从空地边缘传了过来:"发生什么事了吗?"影族到了。

火星在空地上来回踱步。"我们马上开会,这样大家就能弄清楚了。"说完,他便跃上大橡树最低的枝丫,豹星紧随其后,黑

星和一星也爬到他旁边。众猫骚动起来，大家都争抢着座位。

柳爪留在了怀孕的猫后身旁。

"一切都还好吧？"冬青爪小声问道。

"回你自己的族群去吧。"柳爪把脚掌放在药草团上，避开了她的目光，"求你了！"

冬青爪点了点头，退到了一群河族武士身后，并跟着他们朝大橡树走去。他们高昂着头，但尾巴不安地抽动着。一名灰色河族猫后推开了冬青爪，朝另一个方向走去。

"对不起！"冬青爪让到一边，但那位猫后根本没注意到她。

"灰雾，原来你在这儿。"猫后过来时，燕尾明显地松了一口气。小猫们赶忙迎向自己的母亲，但灰雾却将他们赶了回去，她跟着燕尾，朝河族老幼藏身的蕨丛走了过去。她们的眼神在阴影里充满了担忧。

冬青爪匆忙赶回自己的族群。她从莓爪身旁挤过去时，莓爪瑟缩了一下："小心我的尾巴！"

"小心点！"尘毛警告道。冬青爪踩到了他的脚掌。

"对不起！"冬青爪小心翼翼地溜到狮爪身旁，确保每一步都踩到地面上。

"你有什么发现吗？"狮爪小声问道。

"没有。"

"安安静静地坐在那儿。"蕨毛命令道。

冬青爪眨了眨眼表示歉意，然后抬头看着豹星。

豹星沉着地注视着下面的族群。一只小猫哀号了一声，随即又安静下来。"在河族领地上，我们遇到了一点小麻烦。"豹星开口说道。

"小麻烦？"冬青爪的心脏剧烈地跳动起来，"那为什么整个族群都跑到这儿来了？"

"我们必须离开我们的营地了。"

"离开你们的营地？"黑星的眼里充满了好奇。

"只是暂时的。"豹星迅速地喵道，"我们会把问题解决好，一旦结束，立马就搬回去。但在此之前，我们打算就住在小岛上。"

那森林大会怎么办？冬青爪焦急地仰望着天空。森林大会是武士守则规定的，每个族群在大会地点都享有平等的权利。这样做，显然违反了祖灵传下来的规矩。

"那你们去哪儿捕猎呢？"火星责难地盯着河族族长。

黄毛站了起来，背上的毛发全都竖立着。"光靠小岛上的猎物，肯定养活不了整个族群。"她说。

豹星注视着影族副族长说道："我们还有湖水！"

"那就够了吗？"鸦羽叫道，"等你们把湖里浅水区的鱼捕完后，又该怎么办？"

雾脚也竖起了毛发："我们不会吃兔子的，恐怕这就是你们所担心的！"这名河族副族长撇了撇嘴，好像兔子是她生平最厌恶的东西一样。

"那么森林大会呢？"火星平静地注视着豹星。

"我们希望在下次满月前，能搬回我们的营地。"豹星喵道。

"但万一你们搬不回去呢？"黑星逼问道，"如果河族猫在森林大会上的数量压倒了其他的族群，这是不公平的。"

刺掌站了起来。"以前从来没有猫住在'四棵树'那儿，"他指出，"'四棵树'对所有族群来说都是神圣的，就像是'母亲嘴'。"

豹星直视着他的目光，咬牙说道："如果还有其他的选择，我们也不会这么做。"

"如果你们再也回不到营地了，那该怎么办？"一星抓着脚下的树皮问道，"那你们会去哪儿？"

"你们会搬到新的领地上去吗？"

"你们会入侵别族的领地吗？"

担忧的喵声四起。

豹星的目光扫视着群猫，不屑地说："你们真是杞人忧天！"

黑星抽动着尾巴。"万一它就发生了呢？"他嘶声说道。

"三块领地养不活四个族群！"一星喵呜道。

影族武士烟足扬起下巴说道："其中一个族群必须离开！"

空地上顿时安静下来，群猫焦急地面面相觑。

冬青爪的心揪了起来。真有一个族群要被从湖边赶走吗？不！这儿必须有四大族群！原本就应该是这样的！

"我们得相信豹星。"火星的喵声传遍空地，"我们必须给河族一个回归自己领地的机会。"

"至少在下次森林大会之前。"沙风插话道。群猫小声地嘀咕着,但谁也没有争辩。

火星点了点头说:"如果下次满月前,河族还住在岛上,我们再决定该怎么做。"他盯着其他族长问道,"这样公平了吧?"

黑星粗暴地点了点头。

一星弹了弹尾巴。"我想是这样的。"他小声说道。

"那就这么定了。"火星注视着群猫继续说道,"雷族有些小事情需要汇报。我们的一个学徒受伤了,但她恢复得很好。"他瞥了一星一眼,"而且,新叶季给森林带来了很多猎物。"

冬青爪将爪子插进泥土里。他是在影射松鼠的事。

一星眯着眼说:"风族很好,我们领地上的猎物也很充足。"

冬青爪感到莓爪的呼吸吹到了自己的耳朵上。"他说的是猎物,不是兔子。"他凶狠地小声说道。

"火星为什么不提松鼠的事?"蛛足嘶声说道。

"他是害怕得不敢说了吗?"

冬青爪转过头去,想看看是哪名雷族武士在嘀咕,发现刺掌正注视着火星。

"但他不想激起更多麻烦的做法是对的!今天四族之间已经够紧张的了。"冬青爪心想。

"黑星?"一星追问影族族长,"你有什么要汇报的吗?"

"湖边有几只两脚兽,"黑星开口说道,"但没有靠近我们的营地。"

"很好。"火星点了点头,"如果没有其他事,我想我们应该给

河族腾地方了。"

不安的低语声在猫群中此起彼伏，但火星从大橡树上跳了下来。豹星紧跟着他。森林大会结束了。

看着风族和影族消失在灌木丛中，冬青爪终于松了一口气。她匆忙跑回到柳爪身边。"到底发生了什么事？"她询问道，"你们为什么要离开营地？"

柳爪的嘴里衔满了药草。"我现在还不能说，"她含混地说道，"其他猫都在听着呢。"

"我明白。"冬青爪看到了朋友眼中绝望的恳求，"我晚点儿再来，到时你再告诉我吧。"

柳爪将药草吐在地上，乞求道："求求你，别给自己惹麻烦了！"

"我不会的。"冬青爪答应道。她必须知道事情的来龙去脉。火星应该能够帮助河族。族群的未来可能就取决于她发现了什么。她瞥见蕨毛跟着黑莓掌和松鼠飞消失在灌木丛中，而狮爪正用尾巴召唤着她。

"我得走了。"冬青爪用鼻子碰了一下柳爪的脸颊，然后便跑开了。

"柳爪说什么了吗？"冬青爪一跑过来，狮爪便问道。

"没，没有。"冬青爪匆匆地穿过蕨丛，她在为朋友的不幸感到心痛。

他们在树桥那儿追上了族猫。风族和影族已经离开了。

"这对雷族来说,意味着什么?"鼠爪爬上树干时,焦虑地问道。

松鼠飞紧跟着他跳了上去:"不意味着什么。"

"你怎么这么肯定?"蛛足在树桥中间停了下来。

尘毛眯着眼睛说:"如果河族没有领地可呆了,他们就有可能入侵风族或影族,如果真是这样,那所有的边界都不会安宁。"

"但我们在湖的另一边呀。"鼠爪喵道,"不会影响到我们的。"他加快速度,跟着尘毛穿过了突兀的树枝。

"我真希望你说的是对的。"尘毛阴郁地小声说道。

"我觉得,这正好解释了风族开始进行林地捕猎训练的事。"蛛足咆哮道。

冬青爪颤抖起来。他说的对吗?风族正密谋着入侵雷族?

"狮爪!"蜡毛焦急的叫声惊醒了冬青爪。她从床铺上抬起头,看到狮爪正走出巢穴。

"出什么事了?"她问道。大部分的床铺都已经空了,只有蜜爪还在睡觉。

"战斗训练!"狮爪回头答道。

冬青爪站起来,伸了个懒腰。蕨毛还没有叫她,或许在训练前,她还可以抽空去看看煤爪。

她听到洞外传来纷乱的脚步声和兴奋的喵声,今早大家似乎都特别忙。冬青爪好奇地走出巢穴。太阳刚刚照进山谷,但空

地上却忙碌得像一团嗡嗡作响的蜜蜂。猎物堆已经充盈起来。鼠爪和莓爪在半截石旁训练格斗技巧；灰条和米莉正往半完工的武士巢穴拖运黑莓丛；火星跟刺掌和黑莓掌在高岩下交谈着。

鼠毛在长老巢穴外的阳光下伸着懒腰，长尾坐在她身旁，正仰头看天。"冬青爪？我闻到的是你的气味吗？"盲眼武士叫道。

"是的。"冬青爪朝他走了过去。

"我听说麻烦要来了。"长尾将爪子插进泥土里，"我希望我能帮忙保卫我们的族群。"

"没有麻烦，"冬青爪赶忙回答道，"只是河族出了点小问题，如此而已。"

"听起来，似乎要重新划分领地了。"长尾接着说道，"我倒想看看哪个族群敢拿走属于我们的一寸土地！"

他还真好这一口！冬青爪浑身的毛发都竖了起来。看到蕨毛正朝她走来，她松了一口气。他肯定会很理智，应该不会被这些关于战斗的言论所鼓动吧？

"我们去狩猎。"他宣布道。

好！终于有点正常的事可以做了。

蕨毛接着说道："如果战争爆发，我们得吃得饱饱的。"

冬青爪顿时僵住了。蕨毛也不怎么理智！"出发前，我能去看看煤爪么？"

"去吧，"蕨毛同意道，"但别太久。"

冬青爪穿过空地，将鼻子从掩映着巫医巢穴的黑莓丛下伸了进去："我能进来吗？"

煤爪正坐在床铺上，她那条绑着灯心草的后腿笨拙地伸在前面。她正伸长前腿，去够床边的一个苔藓球。

叶池正在巫医巢穴的另一边浸泡马尾草茎。"嗨,冬青爪！"她招呼道。

冬青爪觉得巫医的喵声听起来很平静，便推开黑莓丛走了进去。

"很高兴你能来,煤爪终于有伴了。"叶池瞥了一眼烦躁不安的伤员,"她一点儿都不老实。"

煤爪拍了下苔藓球,击得它朝冬青爪飞了过去。"你把它扔过来,我能接住它！"她恳求道。

"别这样！"叶池跳过去叼起了苔藓球,"如果你想让腿复原,就老老实实地待着。"

煤爪翻了个白眼。冬青爪愉快地叫了起来。她注意到,在巫医巢穴的另一端,松鸦爪正忙着用树叶将药草打包,并堆放到墙角。他沉浸在工作中,来不及抬头问候姐姐一声。

"你在做什么,松鸦爪？"冬青爪朝他叫道。

"准备药草,"他嘀咕着,"看起来怎么样？"

"好多药草啊！"冬青爪能够闻出马尾草和金盏花的味道。她还记得自己的巫医学徒训练，知道松鸦爪是在为战斗伤员作准备。她高兴不起来。似乎整个族群都相信战斗即将来临。

"你怎么了？"煤爪在床上叫道。

冬青爪走到她身边说："没有谁告诉你森林大会上发生了什么事吗？"

煤爪摇了摇头，回答道："叶池回来后，和松鸦爪嘀咕了些什么，但他们什么都没告诉我。"

"河族现在正住在岛上！"

煤爪惊讶地瞪着双眼："住在那儿？"

"因为某些原因，他们不能住在自己的营地了。所有的族群都觉得，他们得去找新的领地。"

煤爪惊呼道："但那会把一切都搞乱的。"

"我知道。"冬青爪瞥了松鸦爪一眼，他还在忙碌着整理药草，"大家似乎都在为战斗作准备。"

煤爪摆弄着床铺上的苔藓。"我希望能马上康复，以便参加战斗。"她喵道。

冬青爪气恼地盯着她："没必要引发战争！"

"但如果所有的族群都想要一个族群离开——"

冬青爪打断她的话："大家都在担心河族会做什么。但如果我们能够帮助河族，那么一切就会回到正轨上。"

她走出巢穴，环顾着空地。小狐和小冰正在育婴室外玩耍，长尾和鼠毛在沙地上演练着作战计划，火星仍在和黑莓掌交谈。

在找到其他方法之前，她不能让自己的族群这么轻易地陷入战争。如果能找到帮助河族的方法，或许就不会引发战争了。

第 十 章

松鸦爪听到黑莓丛中传来一阵沙沙声。"冬青爪走了吗?"他眨了眨眼问道。冬青爪只在巫医巢穴里待了一小会儿。

"她肯定是想起自己还有事情要做。"煤爪叹息道。

"哦。"松鸦爪继续用树叶包裹金盏花和马尾草药膏,为一场可能永远不会发生的战斗作准备。星族为什么没有给他警示?这可不像他们厚着脸皮打扰他梦境的作风。

突然,他感到煤爪正好奇地注视着自己,他恼怒起来。煤爪还要在这儿待多久?她显然也烦了,而且松鸦爪也失去了在宽敞的巫医巢穴中的私人空间。他转过身来,面对着她。"有什么不对劲儿吗?"他问道。

"没有。"煤爪的声音异乎寻常地充满了关心,"我只是做了一个关于你的梦,而且在梦里,你能看见了。"

松鸦爪竖起了耳朵。她记得她的梦!记得多少?峡谷里的营地?成为炭毛?松鸦爪等待着叶池表现出惊恐的样子,但那名巫医正忙着在池子里浸泡马尾草茎,心思全在工作上。

松鸦爪走上前来。"在你的梦里，我在做什么？"他随意问道。

"我不记得了。我只是奇怪，你能看见了。"煤爪在床铺上不安起来。

"我们在哪儿？"

煤爪犹豫了一下："有点儿像森林，我想。你正跟随着我，而且……"

"而且什么？"松鸦爪追问道。

"我想不起来了。"

松鸦爪弹了弹尾巴。如果煤爪想起自己就是炭毛，会怎么样？难道炭毛所有的秘密都注定要埋藏在这名学徒心里吗？

"煤爪，该吃药了。"叶池在池子旁说道。

"好的。"松鸦爪心里一阵窃喜，这是一个试探煤爪是否还保留着炭毛记忆的好机会。

他飞奔到药草储藏室，故意忽略紫草才是治疗煤爪断腿的有效药草，选择了气味香甜的锦葵叶。锦葵除了能让她心里平静外，并没有其他疗效。如果她脑海里还残存着炭毛的任何记忆，她就会说出这药不对。

"给你。"松鸦爪将锦葵叶扔到煤爪的床铺上。

"真好闻。"煤爪喵道。

"这是锦葵，"松鸦爪告诉她，并将药草推近了一些，"对治疗断骨很有效。"他搜索着煤爪的意识，寻找疑虑的情绪，但除了感激外，他什么也没发现。

"谢谢你,松鸦爪。"

"你在干什么?"叶池冲过来,将锦葵叶夺了过去,"你应该给她紫草。"

"我肯定是拿错了。"松鸦爪撒谎道。

"下次小心点儿。"叶池恼怒起来。她猜出松鸦爪是在试探煤爪了吗?"回去做药膏去。"她暴躁地说道。对煤爪说话时,她的声音又温柔起来:"对不起,煤爪。这么粗心可不是松鸦爪的作风。"

松鸦爪不情愿地朝巢穴后面走去。这真是不公平!叶池这几天对他一直没有耐性,而对于煤爪的不耐烦和烦躁,她却总是报以无限的温情。他暴躁地用尾巴弹了弹泡在池子里的马尾草,问道:"这棵马尾草好了吗?"他当然知道要泡到完全湿透,要做成药膏,必须泡一整晚。

"当然没有!"叶池喵呜道,"用我昨天泡的那些。"

"哦。"他从身旁的一堆根茎里叼起一棵,狠狠地嚼了起来。

叶池回到松鸦爪身边。她已经给煤爪找了一些紫草,现在,她身上还散发着浓浓的紫草味。"你到底是怎么了?"她不解地问道。

"你到底是怎么了?"他反问道。

"我并不是那只给煤爪拿错药的猫。"

"我只是想知道,她是否能看出区别而已。"

"她是煤爪,不是炭毛!"

"但这里边肯定有事。"

"就算有，也不关我们的事！"松鸦爪感到叶池的呼吸喷到了脸上，"我们必须让煤爪掌握她自己的命运！"

"帮她一下有什么错吗？煤爪当然有权知道她是被星族送回来实现她的武士梦想的。"

"如果星族想让她知道，他们会告诉她的。"叶池喵呜道。

"所以，你就如此高兴地将这个秘密留在星族的掌握中？"

"当然！"她惊讶地喵道，"而且你也应该这么做。"

松鸦爪继续咀嚼起药草来，根茎那苦涩的味道让他难受得胡须都抽搐了起来。叶池为什么这么敬畏她的祖灵？他见到过他们，他们和活着的猫并没有什么区别。叶池真的认为，死亡会使一只迟钝的猫变聪明吗？星族能够进入其他猫的梦里，但他也可以。可这并不意味着他就知道所有问题的答案。

"松鸦爪！"煤爪的喵声传遍了巫医巢穴。

松鸦爪睁开眼睛，问道："你还好吧？"

"我很好。"煤爪的声音听起来已经完全清醒。松鸦爪抬起鼻子嗅了嗅，黎明才刚刚来临。她就不能多睡一会儿吗？或者，至少也该让他多睡一会儿呀？

"叶池给小狐做检查去了。"煤爪喵道，"我想趁她离开时，我们来做一个游戏。"

松鸦爪挣扎着站起来，打了个哈欠。他能够感到从煤爪身上传过来的生龙活虎的气息。

"我真希望能移动一下我的腿,"她抱怨道,"我觉得它已经好了。"

"如果想完全复原,你最好别动它。"松鸦爪警告道。

"我知道,我知道。"煤爪叹息道,"可我还是烦透了。"

松鸦爪突然觉得很同情她。新叶季令整个森林生机勃勃,新鲜生命的气息像是一个在门外祈求玩伴的朋友。突然,一个东西从空中飞了过来,轻轻地从他肩头上滑了下去。是一个苔藓球。

"好吧。"他答应道,"但是你不准从床上起来,我会把它扔给你。"

"可是你看不到我啊。"

"是啊。"松鸦爪回应道,"但因为你总是闭不上嘴,所以我清楚地知道你在哪儿。"他拾起苔藓球,朝煤爪高高地抛了过去。

煤爪的床铺顿时吱吱作响,她伸长了身子去接它。

下次我得扔低一点。

苔藓球再次从空中飞过来。松鸦爪准确地判断出方位,敏捷地翻身接住了。

"哇哦!"煤爪喵呜道,"太棒了。"可她突然不动了。"你感觉怎么样?"她问道。

松鸦爪歪着头问:"什么怎么样?"

"失明。"

"那不失明的感觉是怎样的?"

"我不知道,我想只是感觉正常吧。"

"哦,那失明对我来说也很正常。"

"但这样岂不是很难弄清楚东西在什么地方吗?"

"但我能弄清楚。"松鸦爪很欣赏煤爪的坦诚。其他猫都故意回避谈论他的眼睛,以至于他都忘记自己有什么不同了。"所有的东西都有气味或声响,而且有时我是——"他在搜寻合适的词语,"靠感觉。"

"那你就从来没有沮丧过吗?"

"当我被区别对待时。"松鸦爪回答道,"我不觉得我有什么不一样,所以,当他们对我的失明大惊小怪时,我就特别烦。就比如说,他们常常觉得对不起我,可当时他们往往没有什么需要向我道歉的。"

他将苔藓球弹到空中,然后把它扫向煤爪。煤爪身下的床铺又响了起来。

"星族啊,你们在干什么?"叶池暴怒的喵声从洞穴入口传来。她猛冲过来,将苔藓球甩到了池子里,然后转身盯着松鸦爪,吼道:"你在干什么,就让她那样舒展身子?"

"是我的主意。"煤爪立即喵道。

叶池没有理会她。"你应该更清楚的!"她继续吼道。

松鸦爪的毛发竖了起来。"我告诉过她别离开床铺。"他争辩道。

"那还不够!她的腿必须得完全恢复!"叶池的喵声变成了悄

悄话，"她这次必须成为一名武士。"

"为什么她就必须成为一名武士呢？"愤怒充斥着松鸦爪的胸口，"为什么她选择另外一条路就会是一场大灾难，而我却不得不这么做？"

叶池呆了片刻，随即一字一句地回答道："你是一只盲猫。"

松鸦爪的怒火顿时熄灭了。难道叶池认为他注定要失败？难道她只会为可以挽救的猫而奋斗？他转过身去，悲伤得说不出话来。

叶池匆忙跑到煤爪的床铺边，忙着检查绑缚在她腿上的蜘蛛网。

松鸦爪走出巫医巢穴，他听到整个族群都在空地上忙碌着。灰条在给新武士巢穴加盖顶棚，还时不时有说有笑地与族猫交谈；狮爪正在育婴室里追逐小狐和小冰；香薇云正和尘毛在高岩下聊天。

"我不只是一只盲猫而已！"松鸦爪攥紧了爪子，"我会证明给他们看的！"

这时，他身后的黑莓丛颤动起来。

"我们需要去采一些药草。"叶池的喵声听起来一本正经，好像他们之间什么事都没发生似的。松鸦爪搜索了一下她的意识，想要看看有没有残存的愤怒或愧疚，但她似乎隐藏得很好。"湖岸上的金盏花应该已经开了。"她领着松鸦爪走出营地时说道。

松鸦爪没有说话，他爬上了山坡，走过了山梁。当他们走出

树林时，一阵冰冷的风吹过了他的毛发。风里有雨水的味道。

叶池沿着草地朝岸边走去。"我看到一些了。"她迎着风说道。

劲风迎面吹来，使得松鸦爪眯起了眼睛。这是一次毫无意义的行动。"你明明知道我们已经有一堆金盏花了，不是吗？"他质问道。

叶池放慢了脚步，等着他。"如果战争爆发，我们必须准备充足的药草。"她告诉他，"我们的第一职责就是治疗族猫。"松鸦爪感到叶池在期待他回答，"你觉得呢？"她的声音听起来很焦虑。

松鸦爪不情不愿地开了口。"是的。"他承认道，"但和星族分享信息呢？那也是我们职责的一部分。他们为什么不警示我们，将有一场战争即将来临呢？"

"星族不会把将要发生的一切都告诉我们。"

"那我们就要一直等下去吗？"松鸦爪沮丧不已，"在梦中，我们可以和星族走在一起，然而我们也可以自己去发现吧？"

"你是在质疑星族的智慧吗？"

松鸦爪咽下一句反驳的话——他不明白为什么死亡就能让星族变得睿智起来。

"作为一名巫医，不仅仅是和星族分享信息那么简单。"叶池继续说道，"比如说，你还不熟悉所有的药草。"她停下脚步，使劲地嗅了嗅，"这个是什么？"

松鸦爪嗅了嗅空气，一股刺鼻的气味扑鼻而来。他俯下身

去,碰到了细小柔软的叶子和坚硬的花蕾。

"你认识它吗？"叶池追问道。

"小白菊,"松鸦爪喵道,"对治疗疼痛很有效,特别是头痛。"他转过身去补充道,"但现在用处不大，它们还需要一个月才能开花呢。"叶池为什么把他当作鼠脑袋来对待啊？他得证明自己多少次才足够？

这时,另一种气味引起了他的注意,这股气味比小白菊有诱惑力多了。他立即摆好了捕猎姿势。前方的草丛颤动着,他还能听到一阵细微的嗅来嗅去的声音。一只田鼠的形象出现在脑海中,他能清楚地看到它,就像在梦中一样。那小家伙正颤抖着。

松鸦爪闪电般地冲了出去,猛地跃过草丛,同时伸出了爪子。那只田鼠想从侧面逃跑,但松鸦爪及时变向,切断了退路,并生擒了它。松鸦爪轻巧地将田鼠提起来,干净利落地咬死了它。他走回到叶池身边,将战利品在她鼻子下晃了晃。

"非常好。"叶池喵呜道。

松鸦爪把猎物使劲地扔到叶池的脚掌上，沮丧再次淹没了他:"现在你相信我根本不需要用眼睛看了吧？"

他等待着叶池的怒火,等待着叶池的训斥刺痛他的双耳。但他等到的却是叶池将尾巴覆在了他的腰上,如微风般轻柔。"噢,松鸦爪,"她叹息道,"我一直都相信你的。"

叶池的情感急剧膨胀,沉重而悲伤,像是厚厚的云层笼罩在松鸦爪心头。松鸦爪吃了一惊,随即猛冲到沙滩上。前方有条小

溪,正缓缓地从森林中穿过,注入到湖里。这里就是鼠爪追丢松鼠的地方,也是松鸦爪发现那根棍子的地方。他丝毫没意识到,他们已经沿着湖岸走了这么远。

他突然兴奋起来。

那根棍子。

他在岸边择路而行,尽量不让自己踩到枯枝败叶和被湖水冲上来的两脚兽的垃圾。一滴雨落在了肩膀上,他抖了抖身子。又一滴雨落在了鼻子上,他赶紧低下头。他已经闻到了那根棍子的气味,那股奇怪的气味召唤着他,就像是年幼的小猫呼唤着自己的母亲。他匆忙赶到将棍子卡住的树根那儿,把它拽到了沙滩上。他想要再抚摸一遍,感受一下它光滑表面的划痕。他把脚掌一放上去,便感到它的温润。松鸦爪的内心突然充实起来,一如酒足饭饱后的满足。

"这就是你上次发现的那根棍子吗?"叶池已经赶上他。

松鸦爪点了点头。

"你为什么对它这么感兴趣啊?"叶池大惑不解。

"我觉得它不同寻常。"他把两只脚掌都放在上面,感受着丝般的顺滑。一声温柔的呢喃充满了他的意识,一如轻柔的波涛拍击着湖岸。他用两只爪子追溯着木头的刻痕,在没有丝毫交叉的痕迹上徘徊不止,他感觉一阵悲伤深入骨髓。这些刻痕都是从未被讲述过的故事。

雨水拍打着头顶的树叶,哗啦啦地落到了他的背上。

159

"我们该回去了。"叶池提醒道。

"那这根棍子怎么办？"

突然，远处传来一阵轰隆隆的雷声，狂风从湖面吹来，像一只暴跳如雷的獾，蹂躏并推搡着一切。

"我们必须回营地去了。"叶池焦急地催促道，"暴风雨就要来了。在这种天气里，我们不能待在外面。"

松鸦爪的毛发竖了起来。他感到闪电在空中噼啪作响。一阵疾风将他推到一边，把他吹离了那根棍子。

"快点！"叶池催促道。

狂风裹挟着浪花朝岸边涌了过来。

"这根棍子怎么办？"松鸦爪大叫道。

但叶池已经跑开了。"快走！"她命令道。

没时间把它拖回到安全的树根下了。狂风撕扯着毛发，倾盆大雨迷住了双眼。松鸦爪低下头，跟着老师猛冲了出去，飞奔回安全的营地。

雨已经停了，但风依然在山谷上空呼啸。

松鸦爪躺在床铺上，倾听着从巫医巢穴上的树丛里传来的噼啪声。树叶发出沙沙的声响，犹如浪花摔在沙滩上，但松鸦爪却几乎听不见，他满耳都是低语声。一想到那根棍子上的泥土气息，他便脚跟发痒。松鸦爪翻了个身，竖起了耳朵，但低语声仍在耳旁萦绕。他挺直了身体，不停地拍打身下的苔藓。

"你干吗不出去走走？"叶池在床铺上低声说道，"免得把煤

爪吵醒了。"

"好啊。"松鸦爪坐起来。他急不可耐地想要再去摸摸那根棍子。

他推开黑莓丛，走了出去。大风搅起了新叶季里不安的气息，整个森林似乎都变得狂躁不安。松鸦爪本能地知道天空很晴朗，月光也很皎洁。他能感觉到月亮的清辉正倾泻在自己身上。

当他朝营地入口走去时，荆棘围篱颤动了起来。

"松鸦爪？"

狮爪从厕所那儿的通道里钻了出来。

"嗨，狮爪。"松鸦爪好奇地问候道。哥哥的内心充满了愧疚和慌乱，而且他身上有风的气息。

他到森林里去了！

"我刚才方便去了。"狮爪撒谎道。

松鸦爪眯起了眼睛。族群里的每只猫都有秘密吗？"我正要出去。"他感觉到了哥哥的疲劳，于是想要试探他一下，"你想和我一起去吗？"

"如果你愿意的话。"狮爪谨慎地喵道。

"他感到十分愧疚，所以不忍心拒绝。"松鸦爪心想。

桦落在营地入口处喝道："谁在那儿？"

"是我们。"松鸦爪回答道，"我们正要到森林里去。"

桦落快活地叫了起来。"午夜历险。"他喵道，"这让我想起我做学徒的日子。"他的声音听起来好像觉得自己充满智慧似的，

161

尽管他才刚刚做了几个月的武士。桦落总是喜欢装出一副比学徒更睿智更有经验的样子。松鸦爪什么也没说,他依然记得桦落的脚掌上扎了根刺时,他那大惊小怪的样子。

这名武士让到了一边。松鸦爪感到风从通道里吹了过来。他用尾巴向狮爪示意:"走吧。"

狮爪跟着松鸦爪穿过了荆棘围篱。

"小心狐狸!"桦落在他们身后叫道。

松鸦爪哆嗦了一下。与亮心一起穿过树林时,狐狸突然跳出来的记忆令他的心揪了起来。

"别担心,"狮爪安慰他,"我现在能对付狐狸了。"

他们爬上山坡,来到了山梁上。

"我们这是要去哪儿?"狮爪问道。

"湖边。"

狮爪没有给出任何评价,一副漠不关心的样子。松鸦爪感到一片阴云正盘旋在哥哥的心头,像吞噬流沙一样吞噬着他的其他想法。松鸦爪试图进入他的意识,但除了变化无常,他什么也感觉不到。

当他们离开树林,沿着草坡往下走时,强风扫过了松鸦爪的耳朵和胡须。他甩动着尾巴,为这暴风天气和再次触摸那根棍子的想法兴奋起来。现在,他已经闻到湖水的味道了,而且还可以勾勒出它的样子——一片巨大的如明镜般的湖面随风荡漾,映照着月光。

河族、风族和影族的气息不协调地混杂在风里。真的会爆发一场战争吗？

"你觉得风族正计划侵略我们吗？"松鸦爪喵道。

狮爪靠近他，引导他避开了一个兔子洞。"那不合情理，"松鸦爪在哥哥的声音里听出了期待，"风族应该担心河族才对，不是我们。"

"但是捕猎松鼠的事呢？"

"为什么他们就不能捕猎松鼠啊？小溪那边的林地是属于他们的。"狮爪的声音听起来更像是一名武士，好像他比松鸦爪懂得更多似的。

当他们的脚步声在湖边的卵石上嘎吱作响时，狮爪犹豫了一下："我们为什么要来这里？"

"我在这儿放了一个东西。"松鸦爪解释道，"我要把它拖进树林里，放在远离湖水的安全的地方。"

"是什么东西？"

"一根棍子。"

"一根棍子？"

"对！"松鸦爪嗅了嗅空气，希望能找到它的气息，"它上面有刻痕。"但除了风吹起的浪花的气息，他什么也没嗅到。这时，松鸦爪焦急地竖起了尾巴，"我把它放在这儿了。"

"它是什么样子的？"

"没有树皮，"松鸦爪喵道，"就是一段光滑的木头，上面有刻痕。"

"好吧。"狮爪喵道,"你到放置它的地方找找。我去岸上找找,万一风把它吹到那儿去了呢?"

松鸦爪匆匆地朝他抛弃棍子的地方赶去。他的心悬了起来,他肯定它已经不见了,不是因为嗅不到它,而是因为他的心里有一个黑洞,黑洞告诉他,棍子已经不在那儿了。

他猜对了。

卵石上什么也没有。

压抑住心底刺骨般的恐惧,松鸦爪沿着曲折的沙滩继续搜索。他不停地嗅闻乱石,试图找到棍子的去处。他为什么让暴风雨将自己赶跑呢?在像一个狡猾的胆小鬼一样逃回营地之前,他应该确保棍子的安全的。

"找到了吗?"狮爪的喵声被风吹得七零八落。

"没有。"松鸦爪感到慌乱起来,他不该丢下那根棍子不管的。

"是这个吗?"狮爪突然叫道。

松鸦爪急忙冲过去。他被浮木绊了一跤,挫伤了脚掌,但他丝毫不在意疼痛,仍然一瘸一拐地朝狮爪走去。

还没走到,他便已经知道不是那根棍子了。"刻痕在哪里?"他暴躁地叫道,"我告诉过你,它上面有刻痕!"

"好啦,好啦!"狮爪恼怒起来,"我这是在帮你耶!"

"我必须找到它。"松鸦爪走到一边,在卵石中跌跌撞撞地搜

寻着。"对不起,对不起。"他觉得就像自己让谁失望了一样,虽然并不知道究竟是让哪只猫失望,以及如何让他失望的。松鸦爪的脚掌疼痛起来,但他毫不在意。是湖水收回了那根棍子吗?

他沿着沙滩向下走去,直到湖水漫过了脚掌。他必须找到那根棍子。冰冷的水拍打着他肚子上的毛发。他又往前走了一点,水开始拖拽着他的腿。他还记得上次从山崖上摔下去时,在波浪中挣扎的样子。那一次鸦羽救了他,但自从那时起,他便留下了惧水的毛病。现在,恐惧又在朝他尖叫,警告他赶快回头。

"松鸦爪!"

一个声音钻进了耳朵。他感到有一些东西正拉扯着毛发,将他往远处拽。湖水没过了脊背,松鸦爪抬起了下巴。

"这边!"

每走一步,他都觉得脚下的卵石更深了一些。但他必须找到那根树枝。

突然,他绊到了什么东西。

"就是它!"

深深地吸了一口气之后,松鸦爪将脑袋埋到水里,用牙齿咬住了树枝的一端。他拼命地拉扯,将它朝沙滩拖去。他放开树枝,又猛吸了一口气,然后再次潜到水里咬住它。他把爪子插进卵石里,想找到一个着力点。这根棍子真沉啊!他拖啊拖,就在他拼命想把它拖出水面时,他的肺都快爆炸了。

突然,他觉得那根棍子轻巧起来。它几乎没有什么重量,朝岸边漂了过去,松鸦爪只需用牙齿叼着它引导方向就行了。当头终于露出水面时,他的四肢轻快起来。他喘息着,咳嗽着,却依然叼着棍子不放。水从他的胡须上滴了下来。

松鸦爪已经回到了浅滩上。

"星族啊,你到底在干什么?"狮爪开口说话时,放开了树枝的另一端,它落在了水面上,"看到你消失在水里,我还以为你打算淹死自己呢。后来我才意识到,你是在拖这个。我真不知道你到底是怎么想的,你居然想独自将它拖出来。"

湖水拍打着那根棍子,松鸦爪抚摸了它一下,寻找上面的刻痕。他真希望这根棍子没那么大,那样的话,他就可以把它带回营地了。"看。"松鸦爪喘了一口气,用脚掌拂过树枝上的刻痕。

"你半夜三更将自己淹个半死,就是为了一根上面有爪痕的棍子?"狮爪抖了抖身子,水花四溅,"你疯了。"

"我没有,"松鸦爪暴躁地说,"它很重要。"

"谢谢你,松鸦爪。只要你守护着我们,我们就不会被忘记。"那个声音又传了过来。

"快点,"松鸦爪喵道,"我们先把它卡到树根下,然后回营地去。"

第十一章

"伟大的星族啊!"蜡毛从蕨丛中蹦了出来,怒视着狮爪,"你是怎么让它跑掉的?"

那只刚从狮爪掌下仓皇逃走的鹊鸰,飞到了训练场地上空的树枝上,它惊恐地叫了几声,随即振翅而去。

狮爪耷拉下脑袋。他应该能够抓住那只鹊鸰的,但他的脚掌却像灌了铅似的。"对不起。"沙滩上的午夜跋涉令他疲惫不堪。他愤怒得浑身颤抖起来。昨晚,他早早地离开石楠爪,就是为了好好地补上一觉,为什么松鸦爪非要将他拉到湖边,而不让他休息呢?

"你今天迟钝得就像是一只獾。"蜡毛责备道。

蛛足、鼠爪随同蜜爪、沙风从蕨丛中走了出来。

"你更像是一只冬眠的刺猬!"鼠爪嘲笑道。

狮爪怒视着他的同伴。

蜜爪用尾巴弹了鼠爪一下。"不久前,你刚放跑过一只松鼠。"她提醒道。

狮爪顿时面红耳赤，他不需要蜜爪维护他。

"蜜爪说得对。"蛛足用鼻子顶了一下鼠爪的肩膀，"而且，你的攀爬技巧也还需要多加练习。"

鼠爪贴紧了双耳说："噢，那我们现在就去训练吧。"

"你最好别再去爬天橡树！"两只猫朝树林奔去时，蜜爪叫道。在消失在灌木丛中之前，鼠爪的尾巴气恼地哆嗦了一下。

沙风转向她的学徒说："来吧，蜜爪，我们去看看老山毛榉那儿有没有老鼠。"

"我们能一起去吗？"蜡毛锐利地盯着狮爪，"我想，我们在这儿找不到任何一只鸟了。"

"当然可以。"沙风冲上山谷外的山坡，朝树林奔去。蜡毛匆匆地追了上去。

"别担心，"蜜爪跑到狮爪身旁小声说道，"昨天，我也放跑了一只麻雀。"

狮爪哼了一声，跑到了她的前面，并竖起浑身的毛发。

山毛榉下的地面上，凌乱地铺满空空的果壳，这是一个捕猎老鼠的绝佳地点，现成的山毛榉果对老鼠来说，是个不小的诱惑。狮爪挤开蜜爪，钻进了空地周围的蕨丛中。蜡毛和沙风正坐在交错的枝叶下等着他们。

"希望在这儿能抓到一些猎物。"蜡毛喵呜道，"我们可不想让族猫饿肚子。"

"他们不会饿肚子的！"狮爪暴躁地叫道。为什么蜡毛就不能

给他一些建议，而是老揪住他的失误不放呢？

"看！"蜜爪猛地将头转向了空地。只见一只老鼠正坐在山毛榉那蛇一般的树根上，啃着一颗果子的外壳。"这个会比较容易抓。"她朝狮爪眨了眨眼，"它甚至还不知道我们已经在这儿了。"

"你为什么不自己去抓呢？"狮爪嘶声叫道。

蜜爪的眼神黯淡了下来。"我还以为你需要这个机会呢。"她委屈地说。

"我不需要帮忙！"狮爪暴躁地叫道。她认为他是一只没用的小猫吗？

蜜爪垂下了眼帘。狮爪感到愧疚起来，她只是想帮他而已。他转过头，在灌木丛下向外窥视，他必须抓住那只老鼠，向蜜爪道歉。

但那只老鼠已经不见了。

仅仅几条尾巴之外的地方，有什么东西弄响了树叶。狮爪摆好了捕猎架势，努力压抑住令他四肢沉重的疲惫感，悄悄地向前溜了过去。树叶又颤动了一下，一个小小的鼻头探了出来。狮爪绷紧每一块肌肉，准备跳出去。

"把你的尾巴放下来。"蜡毛小声提醒道。

狮爪立即将腰和臀部紧紧地贴到地面上，然后猛冲了出去。

他还是不够快，那只田鼠逃到了一个树根下。狮爪瞥了蜡毛一眼，希望得到一些建议或责备，但他的老师一言不发，将头转向了别处。

狮爪跟着蜡毛进入营地时,黑莓掌抬起头来,看见蜡毛扔了两只老鼠和一只麻雀到猎物堆里,而狮爪却毫无斩获,雷族副族长眯起了眼睛。

"猎物还在奔跑吗?"黑莓掌朝他们走了过来。

"自然是到处都有猎物。"蜡毛回答道。

狮爪等着蜡毛告诉黑莓掌他今天是如何的没用,但听到蜡毛接下来的话,他诧异地眨了眨眼。只听蜡毛喵呜道:"狮爪的狩猎技巧进步得很快。他只需要在蹲伏上再下点儿工夫。"

他为什么不告诉黑莓掌实情呢?难道他已经放弃狮爪了吗?或者是因为狮爪的父亲是副族长,所以他心软了?

黑莓掌轻轻地拍了拍狮爪的头:"我还以为,你在离开育婴室之前就已经掌握了蹲伏技巧呢。"

就没有谁在意吗?狮爪恼怒得绷紧了爪子。他已经连续犯了好几天错误了,却没有谁提起。他们为什么就不能严肃地对待他的训练呢?大家都在谈论战斗,当然,这比他的训练重要得多。他瞥了黑莓掌一眼,但雷族副族长已经叼着一只老鼠走开了。

"你也应该去吃点东西,"蜡毛喵呜道,"这是一个漫长的上午。"

"那训练呢?"

"先休息。"蜡毛朝空地的另一边走去,"晚一点我们要进行一些战斗训练。"

看来蜡毛确实已经放弃他了。可能老师觉得训练他是在浪

费时间吧。狮爪感到愤怒起来,但当他疲倦地盯着猎物堆时,愤怒又消失得无影无踪。他太累了,根本吃不下任何东西。他唯一想做的,就是躺下来睡一觉。他走向学徒巢穴,从低矮的黑莓丛下钻了进去。轻松地叹了一口气后,他蜷缩到床铺上,闭上了眼睛。

"狮爪!"莓爪的声音惊醒了他,"该进行战斗训练了!"

狮爪挣扎着坐起来,如同一只溺水的猫在水里挣扎。莓爪正站在旁边,用一只脚掌摇晃他的肩膀。

"好啦,好啦!"狮爪喵道,"把你的爪子拿开!我醒了。"他将莓爪甩开,吃力地站了起来。他脑子昏沉沉的,身上像是压了一块巨石。小睡反而让他更加疲倦了。

"蜡毛和黑莓掌想让我们一起做一些战斗训练。"

狮爪叹了一口气。

"怎么了?"莓爪凑到他面前问道,"你通常都是等不及想要打败我的。"他抽动了一下胡须,"你害怕了吗?"

"不是!"他当然不是害怕了,他只是想睡觉。

狮爪跟着莓爪摇摇晃晃地走出巢穴,在午后刺眼的阳光下眨了眨眼。蜡毛和黑莓掌已经在营地入口处等着了,他们朝狮爪点了一下头,便朝营地外走去。

慢点!狮爪匆忙地跟在莓爪和两名武士身后,觉得自己好像还没醒过来。步履蹒跚地穿过树林后,他感到更加疲惫不堪。跌跌撞撞地走过黑莓丛时，他更是哈欠连天。他连滚带爬地从山坡上滑进长满苔藓的训练场时，莓爪、蜡毛和黑莓掌已经等在那儿了。伸展一下四肢后，狮爪走到他们旁边。他抖动了一下身体，希望能把自己摇醒，但麻木的脑袋依然昏昏沉沉。

"我们开始吧。"黑莓掌喵呜道，"莓爪，我想让你扮演领地防御者的角色。"他弹了弹尾巴，"狮爪，攻击他。"

莓爪蹲伏下来，抽动着尾巴，脖子上的毛发竖立起来。他眯着双眼，像蛇一样前后滑动着下颚。

"来吧，小狮！"他挑衅道。

怒火点燃了狮爪的毛发。他毫不犹豫地朝莓爪冲了过去，疲惫的四肢跌跌撞撞地跑过地面。他扑向了同伴，两只前腿难看地向外杵着。莓爪直立起来，一把抓在狮爪的下巴上，把他向后扔了出去。狮爪还没来得及翻身，莓爪已经跳到了他身上。狮爪挣扎着，但那名学徒的体重牢牢地将他压在了地上。

莓爪抬头看着黑莓掌，得意洋洋地说："这太容易了！"

他一分散注意力，狮爪便趁机从他身下冲了出去。他用头朝莓爪乳白色的肚子撞了过去，但莓爪几乎连缩都没缩一下，他转身用一只前掌朝狮爪扇了过来，狮爪低下头，一一避过。现在怎么办？他的意识因困倦而迟缓。出于本能，他低头冲到了莓爪的肚子下，试图跳起来将他顶翻，但他低估了莓爪的体重。莓爪压着他，把他按到了地上。

狮爪就这样轻易被打败了。他的每一个动作都无比糟糕。莓

爪从狮爪身上爬下来，坐到黑莓掌身边，将尾巴盘在了脚掌上。

蜡毛俯视着自己的学徒，呵斥道："这就是你最好的状态吗？"

狮爪面红耳赤地站了起来。他现在已经完全清醒了，浑身上下都充满了愤怒。"你教给我的动作都是错的，这不是我的错！"他吼道。

黑莓掌的双眼立即充满了震惊，但蜡毛的眼神依然平静："你认为有谁会相信，我教给你的是那些笨拙的动作吗？"

"哦，如果你真有什么精妙的招式，那今天就破天荒地教给我吧！"

这番话激起了蜡毛的愤怒，灰色武士的双眼像要冒出火似的。

黑莓掌走上前，语重心长地说："一名武士从来都不会把自己的错误归咎于他的族伴，狮爪。"他又转向蜡毛，"我想你需要跟你的学徒谈谈。走吧，莓爪，我们去那边继续训练。"

看着黑莓掌朝空地的另一端走去，蜡毛脊背上的毛发颤抖不止。愤怒逐渐平息后，狮爪也冷静下来。他觉得自己太过分了。"我很抱歉。"他喵道。

蜡毛猛地转过头，注视着狮爪。"我一直都在努力，想让你在学徒中出类拔萃。"他咆哮道，"但最近我感觉自己像在训练一只迟钝的鼻涕虫。你总是只将我的话听进去一半，而且还左耳进右耳出。过去，你有捕猎和战斗的本能，但现在它消失了，我也不知道它到哪儿去了。"

狮爪的胡须颤抖起来。不可否认，他最近确实分心了，但他认为没有谁会注意到。"我发誓，我会更加努力的。"他保证道。

"如果你不想落后于其他学徒，如果你不想眼睁睁地看着小狐和小冰在你之前成为武士，你就必须努力！"

"我会的！"恐惧感在狮爪内心翻腾着，不是因为蜡毛，而是因为害怕失败。以前的一切都太顺利了。需要艰苦奋斗才跟得上其他学徒的想法令他恐惧不已。

"好。"蜡毛简单地点了一下头，"那我们重新开始吧。"

狮爪挺起肩膀答应道："好的。"

"我们来试一下防御獾的动作。"

狮爪眨了眨眼说："可——可这是最难的部分。"

"我知道。"蜡毛蹲了下来，"仔细看。"他直立起来，向前跃了出去，跳到了足够越过獾背的高度，然后单用后腿着地，飞速地转过身来。狮爪震惊不已——他是如何保持平衡的？接着他俯下身，四脚着地，身体朝一边扭过去，双颚猛地咬合，就像是咬住了獾的一条后腿。

"现在你来做一遍。"蜡毛命令道，"别忘了，一只獾有两只猫那么大，所以要跳得尽量高一些。你别想落到他背上，因为如果他翻身的话，就能把你碾碎。"

狮爪的心怦怦直跳，他直立起来，试图跃出去，却突然失去平衡，朝一侧倒了下去，两只前掌砰地落在了地上。

"再来！"蜡毛要求道。

狮爪直立起身，再次试图跃出去。这次，他成功地跳出了一小段距离，但还是没能站稳，又四仰八叉地摔在了地上。

"跳起来的时候，要更用力一些。"蜡毛喵呜道，"你绝大部分的力量都在后腿上——用上它！"

"但我找不到平衡。"狮爪说道。

"那就练到你找到为止！"

"蜡毛！"黑莓掌在空地另一端叫道，"我想让莓爪试一下一对二，你能帮一下忙吗？"

莓爪已经训练到对付两名武士了？狮爪嫉妒不已。"他们永远都不会让我尝试这个的。"他心想。

蜡毛眯起了眼睛。"继续练习。"他命令一声后，便冲到了雷族副族长身边。

狮爪感到一阵绝望拖住了四肢。为什么蜡毛偏要给一些他不可能完成的动作来练习呢？他是想让他看起来更没用吗？狮爪心不在焉地直立起来，他甚至还没来得及跳，就开始四处摇晃。他沮丧地放下四肢。"我永远都做不到的！"

"你当然可以！"一团毛发靠近了他，粗暴地撞了他一下。他一个趔趄，摔倒在地上。

狮爪挣扎着站起来，愤怒地吼道："你在干——？"后面半截话，他忽然说不出来了。

黑莓掌、蜡毛和莓爪依然在空地的另一边。

刚才是谁在撞我？

"把目光固定在前方的某个物体上，"一个声音咆哮道，"这是你找到平衡的唯一方法。"

狮爪惊恐地瞪着双眼。有两只眼睛在森林的阴影中熊熊燃烧着，一个蒙眬的剪影像雾一般朝蕨丛走来。

"虎星！"狮爪焦急地看了族猫一眼。他们能看到他吗？

"只有你能看到我。"虎星似乎能读懂他的心思，"他们要是能注意到我，我就不会来这儿了。"

"你为什么来这儿？"狮爪哆嗦着问道。

"来帮你。"虎星眯起了眼睛，"你似乎需要帮助。"

狮爪羞得面红耳赤。

"我就是那只獾。"虎星在他面前蹲了下来。

狮爪皱起了眉头。他怎么对付得了这名鬼魅般的武士呢？他几乎看不到他。

"试一下。"虎星命令道，"别忘了，把目光固定在一个物体上。"

狮爪深深地吸了一口气，将目光锁定在空地边缘的一棵桦树上。他集中注意力，站了起来。他找到平衡了！他绷紧后腿的肌肉跳了起来，越过虎星，落到了他身后。他转身时，觉得自己朝一边倒了下去，虎星像蛇一样，飞速转过身，推了他一把，帮助他继续完成转身的动作。狮爪重新找回了平衡，他低下头，转身去咬虎星的后腿。

"做得不赖。"虎星闪到一边说道,"但你不能总是让我支撑着吧?"

"至少比之前好多了!"狮爪心想。他走回原点,虎星再次蹲在他前面。这一次,用后腿起跳前,他绷紧了身上的每一块肌肉,然后向前跃了出去。他干净利落地着地,低头,龇牙去咬虎星的后腿。

但虎星站起来跑开了。"更像样了。"他低声咆哮道,"但你转身时,应该同时挥出一只前掌,这样,你咬住獾的后腿时,还能用力抓他。"

狮爪的心兴奋得怦怦直跳。这些天以来,他从未如此清醒过。"我们来试试。"他要求道。

他第一次便出色地完成了所有的动作。

虎星闪身避开了狮爪急速挥来的前爪。"好多了!"他称赞道。

"你练得怎么样了?"蜡毛的叫声吓得狮爪跳了起来。他不安地转过身,看到老师正朝自己走来,于是焦急地回头瞥了一眼。

虎星已经走了。

蜡毛眯起了眼睛:"你一直都在练习,对吧?"

"是的。"狮爪赶紧回答。

"让我看看你练得怎么样了。"

狮爪这一次的演练甚至比和虎星练习时还要好。他以一个完美的蹲伏完成了所有的动作,然后抬头看着蜡毛。老师的双眼闪闪发光,称赞道:"看来你真是一块做武士的料。"他用尾巴朝黑莓掌挥了挥:"赶快过来看看。"

黑莓掌跑了过来,莓爪紧随其后。

"你来扮演獾,莓爪。"蜡毛命令道。

莓爪蹲伏下来,狮爪立即直起身,从他身上跃了过去。他随即转身,同时伸出一只爪子,掠过莓爪的毛发,然后咬住他的后腿,一气呵成地完成了整套动作。

"如果真有一只獾的话,根本就逃不掉!"蜡毛骄傲地喵呜道。

"他可以跳得再高一些。"莓爪喵道。

"那样会减缓他的速度。"蜡毛辩驳道。

"黑莓掌?"狮爪急切地想知道父亲的看法,"怎么样?"一抹困惑的神色布满了雷族副族长的双眼。

黑莓掌眨了眨眼。"很棒。"他喵呜道。随即,他转向蜡毛问道:"抓的动作是你教他的吗?"

"不是,是他自学的。"

"是吗?"黑莓掌的眼睛像是要看穿狮爪的身体一样。

狮爪内疚地点了点头:"你喜欢吗?"他的父亲认出这是虎星的动作了吗?

"不错的动作。"黑莓掌将尾巴放到狮爪的腰上,"我们回营地吧。"

雷族副族长走出了苔藓空地,他那带有虎斑条纹的尾巴消

失在蕨丛里。莓爪朝狮爪做了个鬼脸,然后跟着自己的老师走进了灌木丛。

"你不走吗?"蜡毛喵呜道。

"马上。"狮爪想要看看虎星是否还会回来。他想知道,这名黑暗武士为什么对自己这么感兴趣。松鸦爪才是能和祖灵交流的猫。蜡毛溜进蕨丛时,狮爪扫视了空地一周:没有虎星的踪迹,连一点儿气息都没有。虎斑武士已经消失了。

狮爪抖落满身的疑虑。他应该充满感激。虎星似乎比他的老师还要关心他的训练。

"谢谢你,虎星。"他冲着树林小声说道,然后跟着族猫朝营地走去。

第十二章

"当心！"

灰条衔着黑莓枝，含混不清地警告道。冬青爪赶紧跳到一边，黑莓枝从她身旁擦了过去。米莉小跑过来，想要指引灰条带着刺人的黑莓安全地穿过空地。

"我还以为武士巢穴已经完工了呢。"冬青爪对榛爪喵道，她将尾巴朝武士巢穴新拓宽的地方弹了弹。武士巢穴的围墙已经很厚实了，顶棚也稳稳地固定在了合适的地方。他们为什么还需要黑莓枝呢？

"不是为了武士巢穴，"榛爪摇了摇他那灰白相间的脑袋，"他们是在加固育婴室。"

冬青爪的心沉了下来。为什么每只猫都如此肯定会发生战争呢？

灰条和米莉将黑莓枝围在了已经足够厚实的育婴室外。香薇云将小狐和小冰从育婴室里赶了出来。

鼠爪正在挑选自己的午餐。榛爪朝猎物堆点了一下头，对冬

青爪说道:"一起去吗?"

冬青爪摇了摇头。她一点儿都不饿。自从森林大会后,焦虑感就一直萦绕在心头。此外,她还要和蕨毛一起去打猎,到时候可以吃点东西。她看着榛爪叼起一只老鼠,坐到了鼠爪身边,他们松软的毛发融合在了一起。

突然,金银花丛颤动起来,亮心冲出了长老巢穴。这只独眼猫正匆忙地回头发号施令:"快,这边!"

长尾跟着她冲了出去,鼠毛蹒跚地跟在后面。

"我不明白,我们为什么还需要演习,"鼠毛咳嗽道,"我对这里已经非常熟悉了。"

亮心在落石堆下猛地停了下来:"如果攻击发生在夜晚,你们需要用心来记住路线。"

长尾将亮心推到一边,开口说道:"对我来说,白天和黑夜没什么两样。"他失明的双眼里闪动着嘲弄的神色。

鼠毛从他身旁僵硬地走了过去:"在这个营地里,我已经待得够久了,我知道该怎么走。"当她攀上岩石,朝高岩上安全的地方爬去时,冬青爪听到她呼哧呼哧地喘息起来。长尾紧跟着她,她脚下打滑了,他便推她一把。绿咳症给鼠毛带来的影响远远超出了所有猫的预料,尤其是鼠毛自己。让她这样演练是不公平的,更何况,是为了一场可能永远都不会发生的战争。

刺掌和白翅从冬青爪身旁经过。刺掌瞥了她一眼:"你不是应该在帮忙加固防御的吗?"

"我马上就要和蕨毛一起去捕猎了。"冬青爪解释道。

"很好。"刺掌停在高岩下说道。暴毛和溪儿正在那儿说着悄悄话。"我们需要我们的学徒更犀利一些。"

溪儿抬起了头,问道:"你就这么肯定战争会爆发?"那山猫所特有的沙哑的喵声里充满了焦虑。

"我们不得不考虑周全。"刺掌咆哮道。

暴毛坐了起来。"这说不过去,"他喵呜道,"风族为什么要进攻我们?"

"对呀。"溪儿的眼睛亮了起来,"河族才是他们要解决的麻烦。"

"发生在河族身上的事会影响到所有的族群。"白翅喵呜道。

刺掌弹了弹尾巴,质问道:"如果河族被迫离开他们的领地,那他们会去哪儿?"

"他们需要找个地方安身。"白翅指出。

暴毛叹息道:"所有的边界都不会太平。"

冬青爪心急如焚,如果河族失去了领地,那四个族群又怎么能生存下去呢?

"冬青爪?"蕨毛朝她走了过来。

"我们这就去捕猎吗?"

"计划有变。"蕨毛朝鼠爪和榛爪点了点头,"改成和你的同伴进行战斗训练了。"

战斗训练!

"我们训练场上见！"说完,他便匆匆忙忙离开了。

冬青爪心不在焉地朝营地入口走去，她不想为一场可能毁掉四族美好生活的战争去训练,但暴毛的声音回荡在耳边:所有的边界都不会太平。

她必须阻止这一切!

她转过身来,几乎撞到了鼠爪怀里。鼠爪绿色的双眼闪闪发光。"蕨毛告诉你了吗？"他问道。

榛爪在他身后抓着地面喵道:"我们要进行战斗训练。"

冬青爪盯着他们。"你们自己去吧。"她小声说道。

"你要干什么？"鼠爪问道。

"这不重要,"她喵道,"我办完事后,会赶上你们的。"

"但我们要怎么跟蕨毛说？"

冬青爪没有回答榛爪的问题,她已经推开同伴,跑到了空地中央。蕨毛在空地上停下来,跟暴毛小声交谈着。冬青爪迅速地隐藏到长老巢穴后方。

"想当然地以为我找不到去高岩的路。"她听到鼠毛嘶哑的声音从长老巢穴传了出来,"接下来, 他们该训练我们如何梳洗了。"

"好啦,至少我们现在已经准备好了。"长尾安慰地喵道。

"我一生下来就准备好了。"鼠毛咕哝道。

蕨毛终于朝暴毛点了点头,说了声"待会儿见"。冬青爪兴奋得毛发都竖了起来。那名金色武士朝营地入口走了过去。

冬青爪从金银花丛后面溜出来,爬上了高岩。"火星!"她冲进了族长巢穴,突如其来的黑暗让她眨了眨眼。

火星的眼里闪过一丝阴云。在巢穴的另一端,沙风正在拔一只麻雀尸体上的羽毛。

"什么事,冬青爪?"火星坐直了身子。

"你千万不能让它发生!"冬青爪喵道。

沙风走到火星身旁问道:"发生什么?"

"大家正准备着进行一场战争!"

"战争或许不会发生。"火星平静地喵呜道,"但作些准备工作并没什么不对。"

"但是,当我们理应帮助河族的时候,却为什么准备着和风族战斗?"冬青爪四肢颤抖着,朝前走了几步,"我在森林大会上和柳爪交谈时,她是如此的不安。所有的河族猫都是。他们需要帮助,但我们所做的一切,却是准备着攻击风族!"

火星将尾巴盘到了腿上。"我无意攻击风族,"他喵呜道,"但如果他们攻击我们,我们必须作好准备。"

"风族不会攻击我们,遇到麻烦的是河族!"冬青爪不明白火星为什么这么愚蠢。

"如果河族被迫入侵风族领地,那么风族也会试图掠夺我们的领地。"火星解释道。

"河族永远都不会愿意居住在荒野上!"冬青爪的胡须颤抖起来,"他们想要居住的地方,是可以捕鱼的湖边。"

沙风向前倾了倾，开口说道："如果不得不那么做的话，族群就能适应任何变化。"

火星点了点头："看看风族现在是如何适应林地捕猎的吧。"

冬青爪愤怒地甩了甩尾巴，吼道："为什么我们就不能在问题演变为战争之前，试着去解决它？"

火星抬起一只脚掌，示意她冷静："河族必须能够自己解决问题。"

"但万一他们解决不了呢？"

巢穴外响起一阵脚步声，冬青爪回过头，瞥见叶池走了进来。

"我想，我听到了你在这儿。"巫医朝冬青爪眨了眨眼。

火星朝叶池点了点头说："冬青爪在为战斗担心。"

沮丧又一次充斥在冬青爪的心里："战争并不是非打不可！"

"当然。"叶池安慰道，"我和蛾翅在森林大会上聊天时，她说河族正在解决他们的问题。但如果他们解决不了，我们就必须作好准备。"

"但如果我们帮助他们，"冬青爪喵道，"他们就会好起来的。"

叶池摇了摇头说："我们必须相信，河族能够解决好他们的问题。"

"叶池说得对。"火星喵呜道，"还有，帮助河族就意味着要穿过风族的领地。"

"或者是影族领地。"沙风补充道。

叶池将尾巴覆在了冬青爪的腰上，安慰道："那样只会让事情变得更糟，不是吗？"

冬青爪躲开了她，浑身的毛发都竖了起来。她不需要安慰，她又不是做了噩梦的小猫。他们为什么就不能认真对待她的建议呢？

"蕨毛不是在等你吗？"沙风提醒道。

"你千万不能落下自己的训练。"火星语重心长地说。

冬青爪转过身，跺着脚，走出了巢穴。

"等等！"

冬青爪回头瞟了一眼。

叶池行色匆匆地跟在她身后。"我看到了你的不安。"她担心地说。

冬青爪转向她质问道："为什么你们都听不进去呢？"

"你必须记住，"叶池安慰道，"我们都比你有经验，你也必须相信我们，知道什么是对的。"

"星族肯定也希望我们去帮助河族。"冬青爪喵道。

"你并不能确定是这样。"叶池眨了眨眼，"我知道你在担心柳爪，但你已经开始接受武士训练了。在其他族群有一个如此亲密的朋友是不合适的。"

冬青爪注视着叶池，心里想着："此事与柳爪无关，它关乎着四个族群的将来。"她留意着叶池的眼神，但看到的只是浓浓的

关切之情。

　　"我这是在浪费口舌。"她小声抱怨道。

　　"去找蕨毛吧,"叶池建议道,"他正往训练场那边走去。"

　　"我知道他在哪儿。"冬青爪不耐烦地吼道。

　　"我敢肯定,他正在等你。"叶池用鼻子碰了碰冬青爪的脸颊后,便走开了。

　　冬青爪攥紧了爪子。如果能发现河族究竟发生了什么事情,或许她就能说服火星帮忙了,而且族群间也不用打仗了。

　　她得和柳爪谈谈。

　　想到这里,冬青爪从入口通道冲了出去。在营地外,她四处巡视了一番。没有猫在附近。于是,她匆匆走进树林,朝着与训练场相反的方向,往风族边界那里的山梁走去。

　　"松鼠!"

　　桦落兴奋的喵声从空气中传了过来。冬青爪赶紧躲进一片蕨丛,将肚子紧紧地贴在地面上。脚步声砰砰地响了起来。她透过翠绿的树叶向外窥视,看到桦落和蜡毛正从山坡上滑下来,狮爪飞奔着跟在他们身后,尾巴上的毛发蓬松地竖立着。冬青爪蹲伏着,朝枝叶中退去,并屏住了呼吸。巡逻队在离她不到一条尾巴远的地方冲了过去,引得蕨丛沙沙作响。

　　冬青爪紧紧地闭上了眼睛,默默地祈祷着:"千万别让他们发现我!"

　　她的心都快跳到嗓子眼了。听到巡逻队的脚步声渐渐消失在森林里,她终于松了口气。她立刻从藏身处溜出来,朝山坡上爬去。她竖起耳朵,不停地抽动着鼻子,一路跑过了山梁,冲出了树林,并穿过了坎坷的草地,最后来到风族的边界。浓重的风族气息扑面而来,她的脚掌开始颤抖。这里的边界刚刚被标记过。

冬青爪搜寻了一遍石楠花丛生的山坡。

没有巡逻队的踪迹。

她颤抖着尾巴,越过了气味标记。铅灰色的天空中下起雨来。"它可以帮我掩盖气味。"她心想。雨水淋湿了毛发,令她松了一口气。

冬青爪穿过石楠花丛,沿着山坡朝湖边走去,来到了卵石沙滩上。她伏低身子,走到了水边,在安全水位以内艰难地跋涉。湖水能更有效地掩盖她的气味。浪花拍打着肚子上的毛发,冻得她直打战,但至少,风族不会怀疑有一只雷族猫擅自闯进了他们的领地。

雨下得更大了,使得湖面传来一阵急促的沙沙声。雨水顺着胡须流淌下来。冬青爪瞟了一眼从沙滩延伸出去的荒野,祈祷着万一有巡逻队从石楠花丛中出现的话,她黑色的毛发就能伪装成漂在灰色水面的一段浮木。前方不远处,芦苇出现在沙滩上,她已经接近河族领地了。在芦苇丛中,更容易藏身。她开始加速前进。脚下的卵石渐渐变成了泥浆,她闻到了浓烈的河族气味。走出浅滩,她溜进了芦苇丛中。她很庆幸自己离开了湖水,而且高耸的芦苇丛也将她隐藏得很好。

突然,一声号叫从前方传来。

冬青爪顿时僵住了,她嗅了嗅空气。是一股新鲜的武士气息。巡逻队?

她赶紧蹲伏下来,浑身颤抖不止。雾脚正穿过芦苇丛,好像在追逐什么东西。冬青爪赶紧向后退去,紧紧地贴在地面上,希望湿透的皮毛不会出卖自己的气息。

突然,雾脚向前扑了出去,并伸出了爪子。片刻过后,她直起身来,得意地抽动着胡须,一只水田鼠在她嘴里晃荡着。河族副族长转身走开时,冬青爪叹息着松了一口气。雾脚看起来非常瘦小,平时光滑的皮毛现在却黯淡无光。很显然,河族正在挨饿。

冬青爪等了一会儿,才小心翼翼地继续向前走。小岛就在前面不远处,她能清楚地看到树桥横在岸边。怎样才能神不知鬼不觉地过桥呢?透骨的焦虑令她进退两难。"我已经走了这么远的路……"从芦苇丛中溜出来后,她冲过湿软的湖岸,潜入了树桥那交错的树根下。她嗅了嗅空气,紧张得浑身发抖。

没有猫的踪迹。

她小心翼翼地从树根间爬出来,吃力地攀上了树桥。接着,她伏低身子,紧紧地抓住湿滑的树皮,沿着树干溜了过去。她大气都不敢喘一口,竖着耳朵,留意着任何警示的喵声。终于到达了对面,她长舒了一口气,从树枝上跳到了岸边。

现在该怎么走?

这不是要召开森林大会,她不能直接推开灌木丛,走到空地上去。她要怎样才能找到柳爪呢?

当她发现在不远处的岸边,灌木丛将沙滩都掩盖起来时,心里又充满了希望。那些树枝垂到了水面上,树根也蜿蜒到湖里,蕨丛和黑莓丛挡住了小岛的出口。

冬青爪深深地吸了一口气,冲过了沙滩上小小的开阔地带。她钻进一丛蕨叶里。交错的树叶一直垂到水中,在小岛边缘环绕成一个通道。

"星族啊,巫医巢穴到底在哪儿?"冬青爪祈祷着能够很快捕捉到柳爪熟悉的气息,但万一那股气息将自己引入岛内,直接通向河族新营地的心脏地带,那该怎么办? 她穿过蕨丛通道,爬过树根,越过了黑莓丛,一路上,她的脚掌不时从泥泞的岸上滑到冰冷的湖水里。

突然,灌木丛消失了,岩石在冬青爪面前伸展开来。它们一直延伸到湖里,形成了一条狭窄的湖堤,连接着突出水面的一片岩层。冬青爪抬起头,竖起耳朵,嗅了嗅空气。她听到河族的声音从小岛上传了过来:猫后的交谈声,小猫的喵声,一位长老抱怨虱子的声音。然而,没有学徒和武士的声音。冬青爪皱起了眉头。在森林大会上,河族猫塞满了空地,现在,其他猫都上哪儿去了?

没时间担心这个了!

柳爪在哪儿?

冬青爪哆嗦起来,她浑身冰冷,潮湿的皮毛紧紧地贴在身上。她已经离雷族营地很远了,一阵慌乱从心底升起。万一找不

到她的朋友,那该怎么办?

随即,她听到一声尖叫。一只小猫在前面的某个地方哭喊着:"很疼啊!"

一位猫后温柔地安慰着她:"只有一点点疼。"

冬青爪能够闻到药草的味道,某只猫正在用金盏花给小猫治疗。

她溜到粗糙而平坦的湖堤上,追寻着药草的气味。这股气味是从岩层里散发出来的。冬青爪把身子伏得更低了一些,滑行到岩层边,透过石缝偷偷向里面望去。

"我们将需要更多的金盏花。"

柳爪!

这名河族巫医学徒正蹲在岩层中心的一个洞里,用脚掌碾压着岩石上的树叶。"总是会有松针扎到小猫们的脚掌。"

蛾翅坐在不远处的岩架上,正忙着把药膏舔进那只小猫的脚掌里。小猫在蛾翅的舌头下挣扎着,一只白色的母猫紧紧地抓住了她。

"尽量别让她靠近松针,冰翅。"蛾翅建议道。

"这不容易啊。"猫后叹息道。

"我知道。"蛾翅表示赞同,"我和你一起回育婴室,去把松针扫走吧。"

猫后叼住了仍在喵喵叫唤的小猫,将她从岩石屏障下拖了出来。她沿着湖堤朝小岛走去,蛾翅跟在她身后。

确保附近没有其他猫能听到她的声音后，冬青爪冲岩石缝隙小声叫道："柳爪！"

巫医学徒呆住了："是谁？"

"是我，冬青爪！"

冬青爪迅速爬回到突起的岩石上，溜到了柳爪旁边。岩层露在外面的部分远比她想象的要宽敞。那是一个洞穴，有一个低矮的顶棚遮蔽风雨，是在水和风经年累月的侵蚀下形成的。

柳爪蹲在后面，吃惊地瞪大了双眼。"你来这儿做什么？"她问道。

"我答应过你，我会来的。"冬青爪提醒她。

"有谁知道你来这儿吗？"

冬青爪摇了摇头，但随即又紧张起来，蛾翅的气味正从洞穴外飘进来。

"冬青爪？"蛾翅的喵声很尖锐。

冬青爪转过身去。

"我回来取些罂粟籽。"河族巫医正站在洞穴入口处，她的骨头在皮毛下清晰可见，"冬青爪，你来这儿干什么？"

"我必须得做点什么！"冬青爪绝望地喵道，"雷族正准备和风族打仗。大家都在担心，万一河族被迫离开家园，那将发生什么事情？"

蛾翅看着她，坚定地说："河族不会被赶出去的。"

"你怎么这么肯定？"冬青爪望着她瘦骨嶙峋的样子，难以置

信地问道，"你们吃不饱，而且还住在岛上。"

柳爪靠近她，温柔地说："不会太久的。"

冬青爪瞥了一眼整齐码放在墙边的药草，看起来，河族像是准备在这儿住很久似的。"但是，你们把老营地里所有的东西都搬过来了。"她指出。

河族巫医叹了口气："你最好领她去看看。"

"真的？"柳爪看起来很惊讶，"现在？"

蛾翅点了点头，提醒道："千万别让其他猫看到你们。"

柳爪点了点头，从洞穴里冲了出去。冬青爪赶忙跟上她，浑身的毛发因为好奇而竖了起来。她跟随柳爪穿过狭窄的湖堤，来到了岸边。

"我们游到陆地上去吧，"柳爪喵道，"这样更容易避开耳目。"

冬青爪惊恐得浑身的毛发都竖了起来："我已经湿透了，我根本不会游泳！"树桥静静地躺在离她们几只狐狸身长的地方。

"好啦，好啦，"柳爪不耐烦地喵道，"但我们最好先将你伪装一下，你的气味正渗透出来。"她抽动着胡须，巡视了一下湖岸，"跟我来。"

巫医学徒钻进了一丛水草中。"这里。"冬青爪还没来得及抱怨，柳爪便已捧起一把棕色的淤泥，抹到她身上。

冬青爪干呕起来，尖叫道："这是什么？"那玩意儿糊在毛发上，又黏又臭。

"水獭屎，"柳爪喵道，"它应该能够遮住你的雷族气味。"

冬青爪咳嗽道："你这是在开玩笑！"

"待会儿，你可以把它洗掉，"柳爪小声说道，"安静点，别乱动。"

她又往冬青爪的两肋抹了几把，然后站起来，巡视了一遍湖岸。冬青爪开始后悔来这儿了。

"快！"柳爪冲过沙滩，爬上了树桥。

冬青爪压下被水獭屎熏得升到喉头的恶心感，跟了过去。"你肯定这玩意儿能将我的气味隐藏起来吗？"过桥时，她小声问道，"这气味太浓烈了，我打赌，就连雷族猫都能闻到我了。"

"我肯定。"柳爪从树桥上跳下来，穿过沙滩，钻进了芦苇丛。冬青爪跟着她，在湿软的泥地上艰难前行。泥浆沾到腿上，弄脏了她肚子上的毛发。柳爪则在芦苇丛中跳来跳去，完全没受到泥浆的干扰。冬青爪仔细观察着她的动作，跟随她的脚印往前走。她庆幸地发现，跟着朋友的脚印走了一段路后，她脚掌和肚子上的毛都干了。

地面终于变得坚实起来，冬青爪感到了脚下的草地。柳爪正领着她朝山坡上走去。那里开始有了树木，而且灌木丛也很茂密。山坡逐渐陡峭起来，冬青爪发现，自己正在攀爬一片红色的沙土崖壁。她跟着柳爪连续地向上跳，抓着突起的岩石将自己往上拽。最后，她们爬到了湖岸顶端的草地上。冬青爪气喘吁吁地往下看了一眼。湖水在下方闪耀着，波光粼粼的湖面上映照着翠

绿的树叶。

"我们要去哪儿?"冬青爪喘息道。

"一会儿你就知道了。"柳爪朝岸上走去,消失在一片浓密的草丛中。

冬青爪赶忙跟了上去。

"看。"柳爪突然停了下来。

她轻轻地拨开草丛。冬青爪溜到她身边,向外望去。在她们下方,一条宽阔的河流顺着山坡奔腾而下,一座小岛在河中央冒了出来,粗暴地将河水切割开来,激起了不少漩涡。岛上满是细小的树木和灌木,在翻滚的棕色河水的映衬下,显得青翠欲滴。

"那就是我们的老营地。"柳爪解释道。

冬青爪听到了石头的撞击声,便惊讶地问道:"那是什么?"

"武士们正在干活。"

"干活?"冬青爪疑惑地眨了眨眼。

突然,她瞥见河族武士在河两岸的草丛中穿梭的身影。在靠近她们的一边,她认出了学徒扑爪和鲤爪,他们正在帮芦苇须和田鼠齿摆放石头。他们将石头摆在岸边,然后把它们推到河水里。巨大的水声响起,同时溅起了大片的水花。

"他们在做什么?"

"堵住河水,让它变得更宽更深一些。"柳爪回答道。

黑掌——一只肌肉发达、虎背熊腰的公猫——在河的另一端喊道:"快!尽可能多抓一些!"他站在水边,朝武士们发号施令。武士们正在沟渠上勇敢地跳跃着,嘴里晃荡着一卷卷苔藓。

"我们必须尽可能多抢救一些材料,"柳爪解释道,"小岛上松针做成的屋顶抵挡不了风雨。"

"但你们为什么要这么做呢?"冬青爪还是不明白到底出了什么事。河族的老营地看起来足够安全,被一分为二的小河很好地护卫了起来,一如雷族被崖壁环抱的营地。

一声警告的号叫在上游响起,鲤爪从岸上冲了下来:"他们来了!"

所有的河族猫立即停下了手中的工作,纷纷从岛上爬了下来,朝湖边跑去。

冬青爪的毛发竖了起来:"怎么回事?"

"你会明白的。"柳爪喵道。

草丛中传来一阵沉重的脚步声,在小溪的另一边,来了一伙小两脚兽。他们挥舞着钩状树枝,穿过草丛,大声叫唤着。冬青爪看到,那只最大的两脚兽从沙滩上单腿跳到了露出水面的一块石头上。他一块接一块地跳了过去,就这样摇摇欲坠地跳到了岛上。他用手里的棍子在灌木丛中捅来捅去。其他两脚兽高声欢呼着,不停地在空中挥舞他们那光溜溜的手掌。

冬青爪惊恐地盯着她的朋友。

柳爪甩了一下尾巴说:"现在,你知道我们为什么不得不离开了吧?"

第十三章

"把石头推到水里,是黑掌的主意。"她们从沙崖上爬下去时,柳爪解释道。

冬青爪歪着头问道:"但那样就能把水流堵住吗?"

"没错,这样一来,河水会越来越高、越来越宽,小岛也因此变得更安全。"

冬青爪不禁佩服起她来。"但这样就能把小两脚兽完全隔开了吗?"她还是有点儿疑惑。

"一旦河水涨起来,我们就会在岸边设置荆棘屏障。"柳爪停下来,喘了一口气,"两脚兽并没有伤害到我们,我想,他们只是在这儿玩耍而已。"她低下头,清理了一下脚掌上的红色沙土,"他们就如同我们的小猫一样,如果不让他们那么容易地靠近小岛,他们就会放弃,而选择去其他地方玩。"

"而且那时候,你们就可以搬回岛上了!"冬青爪猜测道。原来,河族根本就无意侵占风族领地。她激动起来,恨不得立即回到营地,把这个消息告诉火星。风族边界绝对安全,他们没必要掠夺雷族的领地了，这样的话，根本就不会发动战争了。

在余下的坡路上，柳爪狂奔起来，冲到了芦苇丛中。

冬青爪匆匆地跟在她身后，不解地问道："但是豹星为什么不把这里发生的事情对其他族群坦言相告呢？"

"因为我们被赶出了家园，这会让我们看起来很弱小。"

"但其他族群可能帮得上忙啊。"

"河族有能力解决自己的问题！"

冬青爪垂下眼帘，解释道："我不是说你们没有能力，而是——"

柳爪浑身的毛发都竖了起来："住在岛上的日子很艰苦，每天都抓不到足够的鱼，因为它们都被船只吓跑了。而且，在解决两脚兽带来的麻烦之前，我们也不能到领地的其他地方去捕猎。整个族群都在挨饿，饥饿的武士是打不赢仗的。"

冬青爪想起雾脚那黯淡的毛发，还有蛾翅那瘦骨嶙峋的模样。

"你真的以为，豹星会相信其他族群不会乘人之危吗？"柳爪继续说道，"我们需要集中所有的力量，从两脚兽手中拯救营地。"

"我不会告诉雷族，你们正处在饥饿当中。"冬青爪承诺道，"只要你们尽快搬回老营地，大家就没有理由认为你们会离开自己的领地了。"

柳爪感激地眨了眨眼。"现在，你得回去了。"她提醒道，"你

的族群肯定在为你担心。"

冬青爪突然感到愧疚起来。她的族猫们已经发现她失踪了吗？"我会沿原路返回的。"

柳爪站了起来,透过长草向外望去:"湖边很安静。"她越过沼泽地,朝更加坚实的陆地走去,那儿枝繁叶茂,更容易隐藏自己。

"我们从这边走吧,"柳爪建议道,"这边更隐蔽一些。"她调皮地眨着双眼,"而且,水獭粪也能防止其他猫注意到你的气味。"

"你就没有其他材料可以用了吗?"

"艾菊可能有效,"柳爪坦白地说,"但我们这儿不容易找到。"她从蕨丛中钻了过去,冬青爪紧紧地跟着她。

她们沿着湖岸一直往前走。冬青爪闻到了马场的味道。"我们已经接近风族领地了,"她悄悄地说,"你现在可以不用管我啦。"

柳爪的眼里充满了担忧。"等到了边界再说吧。"她坚持道。

在马场周围,棕色的蕨丛蔓延得更加宽广。当枝叶繁茂的河族领地过渡为风族的荒野之后,蕨丛也跟着稀疏起来。柳爪在一片开阔的草地边缘停了下来,那儿有一片矮小的黑莓丛。"这儿就是边界了。"她用尾巴指了指。

风从荒野上灌了下来,撕扯着冬青爪的毛发,她能闻到风族的气味标记,就在身前几只狐狸身长的地方。

柳爪将尾梢放到冬青爪的肩上，不舍地说："答应我，你会小心的。"

突然，岸上的石头发出一连串清脆的撞击声，柳爪迅速转过身去。

一支河族巡逻队如脱兔般朝她们奔来。

冬青爪僵住了，恐惧如闪电般穿透了她。随即，她感到柳爪用牙咬住了脖子，将她拽进了身后的黑莓丛中。

"他们看到我们了吗？"冬青爪颤抖着小声问道。

"我不知道。"柳爪用尾巴弹了一下她的嘴巴，"保持安静！"

冬青爪从树叶间向外窥视。芦苇须带领着巡逻队，他的学徒扑爪紧随其后。田鼠齿紧跟着芦苇须，与鲤爪并肩而行。鲤爪那带斑点的毛发逆风飞扬，胡须也被吹得贴在了脸上。她正拼命奔跑着。

"他们是在捕猎吗？"冬青爪问道。

柳爪扫视了一圈空空如也的沙滩："捕什么？"

"哦，那他们是冲我们来的？"

"看起来不像。"柳爪回答道。巡逻队从黑莓丛前疾驰而过时，都没朝她们这边看一眼。

冬青爪注意到，河族猫的眼睛都瞪得大大的，充满了恐惧。她浑身的毛发都竖了起来。"我感觉不对劲。"她小声说道。

柳爪贴紧耳朵小声叫道："快看！"

只见一只毛发粗糙、黑白相间的狗正追赶着河族巡逻队，恶

狗的双眼充满了野性,咧着的嘴唇里,露出了惨白的尖牙。

"马场的狗!"柳爪号叫道,"快跑!"她跟着族猫,猛冲了出去。

冬青爪还没来得及动弹,那只黑白相间的狗就瞥见了她,它兴奋地嚎叫着,转身朝她冲了过来。冬青爪发出一声尖叫,跟着柳爪冲了出去。飞奔过草坡时,她的爪子带起了不少泥块。河族巡逻队突然改变方向,朝风族边界附近的山坡飞奔而去。

芦苇须看到柳爪时,瞪大了双眼。"靠近我们!"他命令道。紧接着,他飞奔到山坡上,顶开一丛金雀花,跃过一丛低矮的石楠。

柳爪紧跟着他,回头朝冬青爪尖叫道:"快点!"

冬青爪在泥泞的地面上更加奋力地奔跑起来,她紧跟着河族猫,穿过了一丛石楠,冲到了草坡上。

"停!"芦苇须命令道。冬青爪跟着其他猫猛地收住脚步。她恐惧地喘息着,回头瞥了一眼。

那只狗在山坡下的篱笆旁停了下来,正伸着舌头左右张望,然后,它抖了抖身子,从篱笆下挤了过去。冬青爪看着它慢慢地穿过田地,朝两脚兽地盘跑去了。

"它肯定是回家去了。"冬青爪猜测道。

"嘘!"柳爪给她一个警告的表情,但已经晚了。

"你在这儿干什么?"鲤爪震惊的喵声吓得冬青爪跳了起来。

芦苇须盯着她,背上的毛发根根竖立:"你是一只雷族猫,不是吗?"他注视着冬青爪,严厉的目光充满指责。

鲤爪皱起了鼻子,问道:"你身上为什么这么臭啊?"

田鼠齿走了过来,并凑到她跟前,他那带斑点的鼻子离冬青爪只有一根胡须的距离:"你在监视我们?"

冬青爪向后退了几步,解释道:"不,不是。我只是想看看我是否帮得上忙。"

"帮忙?"芦苇须难以置信地盯着她。

"是真的。"柳爪走到族猫和冬青爪之间澄清道,她的尾巴不停地颤抖着,"就她自己来的。森林大会后,她一直很担心我,她只是来看看是否——"

"老鼠屎!"芦苇须一声号叫,打断了柳爪的话。突然,这只黑色公猫盯着山坡一动不动,眼里充满了恐惧。

一支风族巡逻队正朝他们疾驰而来。

冬青爪嗅了嗅空气,风族的气味顿时溢满了鼻腔。那只狗已经将他们赶出了边界。

"我们要不要跑?"鲤爪小声说道,尾巴因恐惧而僵硬起来。

"没用的。"田鼠齿叹息道,"我们已经越过边界很远了。"

"我们最好站在原地。"芦苇须喵呜道。

扑爪往鲤爪身旁靠了靠。

风族巡逻队靠近时,他们的副族长灰脚弹了弹尾巴。于是,鸦羽、石楠爪、白尾、裂耳和风爪呈扇形包抄了过来。他们包围河族猫时,冬青爪感到柳爪靠在了自己的腰上。风族猫的眼里燃烧着怒火。

"你们到风族领地上干什么？"灰脚问道。

芦苇须直视着她的目光，解释道："我们刚刚被一只鼠脑袋的恶狗从马场追到了这儿。"

鸦羽走上前来，质问道："那它现在在哪儿？"

田鼠齿朝两脚兽地盘点了一下头说："它回家了。"

"你们以为我们会相信吗？"裂耳嗅了嗅空气，他的胡须颤动着，"我闻到的都是大粪味。"

冬青爪恨不得找个地缝钻进去。风族猫正在气头上，他们还没有发现闯入者中有一只雷族猫。万一他们误以为河族和雷族已经结成了联盟，那该怎么办？到时候，肯定会因此而爆发一场战争。这全是她的责任。

冬青爪拼命压制着内心的慌乱。风爪正盯着她。她垂下眼帘，暗自祈祷自己千万别被认出来。庆幸的是，水獭粪混淆了她黑色的皮毛，并且掩盖了她的气味。

"你是怎么弄成这样的？"风爪的眼里充满了不屑，"难道他们就没有教河族小猫如何梳洗吗？"

冬青爪的心里蹿起一股怒火，很想冲那张傲慢的狐狸脸啐上一口。但好在他似乎并没有认出她来。

"从我们的领地上滚出去！"灰脚叫道，"你们或许已经失去了自己的领地，但这并不意味着你们就可以占领风族的领地！"

田鼠齿竖起了毛发，露出了牙齿，吼道："我们没有失去我们的领地！"

"那你们为什么会在这儿？"裂耳逼问道。

"寻找猎物？"鸦羽向前走了几步。

芦苇须甩了一下尾巴说："不是的！"

冬青爪感到紧张起来，她身边的每一只猫都竖起了毛发，准备扑出去。她也伸出了爪子，虽然这不是她的族群，但如果非打不可的话，她也会义无反顾。

扑爪跳到了前面，他那短短的虎斑尾巴愤怒地抽动着："我们就算饿死，也不吃兔子肉！"

灰脚怒吼道："马上滚出我们的领地！"

裂耳和白尾闪到一边，放河族猫过去。

芦苇须和田鼠齿慢慢地后退，扑爪和鲤爪转过身，不安地从风族猫之间走了过去。冬青爪紧跟着他们，眼睛牢牢地盯着地面。

"从现在起，边界处需要安排额外的巡逻队！"灰脚在他们身后叫道。

"而且，要作好随时战斗的准备！"裂耳咆哮道。

河族猫慢慢地朝边界走去，坚决不在风族猫威胁的嘶声中仓皇逃窜。越过气味标记时，冬青爪感觉就像卸下了千斤巨石。但这儿并不是我的领地！

"我得回去了。"她小声说道。

芦苇须转过身，面对着她："不行，你不能走。你必须解释清楚，你到这儿干什么来了。"

"我已经解释过了！"冬青爪反驳道,"我只是担心柳爪。"

"我们现在没办法再让你踏上风族的领地了,"田鼠齿喵道,"你必须和我们一起,回小岛上去。"

来自心底的绝望如石头般压在冬青爪的身上。她注视着湖对岸。夜幕已经降临,在远山的映衬下,雷族的林地就像一片雾霭。她扫视着湖岸线,希望能看到任何一只雷族猫的身影——松鸦爪就经常到水边游荡,但距离太远了,而且光线昏暗,根本看不见什么东西。

"好吧。"她叹了一口气。

"但首先,你得把身上那恶心的大粪给洗掉。"芦苇须命令道。

他领着冬青爪走到湖边,看着她在刺骨的湖水中扑腾。柳爪赶紧跑过去帮忙,用爪子不停地抓着冬青爪的毛发,直到洗得干干净净。

冬青爪冻得颤抖起来。她跟随河族巡逻队,沿着泥泞的湖岸往前走去,柳爪在她身旁陪伴。

"如果我给你惹了麻烦,对不起。"冬青爪悄声说道。

"没事的。"柳爪紧紧地依偎着她。这对刚从湖里上来、浑身还滴着水的朋友互相取着暖。

跟着芦苇须走进岛上的空地时,河族猫那好奇的眼神令冬青爪浑身刺痛起来。当他们接近大橡树时,空地上顿时安静下来。看到豹星从橡树那巨大的树根间钻出来时,冬青爪拼命地想要压制住颤抖的四肢。

"别害怕,"柳爪在她耳边小声说道,"豹星一直都很公正。"

冬青爪尽可能勇敢地扬起了下巴,面对着河族族长。

豹星的双眼在暮色中闪耀着。"芦苇须跟我说,你在窥探河族领地。"她指责道。

"我只是想要帮忙。"冬青爪解释道,"雷族正担心着,万一你们强行进入风族领地的话,风族也会袭击我们。大家都准备着战斗,我只是想要阻止这一切。"

豹星眨了眨眼说:"对一名小小的学徒来说,这是一个不可能完成的任务。"

被如此藐视,冬青爪不由得竖起了毛发。

豹星的胡须也在抽动吗?

"我想,柳爪带你所看到的情况,足够让你把心放回到肚子里去了吧?"河族族长喵呜道。

"只是老营地——"冬青爪赶忙住口,但已经迟了,她已经出卖了自己的朋友。

豹星将目光转到柳爪身上,质问道:"是你将她带到那儿去的?"

柳爪低下了头,说:"我只是想让她安心。"

豹星叹了一口气。"噢,冬青爪,"她喵呜道,"你最好留在这个小岛上吧。"

冬青爪的心悬了起来："可是，我的族群会担心我的。"

"你来这儿之前，就应该好好想想这个问题。"豹星扫视着四周。河族猫已经聚集在橡树下了，他们正好奇地抽动着耳朵。"我们抽不出武士来护送你回家，而且就算我们能，我也不想因为越界而骚扰到风族或是影族。"豹星继续说道。

"但武士守则规定，在距离湖水两只狐狸身长的范围内行走，是安全的。"冬青爪指出。

"如果是在森林大会时，我会赞成你的说法。"豹星反驳道，"但现在的事实是，我们的邻居们正等着在他们的领地上发现河族或是雷族的气味。"她眯起了眼睛，"只知道爱管闲事可不大好。"

"但是——"冬青爪绝望地搜寻着另一句反驳的话。在族猫发现她失踪之前，她必须赶回去。

豹星转过身来，说："你可以跟蛾翅和柳爪待在一起，直到你能够安全回去为止。"

"走吧。"柳爪推了推她，"我们先到巫医巢穴暖和一下，把身上弄干。"

冬青爪感觉四肢跟灌了铅似的，她跟着柳爪穿过湖堤，来到了岩层洞穴中。

蛾翅正等着她们，身旁摆放着一堆药草。"我想，我告诉过你们别被发现。"她向她们打着招呼。

柳爪低下了头："对不起。"

蛾翅将那些药草推向了她们。"把这些吃下去,"她命令道,"它能帮助你们暖和起来。"

冬青爪的肚子咕咕叫着,她更希望得到一只新鲜而多汁的老鼠。

"这是我们目前能省出来的所有口粮了。"蛾翅告诉她。

冬青爪低下头,开始咀嚼其中的一片叶子,叶子湿热的味道温暖了舌头。"这是什么?"她小声问道。

"晒干的荨麻,混合了蜂蜜。"柳爪回答。

"不赖。"

吃完后,柳爪便领着冬青爪朝后面的苔藓床铺走去。她们先将自己舔干,然后便一起挤到柔软的床上。冬青爪很感激柳爪身上的温暖。洞穴里四面透风,雨点噼里啪啦地敲打在岩石上,远处的湖面上,也传来呼呼的风声。冬青爪打了个哈欠,突然觉得疲惫感深入骨髓。"你知道吗,豹星将我留在这儿,是因为我知道得太多了。"她咕哝道。

"是的。"柳爪将尾巴覆在了朋友的脚掌上,"但火星又有什么不同呢?"

冬青爪叹息道:"我想,他不会这么做的。"她闭上眼睛。她要在这儿待多久? 一旦族猫发现她被扣留在河族,并且被当作间谍,那麻烦就大了。

第十四章

穿过空地时,雨点滴落在松鸦爪的身上。他嘴里叼着一卷水薄荷和一些杜松果,药草刺鼻的气味充满了鼻腔。

米莉在松鸦爪身旁小跑着:"我告诉过灰条,叫他别再吃另一只麻雀!"她在高岩下停下来,灰条正躺在那儿呻吟。

"我又怎么忍得住呢?"灰条喘着气说,"我已经好几个月没见过这么丰盛的猎物了。"

松鸦爪放下药草,将一只脚掌放在灰条圆滚滚的肚子上,他正痛苦不堪地躺在地上。

"别动。"松鸦爪感到灰条的肚子硬邦邦的,"你的胃胀气了。"

"我警告过你的。"米莉喵呜道。

松鸦爪将杜松果滚到灰条的鼻子下面。"这些药会让你好一些的,"他喵道,"然后再吃点水薄荷。"

"我还以为,你作为一名武士,知道秃叶季后不能暴食呢。"米莉继续说道,"这么多个月以来,一直都空着肚子,你不能一有猎物，就把肚子塞得满满的。你必须一点一点地适应。"

"求求你别再唠叨了。"灰条恳求道。

米莉开始舔他的皮毛。松鸦爪感到，她对灰条的关切就像温暖的空气一样包裹着他。灰条愉悦地抽动了一下胡须。聆听一名武士被一只宠物猫教训，松鸦爪觉得很好玩。"但她现在已经是一名武士了。"他很快又提醒自己。

一阵匆忙的脚步声传进了营地。松鸦爪嗅了嗅空气中的味道。是鼠爪和罂粟爪。从他们皮毛上的苔藓味可以知道，他们刚才去训练场了。

"你看到冬青爪了吗？"朝高岩上奔过去时，罂粟爪问道。

松鸦爪感到罂粟爪那焦急的目光正灼烧着自己的皮毛，但她的焦虑随即消失不见了，取而代之的是尴尬。

"我的意思不是看见，"她飞快地纠正自己的口误，"我的意思是听到或是闻到——"

"她的意思是，你知道冬青爪在哪儿吗？"鼠爪不耐烦的喵声插了进来。

松鸦爪感到异常紧张，从早上起，他就没有看到过冬青爪了。他将自己的意识扩展到整个营地，去感受她的存在，用这种方式，他连药草储藏室里的罂粟籽都能搜寻出来。但是什么也没有，营地里和营地周边都没有冬青爪的踪迹。他摇了摇头。

灰条爬了起来，询问道："她失踪多久了？"

"她本该和我们一起去训练的，但她没有出现。"罂粟爪喵

道。

"蕨毛还以为,她因为什么事情留在营地了。"鼠爪补充道,"所以我们就没有管她,继续训练了。我们原以为,等回来时她会在营地呢。"

"但是她不在!"罂粟爪尖利的喵声传遍了整个营地。

蕨毛穿过荆棘通道冲进了营地:"她不在这儿吗?"

蛛足和蜡毛紧跟在他身后。

"通道里有她的气息,但已经不新鲜了。"蜡毛汇报道。

"我通知她去训练的时候,她可能就已经离开营地了。"蕨毛猜测道。

"但她并没有去训练场。"蛛足说。

松鸦爪感到族猫的好奇心在空地周围蔓延开来。

亮心匆忙跑了过来,猜测道:"或许她受伤了。"

"谁受伤了?"栗尾叫道。

"没有猫受伤。"灰条解释道,"但冬青爪似乎失踪了。"

松鸦爪被紧紧围在身边的武士们挤在了中间,刺掌和白翅也加入了他们。

"也许是风族把她抓走了。"刺掌说。

一阵警觉迅速传遍了武士和学徒们。

云尾推开大家,走到前面质疑道:"风族为什么要这么干?"

松鸦爪闻到了溪儿那股来自大山的气息。"风族之前绑架过人质吗?"她问道。

"没有，但他们之前也从来不抓松鼠。"尘毛指出。

栗尾惊呼道："我希望他们没有伤害冬青爪！"

松鸦爪感觉自己快要被充斥在周围的惊恐和愤怒撕碎了，大家都太容易慌乱了。但万一冬青爪真的被抓住，那该怎么办？

只有溪儿还保持着冷静，她分析道："让风族再多养一只猫，这可说不过去呀。"

"但他们现在有了多余的猎物，他们已经开始在森林里捕猎了。"亮心喵呜道。

"他们肯定认为值得这样做。"栗尾的声音里充满了担忧。

"我们应该派一支巡逻队去救冬青爪。"刺掌宣布道。

黑莓掌加入了族猫的谈话。"救谁？"他问道。

感觉到父母亲来到身边，松鸦爪顿时觉得全身都轻松起来。松鼠飞在他两耳间舔了舔，问道："出什么事了，松鸦爪？"

"冬青爪不见了。"

松鼠飞立刻呆住了："什么时候不见的？"

"中午我还跟她说过话。"蕨毛解释道，"她本该去训练场的，但她一直没去。"

"肯定是风族把她抓走了。"亮心喵呜道。

"能肯定吗？"黑莓掌问道。

谁也没有吭声。

"在这种情况下，我们就别再往更坏的方面想了。"雷族副族长劝道。

"我了解冬青爪,她肯定只是出去走走。"松鼠飞喵呜道。

松鸦爪点了点头。每当冬青爪要做什么事情的时候,她都会独自出去晃荡,这样的情况不止一次了。

"但她故意缺席过训练吗?"栗尾担忧地问道。

"她以前从未缺席过训练。"火星的喵声在众猫头顶上方响起,他出现在高岩上。所有的猫都退后了几步,齐刷刷地抬头看着族长。能得到一些空间,松鸦爪松了一口气,但他感觉到焦虑和愧疚的情绪从火星那里汹涌而至。族长为什么会感到愧疚呢?

"我们不能妄自猜测是风族带走了她。"雷族族长继续说道。

"但是,我们知道风族想攻击我们,"刺掌叫道,"这可能是他们宣战的方式。"

担忧的喵声在族群中四散开来。

"我们不能肯定他们想要攻击雷族,"火星分析道,"而且正如松鼠飞所说,冬青爪完全有可能是自己出去了。她一直都很独立。别忘了,她还是一只小猫的时候,就出去猎过狐狸!"

火星的喵声听起来很轻松,但松鸦爪却感到族长的心里有点儿忐忑不安。与此同时,族猫们竖起的毛发服帖了下来。冬青爪当然没事,消失一天对她来说是家常便饭。但松鸦爪还是不能信服。火星知道的远比他表现出来的多。他试图探查雷族族长的心理,却发现一片烦躁的阴云遮住了火星所有清晰的思绪。或许他应该直接去问火星?松鸦爪耸耸肩,打消了这个念头。很明显,火星想独自保留那份恐惧。

松鸦爪从溪儿和亮心身旁溜过,朝巫医巢穴走去。刚走到巫医巢穴前,他便听到入口处的黑莓丛沙沙地响起来。叶池刚刚冲了进去。她肯定也听说冬青爪失踪的事了。松鸦爪走进巢穴,却几乎被从叶池身上汹涌而至的情绪给推了出来。

"是真的吗?"煤爪焦急的喵声从她的床铺上传来,"冬青爪不见了?"

"你了解冬青爪的,"松鸦爪安慰道,"她很有可能是出去想问题了。"

"我想是这样吧。"煤爪的床铺沙沙地响了起来,她又躺下了。松鸦爪能够感觉到她的紧张。

穿过巢穴,从叶池身上传来的不安似乎更加强烈了。

"你怎么了?"松鸦爪急忙跑到老师身旁问道。他把注意力集中在叶池的思维上,发现她的意识里充满了担忧和愧疚,和火星的感觉一模一样。他们俩都知道某些情况!

"冬青爪离开营地前,我和她说过话。"叶池坦承道。

松鸦爪竖起了耳朵,问道:"她说过要去哪儿吗?"

"没有,但是她很不安。"叶池的声音嘶哑起来,"她离开前,曾要求火星去帮助河族。"

"而且火星说不行?"松鸦爪猜测道。他想起火星对自己的梦境所作出的反应。

"她不会认为凭一己之力就能够帮助河族吧?"叶池喵呜道。

"冬青爪不会那么鼠脑袋的。"松鸦爪表示赞同。

"但是她可能会认为,如果说服不了火星,那么她可能说服一星放弃战争。"叶池不情不愿地说道。

松鸦爪的心里似乎出现了一个黑洞。冬青爪一直以为,这个世界非黑即白,如果她觉得火星的决定不对,那么她可能会固执地想要去改变它。他摇了摇头,赶走了这个想法。她不会那样鲁莽行事的。是吗?

松鸦爪感到叶池正抚摸着自己。"你必须尝试做一个梦!"她喵呜道,"你得找出冬青爪在哪里!"

她迫切的请求令松鸦爪恼怒得浑身毛发直竖。不久前,她才恳求过松鸦爪,一定要保守梦境的秘密。现在,她又想让他通过梦境去寻找冬青爪,他对她来说就只有这么点用处吗?当她想要的时候,这就是从星族那里得到答案的一条捷径;当她不想要的时候,这对族群来说就是一个危险?

"求你了!"

"我还不累。"松鸦爪拒绝道,"我不是想做梦就能做的!"

"你好歹闭上眼睛试试啊。"叶池恳求道。

"我准备好的时候,自然会做梦的!"松鸦爪暴躁地叫嚷道。

他朝出口走去,感到叶池的毛发碰到了自己。她拦住了去路。

"你必须现在就试试!"叶池嘶声叫道。

松鸦爪的毛发竖了起来:"但她可能只是单独出去一会儿。"叶池这是怎么了?她听起来比松鼠飞还要担心冬青爪。

217

你看到冬青爪了吗?

不知道!

也许是风族抓走了她!我们应该派一支队伍去救她!

救谁?

冬青爪不见了。

煤爪的床铺沙沙地响了起来。"出什么事了吗？"她问道。

叶池转过头去，安慰着她的病人。"别担心，"她说，"待着别动，让你的腿好好休息。"

这才是她真正关心的——不是冬青爪，而是她的宝贝病人。松鸦爪怒发冲冠，他推开叶池，重重地走出了巢穴。

营地现在平静多了。火星已经从高岩上跳下来，正跟黑莓掌和松鼠飞交谈着。

"黄昏巡逻队可以留意一下她的踪迹。"火星喵呜道，"我们先听听他们的汇报，然后再派搜救队。"

"我想参加黄昏巡逻队。"松鼠飞立即喵呜道。

"还有搜救队。"黑莓掌补充道。

"那是自然，"火星表示同意，"你必须带领这两支队伍。"

松鸦爪竖起的毛发平伏了下来。派出搜救队要比叶池关于做梦的请求合理得多，她这些天来一直都暴躁不安。如果冬青爪还是没有出现，他当然会试着用自己的力量去寻找她，但他不会因为叶池的命令而去睡一觉。他想离开叶池，离开营地，离开所有的猫。于是，松鸦爪从荆棘通道中溜了出去。

"你要去哪儿？"松鼠飞在他身后叫道，浑身充满了焦虑。她是在担心会再失去一个孩子吗？就没有一只猫相信他能够照顾好自己吗？

"我想出去走走。"

"别出去太久。"

　　我爱去多久就去多久。松鸦爪朝树林走去。潮湿的空气预示着雨水的到来,森林中散发着一股霉味。他急切地嗅闻湖水的味道,然后一路加速,越过了山梁,走出了树林。这条路将把他带到藏棍子的地方。他跑了起来,同时不停地抽动着鼻子,顺着脚下熟悉的路面,来到了岸边。

　　他走到沙滩上,停了下来。这里和森林的一成不变不同:湖水边缘的地面随时都在变化;卵石似乎是移动的,它们在脚下的感觉从来不会雷同;沙砾随着潮涨潮落,来了又去。松鸦爪喜欢沙滩带来的挑战。他一弄清湖水的方向, 便小心翼翼地朝前走去。他的鼻子向前伸着,嗅闻可能绊倒他的浮木或垃圾。但他的心思全在那根棍子上,他希望它还安全地卡在树根下。他在沙滩上穿行,朝那根棍子走去。走到树根附近时,他的心跳得越来越快。他伸出一只脚掌。它就在那儿! 仍然安全。

　　松鸦爪欣喜地将那根棍子拖了出来。他用脚掌抚摸着它,感受着木头的温暖,享受着脚掌抚过时发出的优美的沙沙声。波浪的哗哗声,风的低语声,刹那间都消失了,他唯一关心的只有脚掌下的棍子,以及上面尖锐的刻痕。一个声音在他耳畔低吟着,轻柔得几乎听不见。那像是一只老猫沙哑的声音,似乎正罗列着一串名字,像要将他们记述下来一样。抚摸到棍子末端时,松鸦爪的心悬了起来——上面的刻痕没有交叉。他凝神去聆听那个声音,但脚掌一碰到第一道未交叉的痕迹,声音便停了下来,再无动静。

松鸦爪失望地将棍子放到一边，躺在了光滑的木头上。他闭上眼睛，任由哗哗的波涛声安慰自己。他做起梦来。

沙土在他的脚掌下滑动，他眨了眨眼，睁开了眼睛。前方，一片交错的岩石阴森地显现出来；身后，翻飞的石楠花在风中沙沙作响。天空一片漆黑，点缀着漫天的繁星。岩墙顶上，一群猫在夜空下闪耀着，他们之中没有熟悉的身影。松鸦爪嗅了嗅空气，发现他们的气息跟他在月池那儿闻到的一样。那时，古老的祖灵紧挨着他，走过了通往池边的崎岖小径。

突然，一只猫从陡峭的山坡上跳了下来。那是一只年轻的公猫，他健硕的双肩隐藏在光滑的姜黄色和白色相间的毛发下。一只母猫跟着他爬了下来。其他猫都留在坡顶上，焦急地甩着尾巴。

"小心。"那只母猫叫道，随后轻盈地落在沙地上。

那只公猫和她碰了碰鼻子："黎明时，我就能见到你，我保证。"他转过身，面对着崖壁。松鸦爪第一次注意到，自己身后的岩石中有一道缝隙。

那只公猫朝缝隙走了过去，松鸦爪想要让到一边，但公猫直接从他身体里穿了过去，就像他根本不存在一样。当他们意识交会的那一刻，松鸦爪突然产生一种不祥的预感。这只猫以前从未进入过岩石，他很恐惧。当他的尾巴消失在阴影中时，松鸦爪内心充满了兴奋。他得弄清楚这只猫要去哪儿。他飞快地溜到了那只猫身后。

黑暗吞没了松鸦爪，有那么一会儿，他还以为自己醒过来了，又变成一只盲猫。但随即，他又听到那只公猫轻柔的脚步声。松鸦爪察觉到他们正处在山腰，一条狭窄的通道在岩石中笔直地向外延伸。

空气中传来了恐惧的气息，但那只公猫仍然显得很坚定。他怦怦的心跳声似乎震得周围的空气都颤动起来。当通道转化为一个洞穴时，他的心跳声更大了。苍白的光从洞顶的缝隙中倾泻下来，在他们头顶上闪耀着。拱形的墙壁上多了许多洞口，这些通道肯定是四通八达地隐藏在荒野下。湍急的河水在岩石间咆哮着，松鸦爪惊奇地发现，这条河将山洞一分为二后，朝另外一条通道奔涌而去，水流在暗夜中漆黑如墨。

"落叶？"

松鸦爪猛地抬起头来。一只老猫坐在月光附近的一处岩架上，朝那只公猫叫道。落叶？

那只公猫惊得跳了起来。

"我能感觉到你的惊讶。"老猫声音嘶哑地说。

松鸦爪紧紧地盯着他。他稀疏的毛发一绺一绺地耷拉着，肿胀的白眼睛无神地向下凝视。

我希望我的眼睛不是那个样子。松鸦爪心想。

落叶知道这只老猫会出现在这里——松鸦爪能感到他们之间的理解和认知。但是，那只年轻的公猫显然没料到他长得这么丑。

老猫的爪子落在一段苍白而光滑的东西上——一段光秃秃的树枝。

松鸦爪惊呆了。我的棍子！他凝神去聆听老猫正在说的话。

"我必须守护着我们的武士祖灵，他们就安息在这片土地下。"

"对于这件事，我们很感激你。"落叶小声说道。

"别感激我！"老猫咆哮道，"这是我不得不遵循的命运。还有，一旦你开始了解，就不会这么感激我了。"他一边说，一边用一只长长的爪子抚摸着树枝上的一道刻痕。

恐惧从年轻公猫的身上扩散开来，像一阵刺骨的寒风拂过松鸦爪。他为什么这么害怕？松鸦爪再次将视线转回到岩架上。

那只老猫正摇着头说："我不能帮你。要成为一名利爪，就必须在这些通道中找到正确的出路。我唯一能帮你的，就是在你上路时，祈求我们的祖灵保佑你。"

一名利爪？和武士一样吗？松鸦爪突然理解了年轻公猫的恐惧和决心，他要面对的不仅仅是黑暗，还有他的命运。

"在下雨吗？"那只老猫突然问道。

松鸦爪看到落叶突然呆住了。

"天空很晴朗。"但松鸦爪分明感觉到年轻公猫心里的不安。

老猫再次将脚掌挪到树枝上满是刻痕的地方："那就开始吧。"

落叶越过河流，钻进了老猫所处岩架下方的一个洞口。松鸦

爪跟着他跳了进去,很庆幸自己还看得到,他可不想在失明的状态下过河。一想到掉进河里,被隧道吞噬的情景,他便惊惧不已。松鸦爪努力压抑住这个想法,跟随落叶再次步入黑暗。

这条路是往上走的。

松鸦爪清楚地知道落叶的想法,就像他大声说出来了一样。松鸦爪跟随他,在黑暗中踟蹰前行,脚下的岩石通道感觉很光滑。是什么让它如此滑溜?它一直向上延伸,左拐右拐,忽窄忽宽。

松鸦爪的呼吸急促起来,很难相信自己正跟一只远古的族群猫走在一起,他正观看着他的成年礼。现在,离外面的荒野已经不远了,等钻到外面,落叶就安全了。顺利地成为一名利爪,正如他所期盼的那样。一束月光照亮了他们前方的路面,落叶冲了过去,并抬头瞥了一眼。松鸦爪跟着他,看到他们头顶有一个狭窄的缺口,但那缺口太高了,他根本够不着。

突然,隧道变得狭窄起来,而且开始向下延伸。

向下?但他就快到达外面的荒野了!

落叶的毛发上闪过一丝疑虑,但松鸦爪感到他很快便将疑虑甩开了。隧道变得曲折起来,当他们转到一条蜿蜒的通道时,传来了落叶的皮毛摩擦洞壁的声音。松鸦爪很是佩服这只猫适应黑暗的能力,比任何一只雷族猫都要强,他肯定专门接受过如何依靠气息和触觉找到道路的训练。

隧道的走势依然朝下,落叶停了下来,松鸦爪感到了他的犹豫。隧道的前方出现了一条岔路,他应该走哪边?落叶慢慢地走进了其中的一条,随即又退了出来。松鸦爪感到这只公猫的尾巴拂过自己无形的身体。从他尾巴上闪电般传来的疑虑令松鸦爪猝然一惊,他后退了几步。那只公猫已经丧失了勇气。

落叶猛地向前冲去,再次匆匆赶路。他选择了另外一条隧道,虽然它的走势依然是朝下的。松鸦爪闻到了石楠花的味道,落叶正顺着新鲜空气的方向前进。松鸦爪的心里充满了希望,这条路肯定是对的。他看到前方又有一束月光照进了隧道。他们能从那儿出去吗?

落叶加快了脚步。松鸦爪感到,这只年轻公猫充满了希望。但当他到达月光那儿时,又突然失望起来。松鸦爪抬头看了看,发现那个洞口很宽,但是无法够到。闪烁的月光中,淅淅沥沥的雨丝飘下来,落进了隧道里。

恐惧感突然将落叶包围,如清风吹散迷雾般,将他的失望一扫而空。他惧怕的是雨水!落叶向前冲了出去,飞速地奔跑起来,他绝望地寻找着出路,身子不停地撞到洞壁上。松鸦爪的脚底直打滑,他跟着公猫,来到一个急促的弯道前。雨水将隧道淋得湿滑起来。他甩了甩尾巴,恢复了平衡,担心落叶可能已经跑出了自己的视线。

地面变得越来越潮湿了,雨点更加急促地滴进他们所穿过的每一条隧道。外面的荒野上,肯定下起了瓢泼大雨。

突然,落叶滑了一下,猛然收住了脚步。隧道已经到了尽头,

一堵光滑的灰色墙壁挡在他的面前。他飞快地掉转身,穿过松鸦爪往回狂奔。

松鸦爪浑身的毛发都竖了起来。

落叶正努力克制着自己的恐惧。他飞奔过去,钻进了隧道侧面的一个洞里。松鸦爪转身跟着他狂奔,爪子在地上打滑。隧道漏雨漏得很厉害,雨水已经没过他们的脚掌。松鸦爪倒抽了一口凉气。隧道开始向上延伸,但仍然有水灌进来。雨水急速地冲过通道,弄湿了松鸦爪肚子上的毛发。

隧道就要被水淹没了!

落叶拐进了一个新的洞口,它比之前的隧道都要窄,洞壁紧紧地挤在他身体的两侧。一丝微弱的光线从另一个洞里透了进来,但洞口还是太高,爬不出去。

落叶猛然收住脚步。松鸦爪闻到了前方涌动着的泥水的气味。他在黑暗中凝神看了看,发现落叶正在往后退,他的前掌已经淹没在水里了。他面前的斜坡陡峭地直切了下去,消失在水里。那里的水位很高,水不停地拍击着洞顶。松鸦爪抢在落叶之前转过身来。现在,由他领头按原路往回爬。或许他们可以沿原路返回到山洞里。

落叶加快了速度,他清楚地记得来时的路。他越过松鸦爪,跑到了前面。

求求你了,星族,让他回到山洞吧!

松鸦爪感到慌乱起来,落叶的恐惧也开始肆意泛滥。

松鸦爪听到了一阵轰隆声，狂风在他身后呼啸，撕扯着他的毛发。他回头瞥了一眼，看到洪水正朝他涌来。水不停地拍击着洞壁和洞顶，溅起了大片水花。

快！松鸦爪没命似的跑了起来。

落叶也向后看了看，眼里的惊恐一览无遗。他似乎第一次清楚地看到了松鸦爪。

"救我！"

落叶刚叫出声，洪水便将松鸦爪举了起来，吞没了他的尾巴，他的肚腹，最后将他完全吞了进去。他就这样在冰冷波涛的席卷下颠簸着，旋转着。水涌进了他的双耳，他的双眼，他的嘴巴。他在水里挣扎着，不知道从哪儿才能逃出去。他完全迷失在黑暗中，溺在了水里。他的双眼看不到东西了，双耳也轰鸣起来。他放弃了挣扎，任由四肢瘫软下来。

松鸦爪眨了眨眼，醒了过来，他喘了一大口气，从沙滩上跳了起来。雨水正拍打着沙滩，浸透了他的皮毛，波涛被狂风席卷着，涌上了湖岸。他想回家，回到营地的庇护下。

落叶！

他小心翼翼地抚摸着那根树枝，感受着最后一道刻痕。

现在，他终于知道树枝上刻痕的含意了。落叶进入了隧道，但再也没有出来。

第十五章

　　狮爪猛地一跃,凌空转身,朝前面扑了过去,落地时,他的爪子狠狠地陷入了地里。

　　太完美了!在实战中,这一招甚至可以打败速度最快的影族武士。你看到我的转身有多漂亮了吧,虎星?

　　虎星只是在那天下午教了他这个动作,狮爪很快便掌握了。他气喘吁吁地坐在地上,嗅了嗅空气。石楠爪迟到了。

　　太阳刚落山,便下起了雨。月亮躲了起来,洞穴里一片漆黑。松鸦爪回到营地时,天已经黑了,他被淋得像一只落汤鸡。这个鼠脑袋在湖边睡着了! 叶池将他赶回巫医巢穴,让他把自己弄干。还是没有冬青爪的消息。搜救队循着她的气味追到了风族边界的湖岸上。现在,刺掌更加确信她被风族抓走了。

　　"你以为我忘掉你了吗? "石楠爪的喵声从隧道口传来。

　　狮爪开心地跳了起来。"你迟到了!"他抱怨道。

　　"对不起。"石楠爪上气不接下气地说,"金雀尾的孩子们在跟踪我,我不得不先把他们送回营地去。"

"他们没有靠近隧道入口,对吗? "

"没有,不过只差一点点了。"石楠爪弹了弹尾巴说,"他们一路上都隐蔽得很好,还好我及时发现。"

狮爪感到不安起来,万一他们的秘密被发现了,那该怎么办?"我差点儿也来不了了。"他坦承道。

石楠爪睁大了眼睛,问道:"为什么? "

"冬青爪失踪了。"

"失踪了? "

"搜救队一直跟随她的气味追到了——"狮爪停了下来,他不想让石楠爪知道冬青爪有可能越过了风族边界。焦虑在他心里纠结着。如果对石楠爪说实话,会让他觉得是在背叛自己的族群,这种想法一直刺痛着他。至少,关于妹妹的下落,石楠爪或许能给他一点线索吧? "你看到过她吗? "

石楠爪摇了摇头。

狮爪盯着她蓝色的眼睛,追问道:"你肯定吗? "

石楠爪眨了眨眼说:"我当然肯定啦! "

狮爪感到内疚起来,石楠爪是不会骗他的。很明显,风族根本就没有抓走冬青爪。狮爪眯起了眼睛。他该如何告诉族猫这个消息,又确保他们不会怀疑消息的来源呢?

"你在想什么? "石楠爪的声音充满了疑惑。

"我在想,冬青爪到底会去哪儿。"狮爪撒谎道。

"她会没事的。"石楠爪依偎在狮爪身边安慰道。她用毛发摩

挲着他,抚慰着他。

"奇怪的是,天黑前她都没有回来。"从学徒巢穴溜出来,而不用担心冬青爪监视着自己,这种感觉同样很奇怪。狮爪不用再找借口应对冬青爪的询问了,这令他松了一口气,但他同时又为自己的这个想法感到愧疚。

"我敢打赌,天一亮她就会回去。"石楠爪喵道。

"但愿如此。"狮爪叹息道。

"我来之前,你都在做什么?"石楠爪歪着头坐了回去。

"我在练习一些新的格斗动作。"他兴奋地扒着地面,"你看!"

他把后腿抬起来,同时前腿着地,转了个圈,向后一跃。然后直立起来,前掌在空中挥击了一下,接着低下头,做了一个干净利落的前滚翻。

"太棒了!"石楠爪竖起了耳朵,"这是你自创的吗?"

"是的。"狮爪不能告诉她这是虎星教的,即便说了,她也不会相信。

"对于一名暗族武士来说,这动作简直太棒了。"石楠爪喵道,"快教我怎么做!"

狮爪阐述了一遍动作要领,然后石楠爪便跟着他练习起来。

"差不多了。"他蹲在石楠爪前面喵道,"再试一次,但是这一次你必须抓到我。"

石楠爪弹出后腿,转身,开始从后面攻击狮爪。她挥出爪子时,狮爪闪了过去。她还没来得及向前翻出去,狮爪便用肩膀顶了她一下。她四脚朝天,摔倒在地上。

狮爪的心提了起来,他刚刚忘记自己比石楠爪强壮了。他赶忙冲到石楠爪身边,把鼻子贴到了她的脸颊上,关切地问道:"我没有伤到你,对吗?"虎星的训练让他更结实,动作也更敏捷了。

"你之所以打中我,只不过是因为你知道我的下一个动作。"石楠爪喵道。她转过身,飞快地舔了一下自己的肩膀。"我只希望,千万不要在战斗中遇到你。"她将目光转回到狮爪身上时,眼里充满了柔情,"永远也不想。"

狮爪眨了眨眼。石楠爪正满含期待地凝视着他。她想让他也发同样的誓吗?他做不到,因为这个誓言意味着对族群不忠。"我们只能祈祷不必非得那样去做。"他喵道,并将目光转到了一边。

"黎明来临了。"

狮爪伸了个懒腰,眨了眨眼。石楠爪坐在他身边,正仰望着洞顶的缝隙。天空已经浮现出鱼肚白。他站了起来,感觉浑身的肌肉都在抗议。教石楠爪从虎星那儿学来的格斗技巧把他给累坏了。他们似乎只打了一小会儿瞌睡。

"我们得走了。"石楠爪提醒道。

"你今晚还来这儿见我吗?"

石楠爪弹了弹尾巴说:"当然了,即便鸦羽惩罚我,让我在训练课上到荒野顶跑个来回。"她用鼻子蹭了蹭狮爪的脸,然后朝

她的通道走去,"晚上见。"

狮爪兴奋起来:"再见。"他从反方向朝外面走去。

一场小雨过后,森林里显得很潮湿。狮爪在黑莓丛中穿梭着,借着半明半暗的黎明光线朝营地赶去。树木和灌木丛在地面投下了浓密的阴影,一阵微风吹得树叶沙沙作响。

"叛徒!"

狮爪停下脚步,猛地转过头去,浑身的毛发都竖了起来。

一个熟悉的轮廓在蕨丛前闪现。

"虎星?"

"你知道你在做什么吗?"是鹰霜。狮爪寻找着虎星,但只有鹰霜在那儿。他朝狮爪走了过来,眼睛里燃烧着怒火。

"你是什么意思?"狮爪抗议道。鹰霜知道他夜访隧道的事,为什么现在要来盘问他?

鹰霜卷起了嘴唇,指责道:"你居然把格斗技巧教给你的敌人!"

"石楠爪不是敌人!"狮爪反驳道,"她是我的朋友!"

"她属于另外一个族群!"鹰霜发出嘶嘶的叫声,"那么她就是敌人!万一有一天,她用你教的招式来对付你怎么办?"

"石楠爪永远不会那么做!"

"是吗?"

狮爪僵住了,他试着想象在战场上遇到石楠爪的情景。她肯定不会用那个招式对付他。"我原以为,你和虎星对我见石楠爪的事并不在意呢。"

"我们喜欢你的特立独行。"鹰霜咆哮道,"我们认为,这只是无伤大雅的小猫间的友谊。"

"它确实无伤大雅,"狮爪恼怒地说,"但绝不是小猫间的友谊!它远比这个重要。这也是我相信她永远都不会用那些格斗技巧来对付我的原因!"

"那你就是个鼠脑袋!"鹰霜怒吼道,"我还以为你想成为一名伟大的武士呢!"

狮爪扬起了下巴,坚决地说:"我当然想!"

"那你为什么就不明白这些隧道意味着什么呢?"

狮爪眨了眨眼。这些隧道意味着他可以神不知鬼不觉地和石楠爪约会。

鹰霜哼道:"你什么都不明白,难道不是吗?"

"我明白!"

"那你为什么没想到可以用这些隧道来侵袭风族呢?"

"我们为什么要袭击风族?"

"这个原因和风族有一天也会利用这些隧道袭击雷族一样。"

狮爪盯着鹰霜,但疲惫的双耳还是无法信服他的这套说辞。

鹰霜的眼珠骨碌碌地转着。"万一你需要更多的领地或食物呢?"他慢慢地喵道,像在给一只小猫解释着某个格斗动作,"难道你就守在边界那儿,等着向途经的风族巡逻队乞讨吗?"

"但是我们拥有足够的领地和猎物。"狮爪辩驳道。

"事情总是在变化的。"鹰霜暴躁地说道,"族群也在变。看看一星做了族长之后,风族发生了多大的变化。连雷族都怕他们!"

"不,我们没有怕他们!"

"真的吗?"鹰霜竖起了耳朵,"那为什么火星不敢去问问他们,冬青爪出了什么事?"

狮爪瞪大了眼睛:"你知道?"

"我当然比那个家伙知道得多,他只知道坐在营地里,派一些毫无建树的搜救队。"

"那你告诉我。"

但鹰霜已经转身离开了。

狮爪紧跟着他,追问道:"她在哪里呀?"

"让伟大的火星去找吧!"鹰霜回头瞟了一眼,"还有,你最好想想,你是想做一名伟大的武士,还是想做个孤独者。如果你的族猫知道你对他们隐藏了隧道的秘密,你就会成为孤独者。"

"不!"狮爪感觉糟透了。不会那样的!他盯着鹰霜的背影喊道:"你回来!"

那名虎斑武士的身影颤抖了一下,随即消失不见了。狮爪又孤零零的了。

他的胸口像揣着一块巨石似的。他已经把格斗技巧教给了石楠爪,石楠爪可能不会用那些招式来对付他,但对他的族猫呢?带着突如其来的焦虑,狮爪穿过了树林,走下了山坡,朝营地跑去。感谢虎星对他的训练，毕竟，他开始觉得自己能够实现成为一名伟大武士的梦想了。但他又觉得，自己像是一个狼心狗肺的叛徒。万一风族真的利用那些隧道，抢先发动袭击，而雷族对此一无所知的话，那该怎么办？他为了见石楠爪，已经背叛了族群。他们之间的友谊真的值得他这么做吗？

当他痛苦地走向营地时，看到荆棘围篱颤动起来。好几双脚掌正轰鸣着穿过通道。狮爪震惊地贴紧了耳朵。尘毛从入口冲出去，浑身的毛发都竖立着。蜡毛和暴毛也跟着他狂奔。他们从身边经过时，狮爪赶紧跳到了一边。刺掌、榛爪和罂粟爪紧跟在他们身后。

"快来，狮爪！"榛爪冲过去时叫道。

警觉感让狮爪浑身的毛发都竖了起来。他压抑住内心的担忧，跟着族猫跑了出去。追上他们时，他已是气喘吁吁。

"出什么事了？"他用力呼吸，聚集着全身的力量。

"两名风族学徒追着一只松鼠，越过了边界线。"榛爪钻过一片蕨丛，讲述道，"他们抓住了它，而且在雷族领地上杀死了它。黎明巡逻队亲眼看到他们这样做的。他们派鼠爪回来报信。风族说那是他们的猎物，不管是在哪儿抓住它的。"

狮爪怒发冲冠。他们竟敢这样做？他们捕猎松鼠就已经很不厚道了。他越过榛爪，赶上了蜡毛。灰色武士瞟了他一眼，问道："你去哪儿了？警报一传来，我就去学徒巢穴找你，但你不在。"

狮爪盯着前方。他该怎么说呢？"我——我出去得早。"他喵

道。

蜡毛眯起了眼睛。

"我睡不着。"狮爪又加了句。

这时，一声刺耳的尖叫破空传来。

透过树丛，狮爪看到了族猫们的身影。他认出了蛛足的怒吼声，并看到溪儿的身影在森林里疾驰而过。亮心正跟白尾扭打在一起。裂耳、灰脚、枭羽和鼬毛尖叫着，他们的利爪在黎明的曙光下闪着寒光。风族巡逻队在数量上压倒了雷族。

尘毛从灌木丛中冲了出去，蛛足又惊又喜，转过身叫道："谢谢星族——"

就在这时，裂耳猛地将他撞倒在地，他的号叫声戛然而止。灰脚在蛛足身后站了起来，将爪子插进了他的肩膀。溪儿正和枭羽扭打在一起。枭羽将她摁倒在地，鼬毛咬住了她的尾巴。溪儿痛得尖叫起来。

尘毛用鼻子指了指树林中的一个缺口，那儿的地面突然陷落到作为边界的山沟里。"冲过去，把他们赶到那个坑里！"他命令道。

刺掌转身冲向灰脚，直接撞在那名风族武士身上，把他从蛛足身边撞了出去。蛛足爬起来时，刺掌直立起身，再次撞向了灰脚。地面上，落叶与尘土齐飞。蛛足转身冲向了裂耳。

尘毛冲向了另一边，他从溪儿身旁溜了过去，直接扑向鼬毛。那名棕色的风族武士放开了溪儿，转身面对着尘毛。他俯身朝尘毛的前腿冲了过去。尘毛将爪子紧紧地插进地里，稳住了身体，并将鼬毛摔倒在地；与此同时，溪儿转身一个后踢腿，将枭羽踹得飞了起来。

"我们来解决这两个。"罂粟爪顶了顶狮爪，用他那毛发倒竖的尾巴朝兔爪和风爪弹了弹。他们正趁机偷袭和白尾扭打在一起的亮心。

狮爪点了点头。"我来解决风爪。"他嘶声叫道。说完，他便猛地向前冲去，撞向了那名黑色学徒。

风爪措手不及，被撞翻在地上。狮爪跳到他身上，用后腿紧紧地夹住他，并挥出了前掌。但风爪相当敏捷，他低头冲了出去，将狮爪摔了下来。狮爪转过身，刚好看到风爪朝自己猛冲了过来。想到虎星的招数，他凌空踢了一下后腿，前掌着地，转了一圈，随即向后一跃，直立而起，他前爪交替着扫到了风爪那惊恐的脸上，紧接着他低下头，干净利落地向前滚了出去。

满足感顿时将他淹没。你看到了吗，虎星？

他忽然僵住了。他在打斗的猫群中看到了一个灰白的虎斑身影。

石楠爪？

他的心悬了起来。他靠近了些，当他发现原来是枭羽正从溪儿身旁仓皇逃走时，不由得松了一口气。突然，他的一只耳朵火辣辣地疼了起来。风爪尖利的牙齿咬到了他。鲜血从伤口涌了出来，他的耳朵顿时变得黏糊糊的。狮爪从未如此愤怒过，他铆足

力气,撞向了风爪。那名风族学徒向后摔了出去,狮爪直立起来,抢起前掌朝他击去,但风爪敏捷地从他身下滚了出去。

"你还不够快。"风族学徒讥笑道。

突然,榛爪疾驰而来,狠狠地顶在风爪身上。风族学徒倒了下去,狂怒不已,狮爪忙伸出爪子,狠狠地抓在了他的肚子上。

"叫你洋洋得意!"榛爪朝风爪嘶嘶叫道,接着一口咬住了他的尾巴。

风爪嗥叫着爬了起来,用后腿将榛爪蹬了出去。他盯着狮爪的眼睛,咬着牙说:"单打独斗的话,你赢不了我。"

"你想打赌吗?"狮爪扑过去,用前爪抓住风爪的脑袋,后爪则狠狠地朝他身下扫去。又一个虎星的招式!那名风族学徒滚下了山坡,消失在山沟边缘。

蜡毛正将鼬毛摁在一条尾巴之外的地上,那名风族武士挣脱了出来,但蜡毛精准地击中了他的下巴,将他打得四脚朝天,向一片黑莓丛跌了过去。鼬毛痛得惨叫了一声,挣扎着从刺丛中钻了出来,爬回风族领地去了。

溪儿正将枭羽赶下山坡,她用后脚保持着平衡,前爪则不停地朝枭羽的鼻子挥去。罂粟爪紧紧地抱住了白尾的背,亮心一口咬住了那名风族武士的耳朵。

兔爪逃到了山沟的另一边,榛爪在他身后叫道:"滚回育婴室去吧,小兔子!"

"撤退!"灰脚命令道。

裂耳正不停地用后脚击打刺掌的后背,听到命令后,他抬起头来。刺掌立即挣脱了出来。他站起身,一掌击在那只虎斑猫的脑袋上。裂耳被打得头晕目眩,龇牙咧嘴地转过身,他眯着的双眼里充满了仇恨。但其他风族猫都已经逃走了。

"这事还没完!"裂耳跳过山沟,站到了族猫身旁。他们集结在一起,狂怒地盯着雷族猫。

"从现在起,乖乖地待在荒野上!"尘毛嘶嘶叫道。

灰脚盯着这名深棕色虎斑武士吼道:"是火星给我们这片林地的。如果你们对我们在林子里捕猎有意见,就找他算账去!"

尘毛攥紧了爪子,咬牙说道:"只要是捕猎雷族猎物的风族猫,我都会找他算账,不管他是武士还是学徒!"

狮爪冲风爪嘶嘶叫道:"你们休想再抓到一只松鼠!"

刺掌朝边界靠了过去。"滚回去!"他咆哮道。

尘毛的毛发竖了起来,鲜血染红了鼻子。"这事还没完。"他转过身,愤怒地嘀咕着,领着族猫走进了树林,"有重伤的吗?"他转过头来扫视了一圈。

"我的尾巴伤到了,"亮心喵呜道,"但很快就会好起来的。"

狮爪舔了舔脚掌,摸了一下受伤的耳朵。他能感觉到耳朵上的齿痕。他将永远带着这些战斗留下的伤疤了,他骄傲地想。

"溪儿?"尘毛眯着眼睛,看着那只山地猫,"你的腹部看起来有一个严重的伤口。"

"伤口不太深。"溪儿不想让他担心,尽管鲜血依然在伤口上

流淌。

"我会带她回营地的。"暴毛说。

尘毛点了点头说:"我和刺掌、蛛足一起去重新设置气味标记。其他猫和暴毛一起回营地去吧。"

"我能留下来帮忙吗?"狮爪问道。

"你看起来已经够累了。"蜡毛告诉他。

狮爪垂下了眼帘。难道他缺乏睡眠的样子十分明显吗?他不情愿地跟着暴毛和溪儿,朝林子走去。

榛爪赶上了他。"真是太棒了!"她兴奋地喵道。

"我现在觉得自己像是一名真正的武士。"罂粟爪跑到了他们旁边。

"我也觉得!"狮爪被突如其来的喜悦包围着。如果鹰霜认为他永远也成不了一名伟大的武士,那他就错了!

巡逻队一进入山谷,黑莓掌便立即从刺丛里冲出来迎接他们:"把风族猫都赶出去了吗?"

"这简直易如反掌。"暴毛喵道。

"有伤得严重的吗?"黑莓掌问道。

"一些抓伤而已。"亮心弹了弹尾巴,瑟缩了一下。

黑莓掌用鼻子蹭了蹭狮爪的头说:"你那只耳朵看起来伤得不轻。"

"还好。"狮爪安慰他。

"狮爪战斗起来,像是一名武士呢。"暴毛喵呜道。

狮爪扬起了下巴。黑莓掌将尾巴覆在了他的背上。"我肯定他做到了。"这位雷族副族长喵呜道。

"他受伤了吗?"巡逻队走进空地时,松鼠飞正焦急地刨着地面。她赶忙跑到狮爪身边,但狮爪躲开了。别大惊小怪的,他暗自说道。

"他战斗时,像是一名武士。"黑莓掌告诉她。

松鼠飞朝狮爪眨了眨眼说:"非常不错。"

"溪儿被抓伤了,亮心的尾巴也被咬伤了。"狮爪报告道,"但一时半会儿,风族应该不敢再来骚扰我们的领地了。"他真希望事情会如自己所说的那样。他很庆幸石楠爪没有出现在风族的队伍中,但谁知道下次会发生什么事呢?

"你的耳朵看起来伤得很重。"松鼠飞焦虑地说。

狮爪若无其事地耸了耸肩:"这没什么啦。"

"不管怎么说,检查一下总是好的。"松鼠飞轻轻地推着他,向巫医巢穴走去,与此同时,暴毛领着亮心和溪儿从长满黑莓丛的巫医巢穴入口钻了进去。狮爪很不情愿地跟着他们。他可不希望叶池把自己的战斗创伤治得太好,那样的话,这些昭示着自己辉煌战绩的伤口就会消失了。

值得庆幸的是,他从黑莓丛下钻进巫医巢穴时,叶池和松鸦爪已经在溪儿和亮心身边忙开了。

"我还需要一些蜘蛛网!"叶池朝松鸦爪喊道。松鸦爪吐出正往亮心伤口上涂抹的药膏,向巢穴后方冲了过去。回来时,他叼

着满嘴的蜘蛛网——叶池急需用它敷上溪儿的伤口。地面上流了一摊触目惊心的鲜血。

"它能止血,是吗?"暴毛焦急地问道。

"对。"叶池回答道。她把双掌摁在溪儿的伤口上:"你可以这样按住她的伤口吗?"

暴毛点了点头,将爪子按在了叶池的爪子上。叶池抽出自己的爪子,又转身检查亮心的尾巴。

"橡树叶,很好的选择。"她对松鸦爪喵道,"它可以预防感染。伤口过几天就可以痊愈了。"她回头瞟了暴毛一眼。灰毛武士正凝神注视着摁在溪儿伤口上的双掌。"有冬青爪的消息吗?"

"我们没机会问。"溪儿坦承道。

叶池叹了口气。"我猜也没有。"她喵呜道,"我只希望,他们可以网开一面。"

"风族没有抓她。"狮爪开口说道。

叶池竖起了耳朵:"你怎么知道?"

狮爪低头盯着地面,回答道:"哦,当然了,如果是风族干的,他们肯定早就告诉我们了。"他抬头注视着叶池,"而且他们为什么要扣留冬青爪呢?"

"那她到底上哪儿去了呢?"叶池的声音里充满了绝望。

狮爪将尾巴轻柔地搭在了松鸦爪的肩膀上:"你就不能问问星族吗?"

松鸦爪全身的毛发都竖了起来,恼怒地说道:"不能。"

叶池哼了一声，走到巫医巢穴后面去了。

狮爪皱起了眉头。到底发生了什么事？"你干吗不问问星族啊？"他追问道，"冬青爪和我们可是亲兄妹啊。"

"我还没找到机会。"松鸦爪又嚼烂了一些橡树叶，并一点一点地舔进了亮心尾巴上的伤口里。

狮爪注视着弟弟，全身的皮毛都被该死的沮丧弄得很不舒服。"你找到机会了吗？"他转向叶池喵道。

叶池叼着一堆蜘蛛网，走到了溪儿身边。她把那些灰色的蜘蛛网裹在了暴毛的脚掌上。"并不是随时都可以和星族交流的。"她解释道，"如果我们的武士祖灵有什么需要传达的话，他们一定会想办法告诉我们。"

难道那就是最好的方法吗？坐着等？狮爪攥紧了爪子。

"我来处理一下你的耳朵。"叶池转身朝药草储藏室走去。

"今晚，我可以尝试问问星族。"松鸦爪悄悄地告诉他。狮爪感到更加疑惑了。这两个家伙到底在搞什么鬼？难道松鸦爪不想让叶池听到吗？

"这种药草应该会有效。"叶池拿着一包用树叶裹着的药膏说，"你自己能擦吗？我和松鸦爪还要去检查一下其他的巡逻队员。"说完，她便走出巫医巢穴，松鸦爪紧随其后。

"需要帮忙吗？"亮心已经扒开树叶，把药膏涂在了脚掌的肉垫上，"我确信，冬青爪一定会回来的。"她一边安慰狮爪，一边把药膏涂在他的耳朵上。

狮爪疼得龇牙咧嘴。"松鸦爪会找到她的下落。"他满怀希望地喵道。困意再次来袭，在隧道里待了一晚，随后又参加战斗，他已经耗尽了最后一丝精力。他低头躲开了亮心的脚掌："我觉得，涂这么多够了。"

"好吧。"亮心在胸前擦了擦爪子，然后转向暴毛问道，"伤口还在流血吗？"

"应该止住了吧。"

狮爪走出巫医巢穴，四肢跟灌了铅似的，沉重无比。他迫不及待地想要蜷缩进自己的床铺里，好好地睡一觉，但一股忧虑刺痛了昏昏欲睡的神经。一名真正的武士，就应该随时准备战斗，但假如今天自己因为太疲惫而没有参加战斗的话，那会怎么样？

"狮爪！"蜡毛朝他奔了过来。

狮爪的心猛地沉了下去，但他抽了抽胡须，尽量装出一副轻松的样子。"你想要我去打猎吗？"他抢先问道。

"不是。"蜡毛在他身旁停了下来，"你看起来一副快要虚脱的样子。去睡一觉吧，很明显，你需要恢复元气。"

狮爪僵住了，他听出了老师话里的弦外之音。难道蜡毛怀疑他的疲劳不只是因为早晨的战斗？

狮爪的心怦怦直跳。"我保证，我会随时作好战斗的准备。"他喵道，"我要成为雷族有史以来最出色的武士！我一定会的！"

蜡毛抽动了一下胡须，点了点头说："我相信你会的。"

狮爪闻到了老鼠的味道，温暖而美味。他眨了眨眼，醒了过来。一份新鲜的食物正摆在他的床铺边。

蜜爪站在一旁解释道："我想你应该饿了。"

狮爪伸展了一下四肢，直到四肢颤抖起来。"很晚了吗？"

"黄昏巡逻队刚回来，"蜜爪告诉他，"他们带回了这个。"她用脚掌轻轻地按了按那只老鼠。

"长老和小猫们都吃了吗？"狮爪问道。

"那是自然。"蜜爪坐了下来，"榛爪说你好好教训了风爪一顿。"她的双眼闪烁起来，"听说他落了个滚到山沟里的下场。"

狮爪站了起来。"对啊。"一想起这件事，他心里便暖洋洋的，"我想，风族学徒暂时不敢来我们的领地捕猎了。"他突然打了个寒战，万一和兔爪一起来的是石楠爪，而不是风爪的话，那该怎么办？

"狮爪？"蜜爪盯着他问道，"你还好吧？"

狮爪抖动了一下身子。"我只是累了。"他打了个哈欠喵道。

"好吧。"蜜爪耸了耸肩，"如果你想加入我们，就去半截石那儿。"她走出了洞穴。

狮爪狼吞虎咽地吃完那只老鼠后，走到了空地上的族猫当中。他和他们聊天，敏锐地意识到了冬青爪的缺席。学徒们陆陆续续回巢穴了，狮爪焦急地等待着。他抬头望了望夜空。在薄云的缠绕下，明月正慢慢滑过天际。石楠爪可能已经在等着他了。

莓爪和榛爪终于向巢穴走去，他们灰白相间的毛发隐隐绰绰地消失在黑暗中。狮爪立即朝厕所附近的通道走了过去。他回

头瞥了一眼,确定空地上没有其他的猫,便溜出了营地。

到达隧道时,他的双耳被夜晚的寒气冻得疼痛不已。他走了进去,心里一如既往地有一种不安的感觉,但是这一次更甚。有件事他必须去做,虽然异常艰难,但他别无选择,无论受多大的伤……他将自己那阴郁的想法暂时抛到一边,顺着曲折的通道走进了山洞里。石楠爪已经等在那儿了。她匆忙迎向狮爪,将鼻子贴在他的脸上。她闻起来温暖而睡意蒙眬,仿佛刚醒来一样。

"可怜的耳朵!"看到狮爪那结满了血痂的耳朵,她倒抽了一口凉气。

"没事了。"狮爪喵道。

"只有这一处伤口吗?"她的双眼盛满焦虑,在昏暗的光线中闪耀着,"风爪说,他撕碎了你。"

狮爪向后退去。石楠爪应该担心她的族猫,而不是他。他更加坚信自己要做的事是正确的。

石楠爪将头偏向一边,问道:"怎么了?"难道她感觉到了他的愧疚?

狮爪注视着她说:"我们不能再见面了。"

石楠爪睁大眼睛问道:"这是什么意思?"

"我们真的不能继续见面了。"

"我们在一起是多么开心啊,你为什么要结束它?我们又没有伤害到谁。"她的声音里充满了绝望,几乎是尖叫着喊出了这些话。

"我一直都觉得你很棒，石楠爪。"狮爪喵道。他盯着自己的脚尖。她为什么非要把这件事弄得这么复杂呢？"但你应该在自己的族群中找到一个知心朋友。我要尽我所能，成为一名最好的武士，如果我每天晚上都来这里，那根本就实现不了我的理想。"

石楠爪瑟缩了一下，像是被狮爪的爪子扇到了鼻子似的。"也不是非得每晚都来。"她小声呢喃道。

"这不是我们多久见一次面的问题！我根本就不应该来这儿！"他心想。"在今天的战斗中，我一直在找你。"狮爪告诉她，"万一你在那支巡逻队中，我该怎么办呢？"

"你可以去和风爪打，或者和兔爪打，或者——"

"你也知道，战斗不是那么简单的。我不能选择对手。我必须保护自己的族群，不能总是对你提心吊胆。"看到石楠爪的眼里充满了悲伤，他的心也绞痛着。

"那，就这样了？"石楠爪喵道。

"是的。"他不能让她看出自己是多么想改变主意，答应一个月见她一次，或是两次，又或者三次……但他不得不作出不再见面的决定。

石楠爪的眼里充满了愤怒。"好！"她暴躁地叫道，"我明白了。"她转身朝隧道走去。在进入隧道前，她回头瞟了狮爪一眼，眼里盛满了痛苦："我只希望，你的理想值得你这么做！"

第十六章

冬青爪在柳爪身边挪动了一下身子，想躺得更舒服一些。床铺上的苔藓甚至连睡一只猫都不够，更别提两只了。而且湖水拍击岩石的声音这么吵，柳爪怎么能睡得那么沉稳呢？

雨水洒落在湖面上，从洞顶滴了下来，并在地面汇聚成一个水洼。从洞口向外望去，冬青爪能够看到那条岩石湖堤，在夜色中显得异常光滑。她凝视着湖对面的雷族领地，但夜色朦胧，只能看到远方的森林在氤氲天空下的剪影。

她在河族营地已经待了两天了，豹星依然坚持说她现在回去不安全，但是每一只猫——包括冬青爪自己——都心知肚明，她被扣留在小岛上，是为了防止她把河族羸弱的消息报告给她的族猫。她翻了个身，肚子饿得咕咕叫了起来。

"你就不能躺着别动吗？"柳爪睡眼蒙胧地叹息道。

"对不起。"冬青爪心疼地说。她离家是如此遥远。

柳爪一定听出了朋友喵声里的悲伤。她坐起来伸了个懒腰，双眼在半明半暗的光线中闪耀着同情的光芒。"你很快就能回去的。"她承诺道。

"有多快？"

"再有一周，堤坝应该就能完工了，"柳爪喵道，"到那时，我们就可以搬回原来的营地了。我敢肯定，到时候豹星会派队伍护送你回去。"

一周！她不能在这里待那么久。"但我的族猫怎么办？"

"我知道他们会担心。"柳爪同情地说，"但你想想，等你回去时，他们会多开心啊。"

还有愤怒。一想到黑莓掌恼怒的样子，以及松鼠飞责备的眼神，冬青爪的心便沉了下去。

"你什么都不会说出去，对吗？"柳爪睁大眼睛问道，"你不会告诉他们小岛上的事，也不会告诉他们关于两脚兽的事，对吗？"

"是的，只要你不让我说，我就不说。"冬青爪能猜到柳爪为何如此紧张。就算成功拯救了老营地，他们至少也需要一个月来恢复元气。

"你保证？"

"我保证。"

"过不了多久，一切都会回到正轨的。"柳爪叹息道。

"是的。"冬青爪觉得有话要说，但如鲠在喉。一切都会回到正轨。她已经不再确定，河族麻烦的终结是否就能消除族群间的敌意。看来，族群间长时间的和平生活所带来的，似乎是学徒们对战斗的渴望和武士们对昔日辉煌的向往。她想起那天遭遇风

族巡逻队的情景,他们毛发直竖,攻击性十足,而且根本不听河族猫的解释。这种对战斗的渴望,真的会像太阳下的雾气般消失吗?

　　天空中乌云密布,雷电交加。在湖堤的另一头,还有猫在活动。冬青爪看到他们的身影在树丛间晃动着,那是一些她已经熟悉的身影,熟悉得如同自己的族伴一样。灰雾正领着小喷嚏和小锦葵到湖边去喝水;藓毛则跟榉毛、卵石爪一起朝树桥走去——这么小的一支巡逻队!冬青爪知道,绝大多数武士的精力都消耗在修复老营地的工作上了。

　　雾脚从树林中走了出来,她穿过湖堤,嘴里晃荡着一条细长的鱼。她把鱼扔到了洞檐下的水坑里。

　　水花飞溅的声音令蛾翅抬起头来,她在床铺上伸了个懒腰,打着哈欠说道:"谢谢你,雾脚。"

　　冬青爪知道,让一名副族长亲自送食物到巫医巢穴是很不寻常的。随后,她痛苦地发现,雾脚其实是借机来查看她有没有趁机逃走。但她还是很感激雾脚,采取了这种圆滑的方式。

　　"虽然不多,"雾脚喵呜道,"但应该能让你们支撑一天了。"

　　冬青爪的肚子咆哮起来。一整天!这里食物奇缺,所有的武士只能饿着肚子睡觉。能有吃的,她已经很幸运了。尽管她很感激河族,他们为不欢迎的客人准备了食物,可她还是不习惯鱼肉的怪味,她期待着森林猎物的芳香。

　　"有入侵者!"藓毛在树桥那儿号叫道。

251

灰雾赶忙将她的孩子们赶回到空地上。冬青爪僵住了,她嗅了嗅空气。

雷族!

希望像鸟儿似的,在她心里扑腾着。她凝神从毛毛细雨中向外望去。在远处的岸边,黎明巡逻队正将一只猫团团围住。松鼠飞! 她认出了母亲的毛发。久违的兴奋涌上心头,一如儿时母亲在武士巢穴待一段时间后,又回到育婴室里。

"你最好跟着我。"雾脚咆哮道。她转身沿着湖堤往回走去。冬青爪跳起来跟着她,强迫自己别心急过头,跑到她的前面。她迫不及待地一路小跑到岛上,跟着雾脚,走进了空地。

卵石爪从灌木丛中跳了出来:"她是来找冬青爪的。"

身后的蕨丛沙沙作响,松鼠飞平静地走进了空地,藓毛和榉毛一左一右,紧跟在她身旁。冬青爪紧张起来,松鼠飞是单枪匹马找过来的。豹星会让她们一起离开吗?她焦急地瞟了大橡树一眼,看到豹星从树根下的临时巢穴里钻了出来。河族族长正盯着松鼠飞,冬青爪看到了她眼里的疑虑,还有背上竖起的金色毛发。

"豹星。"松鼠飞停在河族族长面前,并点了一下头,"我来找雷族的一名学徒。"

冬青爪想要冲上前,与母亲蹭蹭鼻子,但松鼠飞连看都没看她一眼。她不卑不亢地注视着豹星:"我相信她是误入了你们的领地。"

"误入？"豹星难以置信地瞪大了双眼，"她是来刺探情报的！"

冬青爪羞得面红耳赤。"我只是想帮忙！"她脱口而出。

松鼠飞的目光转了一圈，注视着她。但冬青爪缩了回去。

空地周围，河族猫肌肉紧绷，尾巴狂甩。

"她还只是一名学徒，豹星。"松鼠飞喵呜道，"她缺乏很好的判断力，我希望她能吃一堑长一智。我保证，她会为自己破坏武士守则的行为受到应有的惩罚，但雷族不允许她在这里逗留。"她的喵声很坚决，看似礼貌，实则绵里藏针。雷族真的会为了带她回家而发动一场战争吗？冬青爪焦急地攥紧了爪子。她无法相信，自己所做的一切，竟有可能引发一场战争。

与松鼠飞眼神交会时，豹星的双肩僵硬了起来。

她会让我走吗？冬青爪的心悬到了嗓子眼。

豹星转过头看着她，问道："我能够相信你以后会吸取教训吗？"

"她是在警告我，不要到处乱说。"冬青爪心想。

"是的。"她点了点头，"我来这儿是个错误，但我不会让任何一只猫因此而遭到不幸。"

豹星缓慢地眨了眨眼："那么，你可以回去了。"

"谢谢你。"冬青爪终于松了一口气。

空地四周，不安的喵声在河族猫之间扩散开来。

"谢谢你，豹星。"松鼠飞喵呜道，"我代表雷族向你们道歉。"

冬青爪羞愧得缩紧了身体。松鼠飞的尾梢抽搐着,她正处于极度的愤怒之中。冬青爪走到母亲身旁,低下头,盯着自己的脚尖。像只淘气的小猫一样被接回家去,多尴尬啊!

松鼠飞向豹星点头致意,随即转身朝蕨丛走去。

"等等!"豹星弹了弹尾巴说,"藓毛和榉毛会送你们到边界。"

松鼠飞回头瞟了一眼,眯起了眼睛,但最终还是略微点了一下头。

空地那边突然响起一阵脚步声,柳爪匆忙地朝她们跑来。"再见。"她和冬青爪蹭了蹭鼻子。"答应我,什么都别说。"她小声说道。

"我保证。"冬青爪悄悄地说。

柳爪退到一边,尴尬地看着她的族猫们。他们正紧紧地盯着她。灰雾撇着嘴,而巨步——一只矮胖的虎斑公猫,则不悦地贴紧了耳朵。藓毛率先走进了灌木丛,松鼠飞领着冬青爪走在中间,榉毛殿后。他们走出了小岛,穿过了树桥。

冬青爪想要告诉母亲,能见到她是多么的高兴,但又觉得在河族的押送下,这么说有点儿不妥。她一直控制着舌头,走到了风族边界。松鼠飞几乎连看都没看冬青爪一眼,只是在她过桥时,关注了一下她的脚底有没有打滑,然后便领着她,离开了轻拍着沙滩的湖水。

"我真的很抱歉!"河族猫一离开,这句话便立刻从冬青爪的

嘴里蹦了出来。

松鼠飞的眼里布满了阴云。"下次千万别这么做了！"她警告道。

"我不会了。"冬青爪顺从地答应着。

松鼠飞领着她，沿湖岸走去，她一直保持在距离湖水两条尾巴的范围之内。"我确实能够理解你。"她喵呜道。

冬青爪竖起了耳朵。

"我知道在其他族群有朋友的那种感觉。"松鼠飞直直地看着前方，"那是一种比你的族群召唤你回家更加强烈的情感。"

"她肯定是在说大迁徙。"冬青爪心想。

"但是，"松鼠飞瞥了她一眼，继续说道，"想要帮助河族是一个愚蠢的想法。你以为凭一己之力就能解决族群间的矛盾吗？你那是妄自尊大。"

妄自尊大！冬青爪觉得有点儿伤心，她根本就没这样想过。

"火星告诉过你，雷族不会插手。他比你老练，比你睿智，你必须服从他。但你没有这么做，所以你违背了武士守则。你将自己的族群推到了风口浪尖上。"

冬青爪搜肠刮肚，想要为自己辩护几句，但突然间，却什么也说不出来。她很想让自己的族猫明白，她只不过是想要阻止一场战争，但这是不可能的。

"你离开的这段时间里，我们把风族巡逻队从雷族领地上赶了出去。"松鼠飞补充道。

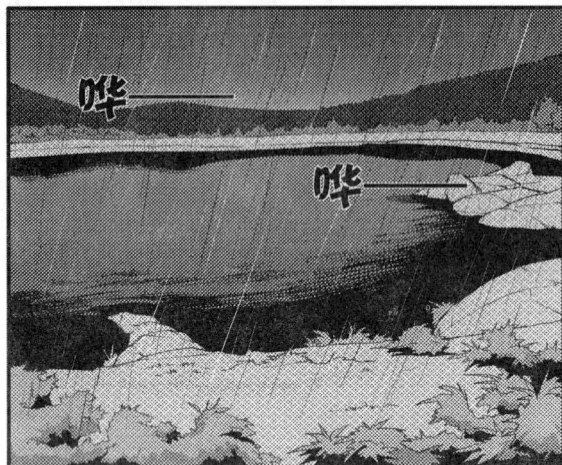

哗——

哗——

你就不能躺着别动吗?

对不起。

你很快就能回去的。

多快?

冬青爪眨了眨眼："他们想要入侵？"

"还没有。"松鼠飞瞟了一眼前方的荒野，"但他们为追逐松鼠，追到了我们的领地上，而且还声称那是他们的猎物。"

"在我们那边？"冬青爪简直不敢相信自己的耳朵。

"你哥哥也参加了战斗。"

冬青爪紧张地竖起了毛发："他没事吧？"

"只是耳朵上有点抓伤。"松鼠飞抽动了一下胡须，"我想，他会以此为荣的。"

"我真希望我当时也在。"

"你本来就应该的，"松鼠飞喵呜道，"你的族群比任何时候都需要你。"

想到跟河族一起时，差点儿就与风族打起来，冬青爪感到十分愧疚。她本应该和自己的族猫一起面对他们的。

"战斗的气息正弥漫在空气中。"松鼠飞接着说道。

"但河族并不打算入侵风族。"冬青爪并没有提到河族营地遇到的麻烦，因为她答应过柳爪和豹星，但她必须阻止族群间的战争。

"河族入侵与否，跟我们没有关系。"松鼠飞喵呜道，"我们关心的是如何保卫家园。"

你怎么能如此目光短浅呢？冬青爪咽下了这句话。

松鼠飞停下来，注视着她："我知道你认为你做的事是对的，但你只不过是一名学徒，你又怎么能了解所有的事呢？你的职责

是服从和学习，把决策权留给武士们。"

冬青爪愤怒起来，凭什么学徒的观点就一文不值？她垂下眼帘，隐藏起心里的愤怒。

松鼠飞显然将她的这个动作当成了顺从。"很好。"她沿着湖岸跑了起来。边界线已经映入眼帘，看到它，冬青爪终于松了一口气。

一个念头突然出现在脑海里，她很奇怪，自己之前为什么就没想过。"你怎么知道我在河族？"她问道。

"松鸦爪做了个梦。"松鼠飞平静地回答道。她似乎对儿子超乎寻常的能力并不感到奇怪。或许是因为松鸦爪是一名巫医学徒。冬青爪为弟弟感到骄傲，但还是有点儿不安。拥有这种能力，会是一种什么样的感觉呢？如果松鸦爪知道她去了哪儿，那是不是意味着，他也知道河族营地的事？她决不会向火星透露半个字，但是松鸦爪呢？

冬青爪跟着松鼠飞走进空地时，营地陷入了一片沉寂。

冬青爪听到亮心正小声地对栗尾说："她终于回来了。"

溪儿停下了梳洗动作，抬起头招呼道："看到你安全回来，我真的很高兴。"

暴毛朝她点了点头，但什么也没说。尘毛和刺掌瞟了她一眼后，便回过头去窃窃私语。冬青爪知道，自己有大麻烦了。

"冬青爪！"狮爪从学徒巢穴冲了出来。他双眼明亮，像沉睡了好几年似的。他钻到冬青爪身旁,喵呜道:"你闻起来就像一条鱼!"

松鸦爪走出巫医巢穴,眨了眨眼。他蓝色的双眼直接望了过来。冬青爪有点儿慌乱,她觉得松鸦爪能够看到她,尽管她知道他不能。

"你得去见见火星。"松鼠飞对她说道。

当母亲目送她爬上高岩时,冬青爪心如乱麻。她走进火星的巢穴,心里七上八下的。蕨毛正站在雷族族长身边。"欢迎回来。"火星的声音听起来很严厉。

他眯起了双眼。"你让族群在无力承受更多的情况下,付出了更多的担忧和精力。"他喵呜道。

"我只是想要——"

火星打断了她:"我不想听任何借口。你违反了武士守则。我提前告诉过你,我们不会插手河族的事,但你还是去了。在你的族群最需要武士和学徒的时候,你却抛弃了它。"

"但是我发现了一些事情。您不能和风族打仗!"

"为什么不能?"

冬青爪抓挠着岩石地面说道:"我不能告诉您。"

"不能?"

"我已经作出了承诺。"冬青爪郁闷地抽动着尾巴,"你必须相信我,真的没必要打仗。"

火星的尾巴在地面上甩来甩去:"你真的以为,就凭你的一

面之词,我就能作出一个事关族群安危的决定吗?"

冬青爪张开了嘴巴,但她还能说什么呢?

"你将在营地里被软禁一天。"火星接着说道,"本来应该更长久一些的,但目前我们没那么多闲工夫。自从和风族发生冲突以来,巡逻的力度就加大了,我们也希望你为这件事贡献自己的一份力量。但接下来的一个月,由你负责照顾长老们。你要负责他们的饮食起居,而且不能让族猫帮忙,这是你自己的责任。"

冬青爪低下了头。她对豹星所作的承诺哽在了喉头,但还是决定遵守它。她不想让所有认识她的猫都指责她言而无信。至少,河族并没有像对待一只小猫那样对待她,他们甚至还以为她是一名间谍。"就这些吗?"她嘀咕着。

火星弹了一下尾巴说:"你最好现在就开始工作吧。鼠毛和长尾会感激你为他们打扫床铺的。"

"好吧。"冬青爪转身走出了巢穴。火星为什么就不能多信任她一些呢?他去过河族吗?各族族长都目光短浅,和他们的胡须差不多长。好吧,他们爱怎么着就怎么着吧!她只要尽到自己的职责,闭上嘴巴就行了。她恼怒地滑下岩墙,跺着脚,朝巫医巢穴走去。

她将头从黑莓丛下伸了进去,问道:"我能给长老们拿一些苔藓吗?"

叶池正在给煤爪解开她腿上的蜘蛛网。

"冬青爪!"煤爪喵道,"松鸦爪的梦是对的!"

"当然是对的。"松鸦爪正在巫医巢穴后面整理药草。他转过头,面对着冬青爪说:"我猜,火星要让你在水深火热中煎熬一个月吧?"

"不完全是。"冬青爪的胡须抽动起来,再次听到松鸦爪愤青一样的喵声,感觉真不错,"谢谢你让松鼠飞去找我。"

"没事儿。"松鸦爪耸了耸肩,然后继续忙碌去了。

叶池忧虑地盯着冬青爪。"见到你安全回来,我很高兴。"她喵呜道。

"对不起,让大家担心了。"冬青爪回答道。

"别再那样做了。"叶池的喵声突然严厉起来。

冬青爪有点儿不高兴了。"听起来,好像你是我母亲一样!"她心里嘀咕着。她已经听了够多的说教了。"我要的苔藓呢?"她再次问道。

叶池将尾巴朝洞穴边缘的那堆苔藓弹了弹:"你自己拿吧。"

冬青爪叼起一大卷苔藓,朝长老巢穴走去。还有比这更严厉的惩罚呢,她想。

冬青爪清理床铺时,鼠毛挪到了一边,说道:"你真的跟河族在一起?"

"是的。"

"他们对你好吗?"长尾抽动着鼻子凑了过来,"闻起来,他们似乎还给你吃的了。"

"对。"

鼠毛皱着鼻子说:"我向来都不喜欢鱼的味道,水分太足了。"

冬青爪扒出一卷干枯的苔藓,用力地朝洞口扔了过去。

鼠毛眯起了眼睛:"对于一名刚刚经历过这种大冒险的学徒来说,你表现得太平静了。"

"说了又有什么用呢?"冬青爪又扔了一卷苔藓过去,"没有谁会听一名学徒的话。"

"火星训斥你了吗?"长尾同情地喵道。

"没有。"

鼠毛弹了弹尾巴。"生闷气也没用。"她暴躁地说,"你违反了武士守则。你以为大家会像迎接英雄似的欢迎你吗?"

"没有。"冬青爪凝视着她,"至少我是在想办法帮忙,而其他猫都在想着战斗!"

"我们必须守卫我们的边界。"长尾指出。

"如果能和其他族群展开对话,我们就不用守卫边界了!"

"对话?"长尾惊讶地瞪大了双眼,"我们是武士!我们用牙齿和爪子去战斗,而不是语言!"

"等一下。"鼠毛凑到冬青爪跟前说,"你为什么觉得对话有用呢?风族的意图昭然若揭,他们想要偷走我们的猎物,而且已经入侵过一次我们的边界了。"

"你们凭什么认为他们想要窃取雷族的领地?"冬青爪反问道。

"因为河族正谋划着要占领他们的。"长尾喵呜道。

冬青爪甩了甩尾巴说："你肯定？"

"当然。河族已经失去了自己的领地，"长尾辩驳道，"他们不得不找一个安身的地方。"

他们没有失去自己的领地！冬青爪真希望自己没有向河族承诺会保密。"大家都热衷于妄下结论！"她暴躁地说，"我们什么都不能确定，风族也不能确定，大家都在想当然！我们很可能会莫名其妙地打一仗！"

鼠毛皱起了眉头。"你真的认为对话能阻止战争？"她沉思着喵道。

冬青爪心里又燃起一丝希望。终于有猫肯听她的话了？她注视着鼠毛，急切地说："您能让火星再考虑考虑吗？"

鼠毛没有正面回答。"你最好再去拿些苔藓来。"她将冬青爪带来的那堆苔藓铺开了，"我们还需要一些。"

老鼠那甜美芳香的味道沁入舌根，冬青爪闭上了双眼。她嘎吱嘎吱地嚼着一根骨头。终于有咀嚼的东西了。新叶季的阳光暖洋洋地照在身上。她正和蜜爪、罂粟爪一起躺在半截石旁，这么多天以来，她第一次抛开了关于战争的烦恼，安心地享受着家的气息。

"他们是什么样子的？"罂粟爪躺在旁边，在脚掌间漫不经心地挪动着一只麻雀，"我的意思是河族。"

"长老们很暴躁,武士们很跋扈,小猫们很讨厌,"冬青爪满嘴食物地回答道,"和我们差不多。"

罂粟爪叫了起来。"别让蕨毛听到你这么说。"她警告道,"你已经惹了够多麻烦了。"

"看!"蜜爪坐了起来,紧盯着巫医巢穴。叶池正领着煤爪慢慢地走进空地。

煤爪举步维艰,几乎不敢用伤腿着地,但她腿上的灯心草和蜘蛛网已经被拿掉了。她的腿看起来很细,长时间的绑缚使得皮毛都贴在了上面。但她双眼明亮,充满了兴奋。

"冬青爪!"叶池在空地那边叫道。

冬青爪跳起来,吞下最后一口食物,然后匆忙地迎向了煤爪。她将尾巴轻轻地放到朋友的耳边:"你好多啦!"

"还没完全好。"叶池提醒道,她的眼里充满了担忧,"但是,她在巢穴里一刻也待不下去了。我想,最好是让她出来呼吸一下新鲜空气。"

"我们能到森林里去吗?"煤爪喵道。

"不行!"叶池的毛发竖了起来。她盯着冬青爪说:"我觉得你可以帮助煤爪,进行一些轻微的锻炼。"她特别强调了一下"轻微的",像是在教冬青爪一个新词语似的。

"当然可以。"冬青爪摩挲着地面喵道。

"就在空地上。"叶池命令道,然后又瞥了煤爪一眼,"要小心点哦!"

"她就像是一只带着变态条纹的獾。"叶池走回巫医巢穴时，冬青爪悄悄地说。

"我知道，"煤爪呜呜道，"她太谨慎了。她似乎认为，我只要呼吸得稍微重一点，就会终身残废似的。"

冬青爪嗅了嗅煤爪的腿，腿上带着浓浓的紫草味儿。"你感觉怎么样？"

"僵硬，还有点儿无力，"煤爪喵道，"但已经不疼了。我小心点儿就行。"

"能使上劲吗？"

煤爪慢慢地将腿放在地上，瑟缩了一下，但随即便露出放松的表情："还不错。"她小心翼翼地朝前走去，快走到空地中央时，她显得轻松多了。她摊开四肢趴在地上，兴奋地叫道："重见天日的感觉真是太棒了！"

冬青爪朝金银花丛匆匆走去，那儿有一堆她打扫长老巢穴时留下的苔藓。她撕出一小块，并用牙齿将它卷成了一个球。

"你还抓得到吗？"她将苔藓球抛向了煤爪，但马上就后悔了。万一煤爪站起来去接，那该怎么办？她的后腿承受得住吗？

煤爪任由苔藓球落在她身前的地面上，然后才伸出一只爪子，将它钩了过去。"如果你扔得这么糟糕，我肯定抓不到。"她反驳道，说完，便将苔藓球又抛回到冬青爪那儿。

冬青爪跳了起来，将它拍了回去。这一次，煤爪用三条腿支撑着站了起来，并用嘴接住了苔藓球。

"漂亮！"冬青爪跑回到朋友身边。

"我和松鸦爪在巫医巢穴里练习过。"煤爪喵道。

"他和你一起玩儿？"冬青爪感到很惊讶。在巫医巢穴里，松鸦爪总是摆出一副拒人于千里之外的样子。

"有时会。"煤爪告诉她，"但只是为了让我安静下来。"她盯着地面，"其实，我觉得他不喜欢我待在他身边。"

"胡说！"冬青爪喵道，"巫医怎么会反感自己的病人呢？"她拍了拍煤爪的肩膀，但她想象得到松鸦爪是如何对煤爪冷言冷语的。他就不能学着友善一点儿吗？

"我们可以一起玩吗？"小狐和小冰从育婴室里冲了过来。

小狐将苔藓球从煤爪身下扫了出来，他蓬松的毛发像秋天的树叶，在阳光下闪闪发光。"嘿！"小冰从他身旁溜过，将球撞到了一边。他立即还以颜色，朝小冰身后撞了过去，并叫嚷着："是我先拿到的！"

冬青爪冲到这两个吵闹不休的小家伙面前，将苔藓球捡了起来："现在，你们谁也得不到它。"她越过小猫们的头顶，将苔藓球朝煤爪抛了过去，煤爪伸出一只前爪，稳稳地接住了它。

"这就是没有一只刺猬大所带来的烦恼。"煤爪取笑道，"你们只能抓到蚯蚓！"她将苔藓球又弹回到冬青爪那儿。

苔藓球飞过头顶时，小冰和小狐同时跳到空中去抓它。

"你们得跳得更高一点儿才行哦！"冬青爪喵道。

"如果能成功阻止你抛掷，我们就可以不跳了。"说完，小狐便猛地冲向冬青爪,跳到她的背上。他揪住冬青爪的毛发,令她摇晃了起来。

小冰一把抢走了冬青爪掌中的苔藓球。"哼!叫你想偷走我们的猎物!"她嘶嘶叫道。

小狐的爪子插进了冬青爪的毛皮里:"小偷!"

"她肯定是一名风族武士!"小冰叫道,她将苔藓球扔到一边,然后撞向了冬青爪,"动手!"

"救命啊!"冬青爪假装害怕地尖叫起来。但是,尽管是在玩耍,她还是有点儿不寒而栗。就连小猫们都在准备着和风族打仗。战争一触即发,像一只隐藏在阴影中的狐狸,正伺机而动。

第十七章

松鸦爪摆弄着床铺上的苔藓，想要在蜷缩到里边美美地睡一觉之前，将它弄得蓬松一些。煤爪已是鼾声如雷，她和冬青爪玩了一整天，已经累坏了。她应该很快就可以搬回学徒巢穴，巫医巢穴又可以恢复以往的清静了。巢穴外，荆棘围篱窸窣作响。最后一支巡逻队回来了，他们缓慢的脚步声表明一切安好。

松鸦爪听到了水声。叶池正在浸泡一卷苔藓，好放到煤爪的床边，以防她半夜醒来时会口渴。"我想，我们明天应该去旧两脚兽巢穴那儿找一下猫薄荷。"她喵呜道，"我想看看有没有长出新的来。"

"我们要采一些回来吗？"

"还不用。"叶池的脚掌蹭过地面，将滴水的苔藓放到了煤爪的床边，"但是，我想知道今年会不会有一个好收成。"

"今年的雨水很充足。"松鸦爪将鼻子埋到两腿间，然后闭上眼睛，"晚安。"

"做个好梦。"叶池的床铺嘎吱作响，她爬了上去，开始梳洗身体。她轻柔地舔舐自己的声音，令松鸦爪昏昏欲睡。

"叶池？"

突如其来的喵声让他猛地清醒过来。雷族族长推开黑莓丛，走了进来。松鸦爪抬起头，随即警觉起来，并试图去感应这位不速之客的心理活动。

是不安。

叶池从床铺上跳了起来，问道："怎么了？"

"这件事和你们俩有关。"火星喵呜道。

松鸦爪也坐起身，不想再假装没有听到。

"出什么事了？"叶池焦急地小声问道。

火星来回移动着脚掌，开口说道："我想让你们俩明天去一趟风族营地。"

"风族营地？"叶池重复道，"你想让我们去见青面吗？"

"不是。"火星谨慎地说，"是一星。"

"为什么是我们？"

"只有你们能去。如果我派武士去，他们会认为我们是在威胁他们。"

"你想让我们对他说什么？"叶池的声音听起来很迷惑。

"我要你们查出风族发生了什么事。"

一个间谍任务！松鸦爪突然兴奋起来，他是想让我们去找出风族的弱点。但似乎又有点儿不对劲。在火星的意识里，他并没有发现任何密谋的想法，只发现了纯粹的焦虑。

"我刚刚和鼠毛谈过，"火星解释道，"她似乎觉得冬青爪说的有道理。这些关于战争的言论，或许都源于流言蜚语和妄自猜测。我需要你们去查出河族是否真的入侵了风族领地。"

松鸦爪眨了眨眼，问道："这有什么不同吗？"

"如果真的要和风族打一仗的话，我希望能有一个很好的理由。"火星回答道。

叶池的尾巴在地面上甩了甩："如果他们越过了我们的边界，这理由也不够充分吗？"

"是的。"火星低声咆哮道，"从现在起，我们应该能够阻止他们越界。"

"他们已经干过一次了，而且没有负任何责任。"松鸦爪不顾叶池的警告，不满地说。作为一名学徒，其实是不能那样和族长说话的。

"那可能只是一场误会。"松鸦爪感到火星琥珀色的双眼正火辣辣地盯着自己，"他们的学徒并不是第一个擅自闯入别族领地的。"

他是指冬青爪！

火星接着说道："如果河族真的入侵了风族领地，那风族入侵我们也说得通。但是万一一星因为害怕河族的入侵，而贸然对我们发动攻击呢？那血就白流了。"

"我不明白你想让我们做什么。"叶池焦急地说，"如果我们发现河族并没有入侵风族，你想要我们劝一星不要发动战争吗？

那样会不会让我们看起来很弱小？"

火星顿时呆住了。"你们必须明白，如果不得不打仗的话，我们随时都准备迎战。"他喵呜道，"我只是想为了实实在在的需要去打仗，而不是因为盲目的恐慌。"

"但是，你还是想让我们说服一星不要打仗，除非万不得已，不是吗？"叶池追问道，"这不会使我们看起来像胆小鬼吗？"

火星愤怒了。"我们不是胆小鬼！"他咆哮道，"难道我们非要用一场毫无意义的战争来证明这一点吗？"

黎明是光明的，也是寒冷的。苍白的阳光透过树丛照了进来，但松鸦爪还是能够闻到晨风带来的雨的气息。火星对护卫队下达最后的命令时，松鸦爪一直等在营地入口处。黑莓掌和尘毛会陪着他们到风族边界，然后在那里等着他回来。

叶池走到他身旁，松鸦爪依然能感到老师心里的疑惑。"你准备好了吗？"她问道。

"准备好了。"松鸦爪的尾巴兴奋地抽动着。看来作为一名巫医，除了采集药草和照顾病猫之外，毕竟还有一些事情可以做的。族群的将来就寄托在他和叶池此行的成果上了。

将有三只小猫，你至亲的至亲，星权在握！

"那就出发吧。"黑莓掌穿过荆棘通道。叶池和松鸦爪走在中间，尘毛殿后。松鸦爪能够感到这名黑色武士身上的不安。尘毛觉得，火星这么快就让风族知道他们的避战态度，实在是太草率

了。黑莓掌的想法则很难捕捉,心思阴晴不定。

巡逻队一路沉默着,走过了山梁,来到了开阔地带。这片开阔地毗邻风族领地。到达边界时,尘毛率先打破了沉默。"我们就坐在这儿干等着,让风族巡逻队来问我们需要什么帮助吗?"他的喵声很是刻薄。

"对。"黑莓掌咆哮道。

尘毛上蹿下跳,在灌木丛中更新气味标记,从他身上传来的愤怒异常强烈,使得松鸦爪也竖起了毛发。在这儿等着获得进入风族领地的许可,真的很丢脸。

"或许,我和松鸦爪可以直接进去。"叶池建议道,"我们需要和青面说话时,就是这么做的。"

松鸦爪点了点头。他们是巫医,可以利用自己的特权直接进入风族领地。

"不行。"黑莓掌的喵声很坚定,"你们不是去见青面,而且,我们和风族的冲突刚过去不久。在风族巡逻队不知道你们来意的情况下,他们是不会随便让你们进去的。我的职责是确保你们的安全。"他在草地上坐了下来,"我们还是等吧。"

太阳正温暖地照耀着大地。松鸦爪嗅了嗅空气,闻到了石楠花新芽的味道,以及活力四射的兔子的芳香。他突然僵住了:风中传来一股浓烈的气味。"风族来了。"他认出了兔爪和裂耳的气味,还有另外两只猫跟他们在一起,他们的气味也很熟悉,但松鸦爪叫不出他们的名字。

我们就总在这儿干等着，等风族巡逻队过来问我们需要什么帮助吗？

对！

或许松鸦爪和我可以直接进去。

不行。

我的职责是确保你们的安全。我们在这里等。

呼——

有浓烈的气味!

"是夜云。"

叶池认出夜云的那一刻,松鸦爪陡然紧张起来。他知道,自己的老师和那只风族母猫之间肯定有什么事。以前,他就感到她们之间剑拔弩张。他搜索了一下叶池的意识,顿时大吃一惊。竟然是嫉妒?

"裂耳、兔爪和枭羽跟她在一起。"尘毛咕哝着,全身的毛发都竖了起来,"还不赖,虽然我更希望裂耳待在他的老窝里。"

"放松点。"黑莓掌命令道,"我们有任何攻击的意图,他们都不会考虑放行的。"

"因为我们在乞求帮助。"尘毛小声嘀咕着。

"安静。"黑莓掌小声警告道,随即,他又提高了音量叫道,"裂耳!"

风族猫一发现雷族巡逻队,松鸦爪便感觉到一股敌意扑面而来。周围的空气似乎正在噼啪作响,他紧张起来,突然感到有点儿害怕。

"你们想干什么?"裂耳指责道。

风族巡逻队向前走来。松鸦爪察觉到黑莓掌昂首阔步地迎了上去。"叶池和松鸦爪想和一星谈谈。"黑莓掌的喵声很平静,不卑不亢。

裂耳感到十分惊讶,问道:"谈什么?"

"他们想要和一星谈谈。"黑莓掌重复道。

松鸦爪发现风族武士都感到十分疑惑,他猜想,他们肯定正

面面相觑，思索着该如何应对。他们能赶走巫医吗？

"只是叶池和松鸦爪吗？"枭羽咆哮道。

"我们会在这里等他们。"黑莓掌回答他。

寂静悬在空中，像一只正准备俯冲而下的鹰。

"那就让枭羽和兔爪陪你们一起等吧。"裂耳慢条斯理地喵呜道。

他同意让我们过去了！松鸦爪将爪子插进土里，有点儿迫不及待。

"我能相信你会将他们安全带到营地，安全地送回来吗？"黑莓掌问道。

裂耳哼道："你当然可以！"

"叶池，"黑莓掌喵呜道，"如果中午你们还没回来，我就会带一支巡逻队去找你们。"他实际上是在暗自警告风族猫。

"她会回来的！"裂耳咆哮道。

松鸦爪听到了叶池的毛发摩擦石楠花的声音，她越过了边界。松鸦爪快步跟了上去，紧紧地靠在她身边。去往风族营地简直太刺激了，但他突然又觉得危机四伏。乌云遮住了太阳，一阵冰冷的风迎面吹了过来。

"昂首挺胸。"叶池小声说道。她一直紧挨着松鸦爪，引领着他穿过陌生的大地。只有一次，叶池来不及提醒，松鸦爪就被垂到地面的金雀花给绊了一下。

没过多久，松鸦爪便闻到强烈的风族气味。前方的地面陷了

下去，他感到脚下一空。他们已经到达风族营地了。

"跟紧点。"裂耳警告道。

松鸦爪亦步亦趋地跟着叶池。风族武士领着他们穿过一丛黑莓，然后沿着一条曲折的隧道，朝山谷下方走去。他听到夜云的呼吸声从身后传过来。突然，一股劲风扑面吹来，他们走出了隧道。顷刻间，各种各样的气味席卷而来：武士、学徒、小猫、猫后、兔子……

他们肯定正置身于营地中央。一股清新的风拂过松鸦爪的毛发，各种好奇的目光集中到了他身上。

"他就是雷族的那只盲猫。"

"他们来这儿干什么？"

"我要不要去找青面？"

风族猫纷纷从洞穴里现身，松鸦爪感觉到他们的好奇、敌意、甚至是恐慌交织在空气中。

裂耳正对一只年轻的公猫小声地说着什么。松鸦爪凝神去听，但还没听清楚，那只公猫就一阵风似的冲出了营地。

"一星外出捕猎去了，"裂耳说，"你们得等着。"他随即提高了音量，对好奇的族猫们宣布："他们是来见一星的！"

"一星？"

警觉和疑虑迅速传遍空地。松鸦爪竖起了耳朵。这不像是一个决意扩张的族群，他们正处于惊恐和疑惑中。松鸦爪的心悬了起来，慌乱的猫是不可理喻的。"不然我们和青面谈谈，然后就回

去吧？"他小声对叶池说。

但叶池似乎没有听见。她正扫视着空地，像是在搜寻什么东西，或是特定的哪只猫似的。突然，从她身上传来一阵强烈的情感，几乎吓了松鸦爪一跳。激动？忧伤？生气？他说不清楚。

"你看起来很好，鸦羽。"叶池平静的喵声丝毫没有暴露内心的狂风暴雨。

突然，一股强烈的嫉妒从松鸦爪身后传过来。夜云竖起了毛发。

"你们来这儿做什么，叶池？"鸦羽的喵声很平静，但底气不足。他在想什么？松鸦爪研究了一下这名武士的心理，但只发现淡淡的忧愁。

"火星派我们来和一星谈谈。"叶池解释道。

"他不在这儿。"

"我们知道。"叶池坐了下来。

松鸦爪感到雨珠滴在自己的鼻子上。

没过多久，黑莓丛沙沙地响了起来，一星冲进了空地。白尾、鼬毛和他在一起。

"这是怎么回事？"风族族长询问道。

"火星派我们来的。"叶池喵呜道。

"为什么？"一星警惕地围着他们转了一圈，"你们遇到麻烦了？"

"不是。"

"那你们为什么来这儿？"一星停住脚步。他离他们太近了，松鸦爪甚至闻到了他呼吸中的血腥味，"火星难道认为，我们两族之间还有什么特殊的关系吗？我告诉你们,没有了！"

"火星明白这一点。"

松鸦爪很是佩服叶池的镇定,尽管他能感觉到她正在颤抖。

"火星不想让我们两族的边界血流成河。"她接着说道。

"那他为什么要袭击我们的学徒?"一星在空中甩动着尾巴。

"是风族武士先亮出爪子的,"叶池喵呜道,"我们只是在捍卫被他们入侵的领地。"

"那是我们的猎物！"裂耳嘶嘶叫道。

赞同的喵呜声在空地四处回荡。

"猎物一旦越过边界,就不再是你们的了。"松鸦爪回敬道。

叶池用尾巴堵住了他的嘴。她在湿滑的地面上扑哧扑哧地移动着脚掌。雨已经落了下来。"我们不是来这儿吵架的。"

"那你们为什么来这儿？"一星咆哮道。

"来跟你谈谈。"

裂耳刨着地面，轻蔑地说:"火星不敢来吗？他真是胆小如鼠！"

"火星只是不想派一支武士巡逻队来激化矛盾。"叶池解释道,"他想平息事态,而不是火上浇油。"

鸦羽正绕着他们转圈:"那他就不该派任何猫过来！"

叶池突然恼怒起来，松鸦爪甚至觉得与她身体接触的部位

都在发烧。"不是每只猫都那么不负责任！"她嘶嘶叫道。

鸦羽猛地停了下来："你的意思是我会那么做吗？"靠近叶池时，他的胡须拂过了松鸦爪的脸颊。

"走开！"一星将鸦羽推到一边，"你们想要谈什么？"

"火星想知道，河族是否入侵了你们。"叶池变得不耐烦起来，"这是不是你们在离边界这么近的地方捕猎的原因？你们是被迫进入雷族领地，还是你们愚蠢地认为能夺走它？"

松鸦爪被叶池激烈的言论吓呆了。叶池令风族族长也吃了一惊。他感觉到一星僵住了。愤怒的嘶声在围观的群猫间飞速传递着。空气像是被绿叶季的闪电劈中了似的，噼啪作响，狂风将雨点更加猛烈地刮进了营地。松鸦爪紧张地等待着一星的回答。

"河族还没有入侵我们的领地，"一星慢慢地回答道，"但这并不意味他们不会那么做。火星想让我们等着他们那么做吗？他觉得我们应该像只肥田鼠似的坐以待毙吗？"

"但你们不是田鼠。"叶池暴躁地说，"你们为什么不去保卫与河族的边界，反而跑去骚扰我们呢？"

"我们会保卫任何需要保卫的边界，"一星反驳道，"而且会拿走任何我们需要的领地。"

"你们甚至连河族是否会入侵都不知道，"叶池质问道，"凭什么威胁我们？"

裂耳咆哮了起来："你就像只画眉鸟，把一句话反复地唱来唱去！"

WARRIORS
猫武士

　　"下次森林大会时，可以让青面和蛾翅谈谈，"叶池建议道，她突然循循善诱起来，"青面能确切知道河族的意图，到时候就可以证明你们没什么可担心的了。"

　　"我们什么都不怕！"鸦羽嘶嘶叫道。

　　"那你们为什么连合理的建议都听不进去呢？"叶池追问道，"你们都是值得尊敬的武士，可为什么要让猜疑而不是事实左右你们的思想？"

　　"听听！"鼬毛讥笑道，"凭几句花言巧语就想为自己的族群赢得时间。"

　　"风族是用爪子来战斗的，而不是花言巧语。"裂耳警告道。

　　松鸦爪暴怒了。"这简直就是在对牛弹琴！"他嘶嘶叫道，"他们全都有眼无珠，鼠目寸光！"

　　"我们有眼无珠？"鼬毛嘲笑道。

　　"等等！"一星命令道，"或许她是对的。在行动之前，我们应该给河族一个解释的机会，看看他们想要做什么。"

　　"那更像是给他们一个入侵的机会。"裂耳咆哮道。

　　"在森林大会上，你们也看到河族是多么的绝望了。"鸦羽辩驳道，"而且我们见到的每一支河族巡逻队，都比前一次见到的更饥饿。我们不能相信他们！"

　　"但他们还没有入侵。"一星指出。

　　"他们越过了边界。"裂耳提醒他。

　　"只有一次。"

松鸦爪感到风族族长的思维慢了下来,他正在思考。

"我们不能因为他们而无谓地流血牺牲。"一星嘀咕道。

突然,一声慌乱的尖叫从营墙那儿传了过来。湿漉漉的黑莓丛颤动起来,一位风族猫后溜进了空地。"我的孩子们不见了!"她尖叫道。

"小莎草?"

"小蓟?"

慌乱的喵声顿时充满了空地。

"小莎草、小蓟还有小燕!"那位猫后喘了一口气,"他们全都失踪了!"

"你最后一次见到他们是什么时候?"一星询问道。

那位猫后拼命地喘着气:"我把他们留在了育婴室,然后出去活动了一下四肢,回来时就不见了。他们之前也出去玩过,可都没走远。但这次,却没有任何踪迹。他们的气息在河族边界那儿消失了。肯定是老鹰把他们叼走了,我知道!"

"镇定点,金雀尾。"一星在颤抖,但他的喵声很沉稳,"你也不能肯定。之前从没发生过老鹰叼走小猫的事。我们必须派搜救队出去。"

突然,隧道入口处传来纷乱的脚步声。

"一星!"灰脚冲进了空地,风爪和石楠爪紧随其后,"我们刚刚看到一支河族巡逻队回他们的领地去了!"

"他们到我们的领地上来了!"风爪啐道。

"而且他们到过的地方有兔子血。"石楠爪补充道。

金雀尾感到恐惧起来，她慌忙问道："你肯定那是兔子血吗？"

"什么？"石楠爪的心里充满了疑惑。

"我的孩子们失踪了！"金雀尾恸哭道。

"你觉得是河族巡逻队抓走了他们？"石楠爪的声音里充满了恐惧。她的思维像风中的落叶一样旋转着。松鸦爪想要解读，但它们闪动得太快了，他只知道，这种思绪的中心类似于一个黑洞，那片黑暗令他不寒而栗。她知道的远比她说出来的要多。

"你们必须离开。"一星转向了叶池。

"风族不会攻击河族的，对吗？"叶池喘息道。

"我们会不惜一切代价，救回我们的孩子！"一星嘶嘶叫道。

"是不是河族抓走了你们的孩子，你们还不确定。"松鸦爪反驳道，"刚才，你们还以为是老鹰呢。"

"当时，我们不知道河族越过了边界。"

"他们可能有很好的理由？"

灰脚咆哮道："有很好的理由就可以偷走我们的孩子？"

"但是为什么——"

一星发出一声咆哮，打断了叶池："回去吧！"风族族长凑过来时，松鸦爪瑟缩了一下，"你们可以告诉火星，现在已经太迟了。你们把时间都浪费在维护河族上了。我们将立即发动进攻！"

第十八章

雨水浸透了毛发，狮爪颤抖起来。他将田鼠放到猎物堆上，抖了抖身上的雨水。

"不错的狩猎。"蜡毛赞扬道，"过去的这些天，你进步得很快，你的心思似乎又回到训练上来了。"

狮爪朝老师眨了眨眼。这确实是一次不错的狩猎。他、蜡毛、暴毛和溪儿几乎抓到足够整个族群吃的猎物，而且精力再次充沛起来。他比同伴们速度更快，也更敏锐了一些，似乎星族正引领着他进步。但是想到石楠爪时，他的心还是会痛，他失去了一个成为暗族武士的机会。

暴毛将一只湿淋淋的画眉鸟抛进了猎物堆。"似乎有点儿不对劲。"这名灰色武士焦急地瞟了一眼空地。站在他身旁的溪儿也眯起了眼睛。

煤爪拖着树枝，朝荆棘围篱走去，云尾正将它们塞进缝隙里；罂粟爪和鼠爪匆忙地往育婴室运送新鲜的黑莓丛，他们被雨水淋湿的毛发竖立着，尾巴上的毛发也蓬松起来；刺掌和蛛足正在营地边缘转悠，还不时地抬头看看崖壁。

刺掌朝崖壁上的一处裂缝弹了弹尾巴。"我们应该加固一下那里，对猫来说，要从那个地方爬进来，简直太容易了。"他说。

狮爪的心悬了起来。他环视着空地，焦急地想道："松鸦爪回来了吗？完成任务没有？"看到松鸦爪从厕所附近的通道出来时，他才松了一口气。

在巫医巢穴入口处，叶池正朝松鸦爪喊道："我们需要更多的酸模。"

"我这就去找一些来。"松鸦爪立即回答道。

"别单独去。"叶池喵呜道。

松鸦爪点了点头说："我带冬青爪一起去。"

狮爪感到不安起来。通常情况下，不管是谁说松鸦爪不能单独胜任某个工作，他都会勃然大怒，但现在他连哼都没哼一声，就爽快地答应了。

"别离营地太远。"叶池警告道。

"狮爪，你听说了吗？"蜜爪正朝他走来，双眼睁得大大的，"就要爆发一场战争了。"

狮爪赶忙迎向她，问道："什么时候？"

"风族马上就要进攻河族了。"蜜爪喘息道。

狮爪贴紧了耳朵："河族入侵风族领地了吗？"

蜜爪摇了摇头。"河族偷走了风族的三只小猫。"她喵道，"风族要去把他们救回来。我们也得作好战斗准备。"

狮爪紧张起来。风族现在已经没几只小猫了。他们不会就是跟踪石楠爪的那三只吧？"你肯定是河族抓走了他们吗？"他又问道。

"三只小猫失踪时，河族正在风族的领地上捕猎。"蜜爪告诉他。

"但这也没有道理啊。"狮爪的心里翻腾着。

"谁会在乎这有没有道理啊？"蜜爪围着他团团转，"不管怎么说，都会发生一场战争，叶池就是这么说的。"

栗尾正朝他们走来，眼里充满了担忧。"你又性急了，蜜爪。"她喵呜道。

"我们得作好准备呀，"蜜爪争辩道，"谁知道风族下一步会做什么！"

狮爪从这两只猫身边走开了，他的心怦怦直跳。真的是河族偷走了小猫吗？荒野上还有一条路，一条大家都不知道的路。万一小猫们找到隧道，那该怎么办？

一个声音在身后响起，吓了他一跳。"你应该吃点东西。"蛛足正在活动身体，舒展肌肉，"你必须随时随地作好战斗准备。"

"但是风族正要跟河族打仗，不是和我们。"

"什么事都可能发生。"蛛足咆哮道，"河族可能将风族从荒野上赶出去，风族也可能找借口说，是我们抓走了小猫。叶池告诉火星，风族已经绝望到准备孤注一掷了。"

狮爪僵住了。我必须找到小猫！我必须阻止这一切！但是他的族群该怎么办？他现在要想的，应该是如何保护族猫。他应该像云尾和煤爪那样，帮忙构筑防御工事，或者跟随巡逻队去巡查边界。他唯一不能做的就是离开族群，去找那几只小猫。万一他离开时，风族发动了进攻，那该怎么办？

"这场战争会是个大好机会，能证明你是一名真正的武士！"虎星的声音在耳边低吟道，"小猫们代表不了什么，想想你的族群吧。"

但是我现在正想着我的族群啊！狮爪摇了摇头，将虎星的话清除出了脑海。有些猫会受伤，有些猫会死！想象到石楠爪陷入苦战的情形，他不由得颤抖起来。如果小猫们只是在隧道里走失了，那根本不值得发动这场战争。

"狮爪！"黑莓掌朝他走过来，"先去吃点东西，然后帮忙做些准备工作。火星正在组织新的巡逻队，而且围篱也需要加固。"

狮爪朝雷族副族长眨了眨眼说："我不饿。"

黑莓掌移动了一下脚掌，问道："你害怕了？"

狮爪张开嘴巴，搜寻着解释的话语。

"这很正常。"黑莓掌的喵声很温和，"我以前也常常担心族猫会受伤。但是，保卫族群是武士守则所规定的责任，也是所有猫参加训练的目的。我知道这很难，但是星族正看着我们，我们做的事是正确的。"他将尾巴覆在狮爪的腰上，"你有成为一名伟大武士的潜质，狮爪，而且我为你自豪。记住你所学到的东西，时刻保持警觉。"

"我们真的需要打仗吗？"

"如果你的族长告诉你需要，那就需要。"黑莓掌小声说道，"火星不会让我们卷入无谓的战争，除非他觉得真的有必要。"

但是火星并不知道所有的事。狮爪突然担忧起来。如果狮爪自己也不知道隧道的事，那他也可以毫不犹豫地服从命令。他难过地朝黑莓掌点了点头："好吧。"说完，便朝猎物堆走了过去。猎物一如既往地堆放在那里，可他却没有食欲。

"我们为什么不能参加战斗？"小冰细微的喵声穿过空地传了过来。

"我可不想在这里等着风族来撕碎我们！"小狐嘶嘶叫道。

"你们只会帮倒忙。"香薇云严厉地喵道。她的尾巴在他们身上拂过，将他们朝育婴室赶了过去。"你们唯一能帮得上忙的，就是乖乖地躲在育婴室里，等着危险过去。你们参加战斗的机会会来临的，但不是现在。"

狮爪看着香薇云将他们推进了育婴室。有危险的不只是小狐和小冰。他不能让族猫去冒险，在他还能做一些事情的时候，绝对不能。他在雨中眯起了双眼，然后离开了猎物堆，向巫医巢穴走去。接着，他溜进了湿淋淋的黑莓丛，从营墙那儿挤了出去。他够到了第一个岩架，攀了上去。就这样，他攀过一个又一个岩架，朝谷顶爬去。爬到谷顶时，他已经累得喘不过气来了。

他蹲在湿透了的草地上，喘了口气，然后窥视着下方忙碌的营地。没有谁看到他离开，族猫们有的正忙着将枝条塞进荆棘围篱,有的聚集在一起,准备着巡逻,他们湿透的毛发上都洋溢着兴奋。他溜进树林,跑下山坡,朝隧道奔去。

突然,一处蕨丛下传来了说话声。狮爪钻进滴水的枝叶里,偷偷望了出去。

"尽量采那些最鲜嫩的叶子。"松鸦爪正建议道。

冬青爪坐在他旁边,正将叶子从一株细小的植物上揪下来,堆在湿淋淋的地面上。

松鸦爪抬起鼻子嗅了嗅:"狮爪?"

狮爪直起身子,走了出去,抖了抖身上的水珠。

"你在这里干什么?"冬青爪绿色的双眼里充满了惊讶,"我们得回营地去了吗?"

狮爪摇了摇头。"我想,我知道那几只小猫在哪里。"他脱口而出。

就在这时,附近的地面上传来一阵脚步声,狮爪转身躲进了蕨丛,蹲伏在枝叶间。冬青爪和松鸦爪站在他背后,惊讶地瞪大了眼睛。随即,刺掌和白翅从树林中冲了出来。

"你们俩最好快点。"刺掌喵呜道。

冬青爪的眼里充满了怀疑,她瞥了一眼狮爪的藏身处,他赶忙伏得更低了一些。她会出卖他吗?

白翅弹了弹尾巴,问道:"一切都还好吧?"

"是的。"松鸦爪的回答很沉稳,"我们再采几片叶子,就回营地去。"

　　"很好。"刺掌点了点头说，"我们要到山梁上去，看看有没有风族的踪迹。在那里，我们还可以看到他们是否已经对河族展开了进攻。"

　　突然，白翅嗅了嗅空气说："似乎狮爪来过这里。"

　　"是的。"松鸦爪从他面前那棵湿透的植物上采下一片叶子，"他来告诉我们，要抓紧时间。"

　　"他已经回营地了吗？"刺掌问道。

　　"我想应该是吧。"松鸦爪回答道。

　　"别耽搁太久。"白翅朝狮爪藏身的蕨丛走了过去。狮爪屏住呼吸，祈祷自己那金色的毛发千万别在绿色树叶中显露出来。

　　"快点！"刺掌朝山梁上飞奔而去。白翅转过身，跟着他跑了起来。

　　"星族啊，你为什么要藏起来？"狮爪一溜出蕨丛，冬青爪便质问道。

　　"绝对不能让他们知道我要做什么。"狮爪小声说道。

　　松鸦爪的尾巴抽动起来，他问道："你要去做什么？"

　　"这和小猫们又有什么关系？"冬青爪眯起了眼睛。

　　狮爪深深地吸了一口气说："我们领地下面有一些隧道。"

　　"一些隧道？"松鸦爪的毛发竖了起来。

　　"对，它们通向荒野，通向风族的领地。如果你们愿意的话，可以去看看。小猫们跟踪石楠爪到过洞口一次，我想，他们很有可能就在那里。"

冬青爪吃惊地盯着他："你居然还在和石楠爪约会！你告诉过我，你已经停止和她见面了！"

狮爪退后了几步。他的妹妹将爪子插进了泥土里，似乎正压制着要抓挠他的冲动。

"你对我撒了谎，也对你的族猫撒了谎！"她啐道，"我一直都以为，你是我们之中最忠诚的，但现在，你却背叛了你的族群！"

"我没有背叛族群！"狮爪喵道，"我现在已经停止和石楠爪见面了。我们只是在一起玩耍，但后来我意识到——"

"一个敌对的族群知道了一条通向我们领地的密道！"冬青爪暴躁地叫道，"你打算永远都不告诉任何猫吗？还是你就傻傻地坐在那儿，等着你的女朋友带着她的族猫进攻我们的营地？"

狮爪盯着妹妹说："我永远都不会让这件事发生！"

"冷静点。"松鸦爪插到他们中间喵道，"现在木已成舟。"他将头转到姐姐那边，"狮爪并不是这个月里唯一犯错的猫，你也试图帮助柳爪，所惹来的麻烦还没完呢。"

"那不一样。"冬青爪咆哮道。

"现在没时间争吵了，"松鸦爪喵道，"你肯定那几只小猫就在隧道里吗，狮爪？"

"不是绝对肯定，但他们最有可能在那里。"他焦急地瞥了冬青爪一眼，"你们能帮我找到他们吗？"

冬青爪的尾巴颤抖起来。"好吧。"她喵道，"我不希望风族进攻河族，特别是在河族就快要解决自己的问题时。"

狮爪眨了眨眼："你这话是什么意思？"

冬青爪脊背上的毛发竖了起来："我保证过不说的。"

"向谁保证过？"松鸦爪询问道。

"柳爪和豹星。"

"但我们是一家人。"松鸦爪逼问道，"我们之间不应该有秘密。"

冬青爪的眼里充满了犹豫。"好吧。"她深深地吸了一口气，说道，"河族营地受到了小两脚兽的威胁，他们正设法使河水变得更深更宽，以阻止他们。我亲眼看到他们已经快完工了。下次森林大会之前，他们应该就能搬回去。"她的四肢不停地颤抖着，"我保证过不说的，但现在一切都乱套了。"

"不，不会的。"狮爪扬起了下巴，"我们要阻止这场战争。"

"但要怎么阻止呢？"冬青爪喵道。

"找到那几只小猫。"

松鸦爪走到狮爪身旁问道："那些隧道在哪儿？我们怎样才能进去？"

"跟我来。"狮爪朝树林里走去。他飞奔起来，还不时回过头去，查看冬青爪和松鸦爪是否跟了上来。他们跟着狮爪穿行，来到了坡底的森林里。隧道口就在那里。

"在哪儿？"冬青爪从黑莓丛间望了出去。

狮爪将尾巴朝一个兔子洞弹了弹，那个洞正是石楠爪第一次钻进去的地方。"那儿。"

"哦?"冬青爪惊讶地喵道,"毫无疑问,之前谁也没留意到。"

松鸦爪在空气中嗅闻着,似乎在寻找着什么,他的尾巴不停地颤抖。

狮爪皱起了眉头:"你之前来过这里?"

"我想没有。"松鸦爪抽动着耳朵回答道。

他为什么看起来如此害怕?没时间担心这个了。狮爪从黑莓丛下钻了出去。"跟我来。"这个地方他来过多次,虽然有一些新枝叶长了出来,但他还是轻车熟路。松鸦爪紧跟在身后,鼻子碰到了他的尾巴。

"入口就在这儿。"狮爪钻出灌木丛,领着松鸦爪朝山腰的一个洞口走去。他停在洞口前,嗅了嗅隧道中涌出的尘土味。

冬青爪跟着他们,钻出了刺丛,疑惑地盯着那个山洞。雨水从毛发上滴落下来,她两只耳尖上各缀着一滴水珠。"我们要从这里进去?"她问道。

狮爪点了点头。

"下雨了,怎么办?"松鸦爪的声音听起来十分担忧。

"隧道里面不会下雨。"狮爪感到很疑惑。避开了外面的瓢泼大雨,他应该高兴才对啊?

松鸦爪贴紧耳朵,嗅了嗅洞口。"下雨的时候,你来过这里吗?"他怀疑地问道。

"没有。"狮爪变得不耐烦起来。已经没时间关心这个了。"在战斗打响之前,我们必须找到小猫们。"他钻进了山洞,沿着熟悉

的路线快速地向前冲去。

"等等！"冬青爪在后面叫道，"太暗了，我看不到路。"

狮爪停了下来，等着松鸦爪和冬青爪追上他。他们两个都小心翼翼地走着，脚步声不规则地拍打着岩石地面。松鸦爪应该比他们更擅长穿越隧道吧？他已经习惯了黑暗。"前面有一个山洞，"狮爪安慰道，"洞顶上有一条裂缝，那里比这儿要明亮。"他继续朝前走去，只是这一次放慢了脚步。

"这些隧道真的能通往风族领地吗？"冬青爪的喵声在黑暗中怪异地回响着，"你到过那么远吗？"

"没有，我只到过山洞那儿。"狮爪回答道。他突然呆住了，一股熟悉的气味从前方传了过来。风族！难道石楠爪已经将巡逻队领进了隧道？

松鸦爪的呼吸吹到了他的耳朵上："你知道前面有风族猫？"

"对。"狮爪叹息道。

"或许我们应该回去。"冬青爪小声说道，"不能让风族发现我们已经知道了这个地方，否则我们就没有优势了。"

"他们很可能已经知道了。"狮爪的心里像压了一块巨石，沉甸甸的。石楠爪已经出卖了他们的秘密——如果她也出卖了他，他并不会感到奇怪。上次见面时，他们就已经不再是朋友了。狮爪朝昏暗的光线走去，踏进了山洞。

在昏暗中，他认出了石楠爪站在河对面的身影。

风爪正在她身后的洞穴边缘奔跑，不断嗅闻那些隧道："我找不到他们的气味了。"

"狮爪！"石楠爪的声音充满了惊讶。

风爪转过身来，怒视着狮爪。

石楠爪焦急地瞥了族伴一眼，继续说道："你——你是怎么知道这个地方的？"

狮爪立刻明白过来，她正装作之前没在这里见到过他。这是一个合理的安排，但是他们一起在这儿度过了那么多美好的时光，现在却要假装形同陌路，感觉有点儿怪。"我几天前偶然间发现的。"他撒谎道。冬青爪和松鸦爪从他身后的隧道中溜了出来。"我正追赶一只兔子呢，它却将我引到了一个洞里，最后我就来到了这儿。"他向冬青爪使了一个眼色。

风爪的毛竖了起来："这些隧道也通向雷族领地吗？"

"我不知道。"石楠爪睁大眼睛喵道，"我最远就到过山洞这里。"

"你们三个来这里干什么？"风爪质问道。

冬青爪走到狮爪前面，扬起了下巴："我们听说了小猫们失踪的事，狮爪猜想，他们可能在这里。"

"你们又是怎么知道风族领地上有入口的？"风爪攥紧了爪子。

"我们只是猜测。"狮爪耸了耸肩，"这里有很多隧道，据我所知，他们也有可能通向影族领地。"

风爪紧盯着他。潮湿而沉闷的空气中布满了疑云。"你们那

边的隧道中有小猫们的气息吗？"

"没有。"冬青爪回答道，声音里充满了嘲弄。

"我们跟踪他们的气味到了这儿，但是气味在这里消失了。"石楠爪解释道。

松鸦爪小心翼翼地溜到了前面，他正嗅着河水。平静的水面荡起了阵阵涟漪，就像有风吹进来一样，而且那黑色的流水溢了出来，在河流两侧低洼的地方形成了几个水池。"水位一直都是这么高吗？"他问道。

"只有下雨后。"石楠爪回答道。

"现在更高了吗？"

石楠爪迷惑不解地将头偏向了一边："我想不是。"

狮爪感到尴尬起来。松鸦爪为什么对下雨这么大惊小怪呢？他只想找到小猫们。

风爪围着他的族猫转了一圈。"这些不速之客最好回去。"他喵道，"我们正在寻找小猫，不需要他们帮忙。"他注视着狮爪，"你们怎么也担心起风族小猫来了？"

冬青爪弹了弹尾巴说："他们或许就要引发一场战争了，你还没听说吗？"

"我们能停止说这些废话，继续找小猫吗？"石楠爪暴躁地吼道。

风爪狠狠地瞪了她一眼："那他们怎么办？"

"最好让他们跟我们一起去。"石楠爪喵道，"我们俩怎么能将三只小猫带出去呢？"没等风爪回答，她便朝离她最近的隧道走了过去，"在任何一只族猫受伤之前，我们必须找到他们。"

"我同意！"冬青爪越过宽阔的河流。她回头瞟了松鸦爪一眼，提示道："水面大概有两只狐狸尾巴那么宽。"

松鸦爪蹲下来，正准备跳过去。狮爪看到他的脚掌正在颤抖。让他自己来！狮爪紧张起来，准备在必要时跳进湍急的河水。但是松鸦爪高高地跃过了河面，落在了离水边一条尾巴远的地方。

狮爪跟着他跳过去时，石楠爪从她刚刚嗅过的隧道里钻了出来："他们没走这边。"

狮爪溜进了另一个漆黑的洞口，嗅了嗅空气。没有气味。

"在这边！"松鸦爪蹲在一个狭窄的洞口前，抽动着胡须。

冬青爪越过他，朝地面上看了看："他说得对！这儿有一只脚印。"

狮爪也挤上前来看了看。很明显，淤泥上有一个浅浅的新鲜脚印。"他们是往这边走的。"他抬起头来，遇上了石楠爪的目光。她蒙眬的蓝色双眼里充满了恐惧。

"噢，狮爪，"她悄悄地说，"我们都干了些什么？"

第十九章

"我先进去。"

要不是听到风爪轻蔑地哼了一声，松鸦爪几乎没意识到自己大声地说出了这句话。

"你是个瞎子！"风爪轻蔑地说。

"你不是瞎子，但你在黑暗中能看得清清楚楚吗？"冬青爪暴躁地反驳道。

松鸦爪感到风爪竖起了毛发，但这只风族猫没有争辩。他很高兴，因为他正打算转身逃进森林。森林里，雨点正拍打着树叶，它们不会汇聚到冰冷的石头隧道中，冲走一切……自从踏进隧道开始，松鸦爪所能想到的，便是和落叶一起奔跑着逃命的情形。那些画面再次出现在脑海中：漆黑的隧道，咆哮的洪水，波涛呼啸着将他卷走，极度缺氧，但发现呼吸到的只有水。别再想这些了！至少这一次，这里没有暗淡的光束误导他，这样，他反而可以集中精力，靠本能去寻找出路。

狮爪退到一边，让松鸦爪过去。与狮爪擦肩而过时，松鸦爪感到哥哥松了一口气。他认为,我在黑暗中会做得比他好一些。我希望他是对的。松鸦爪心想。冷空气扑面而来,吹得他的胡须不停地颤抖。风里还有一些其他的东西,他没有听到什么,但感觉有低语声从隧道深处传进了耳朵———如他血管里涌动的鲜血。他走进隧道,感到黑暗吞噬了自己。这种黑暗和他所习惯的黑暗不同。在森林里,他能感觉到阳光照耀着毛发的温暖,能嗅到空气中夹杂的芬芳,能听到风吹树叶的沙沙声。而在这里,只能感觉到窒息、霉味和阴冷将他紧紧包围,钻进他的嘴巴和鼻子。除了黑暗还是黑暗,像毛发一样浓密,像水一般轻柔,慢慢地将他淹没。

脚下的岩石上均匀地覆盖着泥沙,两边的洞壁十分狭窄,拥着他慢慢地向前走去。

"你就不能快一点吗?"风爪的喵声像粗糙的洞壁一样突兀。

"闭嘴!"松鸦爪吼了一声,然后继续向前走去。隧道向下延伸,变得宽阔了一些,冷空气从布满尘土的洞顶上吹了下来,撕扯着他的毛发。这条路对吗?隧道里如流水般倾泻的空气中,并没有小猫们的气息,只有森林中的空气透过缝隙渗透进来。

突然,有团毛发摩擦着他的肚子。

松鸦爪恼怒起来。"是我在带路,风爪!"他将那只猫撞到了一边。

"你在说什么? 我在后面呢!"风爪暴躁地叫道。

冬青爪澄清道:"没有谁靠近你,松鸦爪。"

松鸦爪惊讶地嗅了嗅空气，一股全新的气味钻进了鼻子。不是族猫的气味，但有种似曾相识的感觉。他又嗅了嗅。那只猫靠近了他，和他并肩而行。他感到不安起来。

"我会陪着你走的，朋友，就像你之前陪伴我一样。"他耳朵里飘进了一阵低语声。

落叶！松鸦爪的心提到了嗓子眼。一片黑色巨浪将他吞没的记忆令他猛地停了下来。他想要转身逃走，重新回到森林中，回到洞外安全的天空下。

"我不能让你独自在这里摸索，你曾经像个兄弟一般陪伴着我。"

松鸦爪眨了眨眼，想要看到点什么："我是在做梦吗？"

"不是。"落叶悄悄地说，"我是来帮你的，我知道小猫们在哪儿。"

"我们为什么停下了？"风爪在后面抱怨起来。

冬青爪用鼻子顶了顶松鸦爪，问道："你没事吧？"

"没事。"他回答道，随即压低了声音，确保只有落叶能够听到，"你看到小猫了？"

"我知道他们在哪里。"落叶紧紧地靠在松鸦爪的身上，推着他往前走，"但我们得快点儿。"

松鸦爪质疑道："我为什么要相信你？你自己甚至都跑不出这些隧道！"

"从那以后，我就一直在这些隧道中走来走去。"落叶悲哀地小声说道,"我甚至比熟悉荒野还要熟悉它们。"

松鸦爪平复了呼吸,问道:"你真的看到小猫了?"

"他们还活着,但是被冻坏了。我们必须快点儿。"

光凭直觉可能走不出去。松鸦爪将尾巴搭在了落叶的身上,他让这只公猫领着自己走进了一个岔道。这是条笔直向下延伸的隧道,岩石被雨水打湿了,松鸦爪的脚掌在地面上打着滑。

"你确信你知道路吗?"风爪叫道。

"你还能闻到小猫的气味吗?"狮爪也焦急地问道。

"他们是朝这边走的。"松鸦爪回答道。

落叶又转了一个方向,推着他走进另一条隧道。"低头!"他提示道。松鸦爪赶紧低下头,从一条狭窄的裂缝中钻了进去。

"伏低身子!"从狭窄的石缝中挤过去时,松鸦爪警告着同伴。裂缝变得越来越低,他不得不把肚子贴到地面上。

"这似乎是一条死路。"冬青爪挤到他身后喘息道。

"一会儿,它就会变得开阔起来。"落叶在松鸦爪耳边保证道。

松鸦爪闻到了石楠花的芳香,并感觉到雨珠滴在了自己的脸上。前方的洞顶上肯定有出口。他钻出了裂缝,感觉到周围变得开阔起来,便终于松了一口气。

"现在该怎么走?"石楠爪的毛发摩擦着岩石。她跟着松鸦爪钻了出来。

"这里有三条隧道。"狮爪告诉他。

松鸦爪嗅了嗅空气，但没有小猫的气息。

"走这边。"落叶悄悄地告诉他。跟随落叶走进另一条隧道时，松鸦爪感到自己的胡须碰到了两边的洞壁。

"你怎么知道应该走这条路？"风爪的喵声听起来很尖锐，但松鸦爪能感到他心底的慌乱。慌乱从每只猫身上传来，充斥在黑暗中。松鸦爪试图压抑住心底那令人窒息的担忧。

"我能闻到他们。"松鸦爪撒谎道。他绝不能让其他猫的恐惧将自己淹没。"听落叶的！"他心想。

隧道曲曲折折地向上延伸，最后变得宽敞起来。可他身后的脚步声慢了下来。

"我就知道这是条死路。"石楠爪停了下来，叹息道。

松鸦爪停下脚步。前方有一块巨石堵住了去路，他感觉到了它的庞大。

"我们根本就过不去。"风爪喵道。

雨水拍打着地面，从裂缝中渗进了隧道，滴落在岩石上。雨滴声在沉寂的隧道中回响着。松鸦爪嗅了嗅巨石，并绕着它转了一圈。他的胡须又碰到了洞壁。巨石和洞壁间有一条小小的缝隙，但是太窄了，他们根本挤不进去。

"现在该怎么办？"风爪质问道，"你觉得你能把我们带回去吗？"他的声音里充满了怀疑，"难道你只是带我们来看看这块大石头？这一定是一块能通往星族的岩石，它能告诉我们小猫在哪里。"

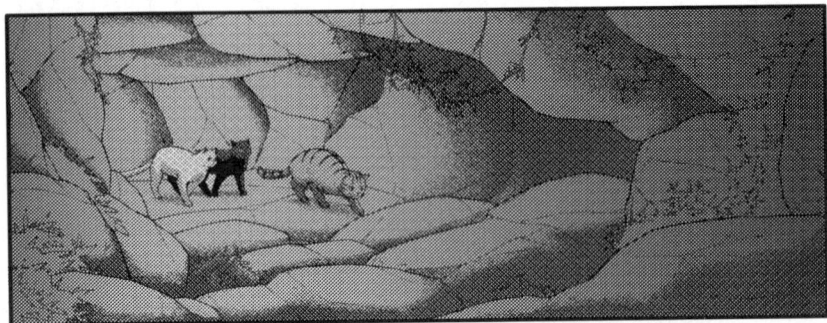

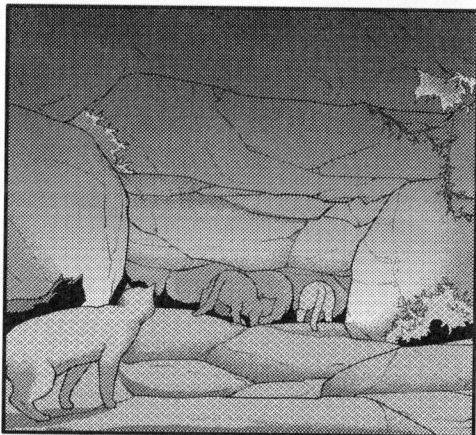

"闭嘴！"石楠爪朝她的族猫吼道。

"凭什么？"风爪哼道，"我们迷路了！你还指望我感激他吗？"

"嘘！"冬青爪突然喵道。

"我想说什么就说什么！"风爪反驳道，"就因为他是你的弟弟——"

"我听到了另外一种声音。"冬青爪小声说道。

"什么声音？"狮爪兴奋得竖起了毛发。

松鸦爪则凝神去聆听。

一个微弱的声音——比雨声大不了多少——正在前方反复地叫着。

是小猫吗？

"有谁在那儿吗？"松鸦爪叫道。

叫声立刻变成了兴奋的喵声。

他们就在巨石后面！

松鸦爪感到落叶在自己耳边悄悄地说："我告诉过你，我会帮你找到他们的。"

"我想我能翻过去。"狮爪喵道。松鸦爪听到石头上传来了攀爬的声音，他的哥哥已经翻过了巨石。狮爪跳到另一边时，传来了一阵水声。

"他们在这儿！"他惊喜的喵声在隧道中回响着。更多的爪子爬到了岩石上，冬青爪、石楠爪和风爪都跟着他翻了过去。

"感谢星族，总算找到你们了！"石楠爪兴奋地呜呜道。

脚步声纷乱起来，一个受惊的喵声回答道："我们爬不过去了！"

"我们以为要永远被困在这里了！"

"我们会带你们回去的。"风爪安慰道。

"坚持住，小燕。"石楠爪鼓励道。岩石上传来小爪子的抓挠声，一团湿淋淋的毛发笨拙地滑落到松鸦爪身旁的地面上。

"你还好吗？"他问道。雨下得更大了，他们得赶紧出去。

"我很好，但是——"

风爪的喵声打断了她："该你了，小莎草。"

毛发摩擦着岩石，又一只小猫轻轻地落在了地面上。松鸦爪伸出鼻子，碰了碰刚出来的那只小猫："你有没有受伤？"

"没有。"

他用尾巴将两只小猫卷到一起，紧紧地靠在他们湿透的身体上，给他们温暖。

风爪落在了他身边。松鸦爪呆住了。他正用嘴巴叼着第三只小猫，那只小猫气若游丝，风爪将她放到地面时，她一动不动。

"小蓟睡着了，她再也醒不过来了。"小燕哀号道。

松鸦爪将两只颤抖的小猫推向风爪，然后蹲在那只湿淋淋的、瘫软在地上的小猫身边。她浑身冰冷，不停地颤抖着，还时不时轻微地抽搐一下。松鸦爪摩挲着她的身体，想要传递一些热量到她的体内。

石楠爪从巨石后面挤了过来，焦急地问道："她没事吧？"

"帮风爪给另外两只小猫取暖！"松鸦爪命令道。

"我们好饿哦！"在石楠爪的毛发下，小莎草含糊不清地喵道。

"这就是你们四处游荡的下场！"石楠爪责备道。她的声音听起来很生气，但松鸦爪还是能够感觉到，当他在小蓟身上忙活时，她一直都在热切地注视着自己。从缝隙里漏进来的雨越来越大，他脚边的沙土逐渐变成了泥浆。他更加急促地摩挲起小蓟来。他必须把他们从这里带出去。

狮爪和冬青爪从巨石上跳了下来。

"你们知道出去的路吗？"小燕颤抖着问道。

"当然知道。"风爪回答，"我们找到了进来的路，不是吗？出去就更容易啦。"

连他自己都不相信这番话。

"我们会出去的。"松鸦爪温和地喵道。他等待落叶悄悄地对他说一些鼓励的话，但只感觉到这只年轻公猫正靠在自己身上颤抖着。

小蓟开始咳嗽了，也慢慢地有了动静，她挣扎着站了起来。"你们找到了我们！"她喘息道。

冬青爪抱着这只颤抖的小猫，心疼地说："你以为我们会把你们扔在这个恐怖的地方吗？"

那只小猫惊讶地叫道："你是雷族猫。"

"我们是帮你们的族猫来找你们的。"冬青爪解释道。

"你们惹了大麻烦。"风爪咆哮道。

狮爪甩了甩尾巴说:"等我们出去后,再担心这个吧。"

突然,一阵嘈杂声像疾风似的涌进了隧道。

"雨下得更大了。"冬青爪喵道。

"那不是雨声,"狮爪小声地说,"是从隧道里传来的。"

"里面?"小莎草尖叫道。

"是什么?"风爪询问道。

松鸦爪觉得糟透了,他知道这意味着什么。"河水开始泛滥了!"

狮爪猛地冲到松鸦爪身边,浑身充满了恐惧。"你是怎么知道的?"他问道。

松鸦爪闭上了眼睛:"我之前听到过。隧道要被水淹没了。"

狮爪突然爆发出一股能量:"我们必须马上离开这里!"他叼起了小燕,小家伙尖叫了起来。"风爪、石楠爪,带上另外两只小猫。"

"我来带路。"松鸦爪喵道。既然已经把他们带到了这里,就得把他们带出去。他沿着隧道往回飞奔起来。

落叶来到他身边,配合着他的节奏奔跑。

"你必须把我们带出去!"松鸦爪小声地说。

"我会的。"落叶承诺道。他们并肩向前跑去时,那只年轻公猫的脚步没有发出任何声响,但他浑身充满了恐惧。而且,他的意识里闪现着松鸦爪脑海中的情景:脚掌在泥水中奋力地搅动,每挣扎一次，遇到的阻力就增加一分，极度窒息，可吸进来的却只有水，世界慢慢合拢，灵魂渐渐出窍时的不甘……他正回想着他们上次被淹死时的情景！

松鸦爪更加奋力地奔跑起来，及时地避过了低矮的洞顶。他拼命地朝前爬去，岩石挤压着他的脊梁，石头磨破了脚掌。爬到洞口时，他停了下来，等其他猫追上来。小猫们被拽着，爬过粗糙的岩石地面，在恐惧和疼痛的双重夹击下，不停地尖叫着。

"就快到了！"松鸦爪鼓励道。隧道开始向上延伸，水拍打着他的脚掌。转了个弯后，出现了另外一条隧道。他已经闻到新鲜空气的味道了。过了一会儿，他冲进山洞，希望立即充满了全身。

我们做到了！他感到落叶在他身旁颤抖着，并松了一口气。前方，河水正在咆哮。

狮爪从他身后冲了出来。"你带着小燕！"他将那只小猫推到了弟弟身边。

松鸦爪叼起了她。

"他要干什么？"松鸦爪感到十分疑惑。这时，冬青爪、石楠爪和风爪一起冲出了隧道。

松鸦爪听到了水花四溅的声音，狮爪扑进了水里。

"狮爪！"他号叫着放下了小燕，透过轰鸣的水声捕捉着狮爪的动静。"你能看到他吗？"他问冬青爪。

"他正在游泳！"

"他疯了！"风爪喘息道。

"我没事！"狮爪咳嗽着，在河对面站了起来，带起了一片水花。

"我们怎么把小猫们送过去呢？"石楠爪叫道。

"不行了！"狮爪在对面叫道，"隧道被堵住了！"他的喵声十分慌乱，"雨水把大量泥沙冲了进来，我们根本没办法出去。"

"从风族那边的隧道出去怎么样？"石楠爪叫道。

狮爪扑腾过来时，风爪冲了出去。

"也堵住了！洞顶上掉下来许多大石头！"风爪在风族隧道那儿叫道，"这里就像是一个瀑布，我们不可能把小猫们带上去！"

"我们必须试一下！"石楠爪尖叫道。

"我觉得，顶端也没有足够的空间容我们钻过去，"风爪争辩道，恐惧令他愤怒起来，"任何一只小猫如果从岩石上被卷下去，那他就死定了！"

"我们必须做点什么。"冬青爪号叫道。

松鸦爪朝落叶靠了过去，想搜索他的想法，但那只年轻公猫消失了。松鸦爪的肩膀上传来一阵战栗。"落叶？"他小声叫道。

"对不起！"愧疚和悲痛像迷雾一样悬在空中。松鸦爪突然觉得，之前被那只公猫靠过的地方凉了起来。慌乱攫住了他，时间似乎也慢了下来。一个心跳过后，松鸦爪瞥见了一双琥珀色的眼睛。

"等等！"他叫道，"跟我们一起走！"

落叶眨了眨眼，眼神中充满了悲痛。"现在还不是我离开的时候。"他无力地喵了一声，随即便消失了。

他又一次丧失了出去的机会！

"我们会死吗？"小莎草惊恐的喵声盖过了咆哮的河水。

松鸦爪心里一片混乱，他正努力思索逃出去的办法。河水撞击在岩石上，翻起了大片的气泡和飞沫，水花溅到了他的脸上。狮爪将他和其他猫向后推去，直到他们挤在了一片狭窄的泥土上。河水拍击着他们的脚掌。

救救我们吧！

松鸦爪双眼充血。

星族能听到他的声音吗？

突然，视野的尽头闪现出一片银色的光芒，像是月光投入了黝黑的森林。松鸦爪抬起头，看到山洞顶端有片光滑的岩架，一只猫正蹲在上面。正是他梦到过的那只猫：弯曲的爪子，光秃秃的皮毛，空洞而肿胀的双眼。他也正是将落叶送上不归路的那只老猫。

老猫正直直地盯着松鸦爪。

松鸦爪心里腾起一股怒火。你是来看着我们死去的吗？

那只猫的脚掌下显现出一片阴影，他正将什么东西朝岩架边缘滚过来。那东西修长而光滑。松鸦爪浑身的毛发竖了起来。是从湖里捞上来的那根棍子！

棍子上的刻痕在月光下清晰可见。松鸦爪疑惑地盯着它看时，老猫抬起一只脚掌，并伸出一只颤抖的爪子，放在了一排刻

痕上。五长三短。松鸦爪倒抽了一口凉气。之前并没有那些刻痕！他数过很多次，清楚地记得它们的数量。

五名武士和三只小猫！他指的是我们！

松鸦爪惊慌失措地盯着老猫的双眼。我们都会死吗？

那只猫低头看着那根棍子，然后慢慢地拂过那些刻痕。松鸦爪的心里猛然涌起一阵希望。他明白了。

我们能活下来！

那只猫点了点头。

忽然，一只脚掌狠狠地拍在了他的耳朵上。"别再盯着空气了，帮我们想想办法！"风爪咆哮道。

幻象都消失了，松鸦爪再次回到黑暗中。他转向其他猫，兴奋得浑身的毛发都竖了起来。"我们有办法出去，"他喵道，"我知道！"

"什么办法？"狮爪询问道。

"我还不太确定，"松鸦爪坦白地说，"让我想想。"

"光靠想是搬不开巨石的！"石楠爪尖叫道，"我们被困住了！"

"我们可以等到山洞被淹没，然后游到洞顶的裂缝那儿去。"冬青爪建议道。

"裂缝太小了，我们根本没办法从那儿逃出去。"风爪咆哮道。

"而且小猫们会被淹死的。"石楠爪指出。

松鸦爪摇了摇头,他能感到脑海中有一个想法,却抓不到。那根棍子!它原来是在这个山洞里的,但是他却在湖边发现了它,它是怎么出去的?

水花在他脚掌边四处飞溅,他往后退了退,随即僵住了。他想到一幅画面:河水吞没了棍子,它浮了起来,然后被冲了出去。肯定是这样!这条河肯定是流到湖里去的。

"我们必须游泳!"他大声叫道。

"到哪里去游?"狮爪语无伦次地问道。

"河水是流到湖里去的,它会把我们带到那儿!"

"但它消失在地下了。"风爪嘶嘶叫道。

"它会流到湖里去的!"松鸦爪坚持道。

狮爪紧挨着松鸦爪问道:"这真的有用吗?"

"没有其他办法了。"

"如果你认为我们必须这么做,那我们就相信你。"冬青爪喵道。

"只有你会相信!"风爪咆哮道。

"如果坐以待毙的话,我们全都会淹死。"石楠爪尖叫道。

冬青爪摩挲着地面说:"我们试试吧。"

小燕害怕得尖叫了起来:"我不要到水里去!"

"我们会叼住你们的尾巴,"狮爪保证道,"不会松开的。"

"尾巴?"小蓟惊呼道。

"如果叼着你们的脖子,那我们就会吞下很多水。"狮爪喵

道,"你们只要像这样用前掌划水,把头一直浮在水面上就行了。"他在空中划动着脚掌,给小猫们做示范,水珠从他的脚掌上被甩了下来。

"我害怕。"石楠爪悄悄地说。

"会没事的。"狮爪紧紧地靠着这只风族猫。松鸦爪离得很近,他听到狮爪在石楠爪耳边悄悄地说:"就算是到了星族,我也会铭记我们在一起的时光。"

石楠爪颤抖了起来:"在那里,就不会有族群间的鸿沟了。"

松鸦爪眨了眨眼,从他们那里汹涌而至的情感,吓了他一跳。随即,他的脑海中划过一道闪电,他又看到了那只老猫。

赶紧离开!

他想到了所有冒险进入这里的那些猫,他们的恐惧和希望似乎在他身旁低语着。那些刻痕昭示着他们的命运。而这些新的刻痕,真的预示他们能幸存下来吗? 他不得不相信这是真的。

"我们必须走了!"他命令道。

"都到河边来。"冬青爪指挥道,"狮爪,你带着小莎草,我带领小蓟,风爪可以带领小燕。"

"我可以做什么?"石楠爪问道。

"你叼住我的尾巴,"松鸦爪喵道,"我们得互相帮助。"

"好的。"石楠爪同意道。松鸦爪感到石楠爪用牙齿轻轻地咬住了他的尾梢。

"我不去!"小燕在浅水中拍打着脚掌,想要逃走。风爪抓住

了她,将她从水里拖到了身边。小燕尖叫了起来。"别怕,小燕,"风爪安慰道,"我不会松开你的,我绝对不会让你溺水。"

小燕呜咽起来,但不再试图逃走。

"快点。"狮爪催促道。

松鸦爪涉水穿过了浅滩。感受到河水的吸力时,他恐惧得四肢颤抖了起来。

"准备好了吗?"狮爪喵道。

"是的!"冬青爪回答道。

松鸦爪绷紧了身体,喊了声:"跳!"

他朝湍急的河水跳了下去。石楠爪被河水卷到了下游,但她抓住了松鸦爪的尾巴。激流将松鸦爪拖了下去,他又迷失在自己溺水的梦魇中了。翻滚的河水呛到了他,四周都是猫的身体,耳朵里也充斥着轰鸣声。

第二十章

翻滚的河水在冬青爪耳边咆哮着,山洞里,苍白的光线从视线中消失了。河水将她拽进了隧道,并将她拖了下去。她的肺里极度缺氧,但她奋力对抗着下沉之势,嘴里紧紧地叼着小蓟的尾巴。

岩石刮到了她的耳朵,她感到自己的脸露出了水面。河水将她托了起来。她赶紧吸了一口气,但河水再次将她淹没。

不知是谁的身体掠过她,被水冲了下去。小蓟挣扎着,尖利的爪子抓到了冬青爪的鼻子。冬青爪继续奋力地抵抗汹涌的河水,任由河水裹挟着她。水流将她甩到了洞壁上,她感觉到岩石擦伤了自己的肋骨。

轰隆的水声更大了,她觉得耳朵都快被震聋了。

不久后,一切都归于平静。

激流放开了她,轰隆声也消失了。她凝神从黑暗中向外望去。那是阳光吗?斑斑点点的亮光在远处闪耀着。这是星族正等着迎接她吗?

　　她的脑袋眩晕起来，意识也被黑暗笼罩。她挣扎着往上游，拼命地寻找着水面，并不断地祈祷，上面千万别再是岩石。她用尽所有力气，不断地向上挣扎，最后，她觉得全世界都是水了。

　　突然，她钻出了湖面，寒冷的风迎面吹过来，钻进了耳朵和鼻腔。他们成功了！她喘息着，咳嗽连连，并大口地呼吸冰冷而芬芳的空气。她眨了眨眼，挤出了眼角的水滴，并发现她之前看到的那些光点原来是星星，乌云被风吹散了，它们不断地闪耀着。狂风暴雨已经过去了。

　　小蓟在她旁边扑腾着，挣扎着将头浮在水面上。冬青爪将她揽了过来，放开了她的尾巴，改为叼住她的脖子。接着，她用后腿不停地划水，使她们的头浮在水面上。她强迫自己放松下来，任由自己在湖面上漂浮，脚掌有节奏地划着水，以支撑着她们。小蓟一边咳嗽，一边哼哧哼哧地喘息，她靠在冬青爪的胸前，战栗不止。

　　冬青爪扫视了一遍黑漆漆的水面，寻找着其他的同伴。当看到狮爪那金色的毛发就在几条尾巴以外沉浮时，她不由得狂喜起来。小莎草正趴在他背上，双眼在月光下闪闪发光。突然，狮爪旁边冒出了一串气泡，风爪带着小燕冲出了水面。

　　松鸦爪和石楠爪呢？慌乱攫住了冬青爪。他们出来了吗？她听到身下传来了水声，便猛地转过身去，结果摸到了小蓟，吓得他惊呼起来。

　　松鸦爪和石楠爪双双浮出了水面，他们不停拍打着湖水。

"松鸦爪！"冬青爪叫道。

"我们很好！"石楠爪咳嗽着。

冬青爪用后脚蹬踏着，朝他们游了过去，她惊讶地发现，自己正像一只河族猫似的游泳。"沙滩在那边！"她看到它就在不远的地方。冬青爪靠近松鸦爪，将他朝那个方向推了过去。

石楠爪正扑腾着，朝狮爪游去。这名风族学徒为什么不去帮自己的族猫呢？随即，她注意到狮爪正在水中挣扎着，并将头埋到了水里。当狮爪再次浮出水面时，石楠爪发现他的眼里充满了慌乱。

"小莎草不见了！"他号叫道。

石楠爪连忙扎到水里。冬青爪踩着水，屏住了呼吸。狮爪再次潜了下去。难道激流又将那只小猫拖回到黑暗而无底的深渊了？

突然，石楠爪叼着小莎草浮了上来。那小家伙正惊慌失措地摆动着四肢。他还活着！

狮爪浮出了水面，看到小莎草时，他的双眼明亮了起来。他游到石楠爪身边，用牙齿叼住了小猫的尾巴，然后，他们一起朝岸边游去。冬青爪在松鸦爪身边游着，她瞥了风爪一眼，想确认一下他有没有事。她看见那名黑色风族学徒叼着小燕的后颈，正奋力地朝岸边游去。

冬青爪的肌肉酸痛不已，但是她不敢停下来。小蓟的毛发堵住了她的嘴巴，每呼吸一次都很困难，但她还是目光坚定地看着岸边,奋力地向前游去。终于,她感到自己的后脚碰到了卵石。她往下探了探,一只前脚触到了湖底。谢谢你,星族!

　　游到浅滩上后,她放下了小蓟,停下来喘了口气,平息着自己的呼吸。石楠爪和狮爪已经躺在前方的沙滩上了,他们的胸口剧烈地起伏着,小莎草正蹲在他们旁边吐着水。

　　身后的卵石突然哗啦啦地响起来,松鸦爪紧跟着她游上了岸。

　　"你怎么知道树根能把我们带到湖里的? "冬青爪喘息道。

　　"它……它应该是这样的。"松鸦爪咳嗽着回答道。他朝岸边走了过去,小蓟蹒跚地跟在他身后。

　　风爪正在离沙滩几条尾巴远的地方游过来,小燕被他叼着,四肢扑腾着想要下来。

　　"我们都安全啦! "冬青爪喘息道。她走到狮爪和石楠爪那儿,颤抖的脚掌在卵石上滑来滑去:"你们还好吧? "

　　狮爪抬起了头:"几乎被淹掉了半条命。"

　　石楠爪喵呜了一声,用湿淋淋的尾巴弹了狮爪一下,然后站了起来。"我们最好把这几只小猫带回营地去。"她说。

　　冬青爪看了看岸边。黑莓丛和蕨丛簇拥着湖岸线,森林隐藏在它们身后。这是雷族的领地。"我们带他们到叶池那里去吧。"她建议道,"那儿更近,而且我们需要确保他们没事。"小莎草依然在吐水,小蓟瘫软在他旁边,虽然睁着双眼,但呼吸却很急促。

　　"冬青爪说得对。"松鸦爪来到他们旁边说道,"他们受惊过

度,需要治疗一下。"

小燕匆匆地朝他们走来,风爪陪在她身边。"这是我经历过的最恐怖的事!"她抖了抖身上的水珠。

"可以让叶池给你拿点药。"松鸦爪警告道。

风爪的眼里充满了怀疑:"叶池?"

"雷族营地离这里最近,"石楠爪告诉他,"我们应该给他们治疗一下。"

风爪紧盯着小燕。她的毛发上沾着血迹,岩石划破了她的皮毛。"好吧。"风爪最终同意道。

松鸦爪突然竖起了耳朵:"听。"

一声号叫穿透了夜空。冬青爪呆住了,她认出了父亲的声音。与之相对的,是风族猫恐吓的咆哮声。

"是从森林边界那里传过来的。"松鸦爪喵道。

难道他们的不辞而别,让事情变得更糟了?"如果我们还不赶快回去,会爆发一场战争的!"冬青爪喘息道。

狮爪跳了起来,焦急地说:"我们可以让他们看看小猫,如果他们知道小猫们是安全的,就没必要再打了。"

"我们要去打仗吗?"小燕的双眼瞪得像猫头鹰那么大。

"我可以帮忙打仗!"小莎草喵道。

"如果我们尽快赶到那里,就不会有战争了。"冬青爪喵道。小莎草还不知道,引发这么大的麻烦,也有他的责任,或许他要帮忙对付的,正是这些刚刚救了他的猫。"你觉得你们能行吗?"

"我们当然行！"小蓟弹了弹尾巴。

松鸦爪轮流嗅了嗅每一只小猫。"他们需要药草，"他忧虑地喵道，但随即又扬起了下巴，"但可以晚点儿再说。"

"走路会让他们暖和起来的。"石楠爪指出。

冬青爪带头朝岸上走去。她爬到岸上，推开了一片蕨丛，让其他猫也过去。石楠爪将小燕顶上了斜坡；风爪则跟着小蓟，把鼻子顶在小蓟的肚子上，以便缓解她的颤抖；狮爪叼着小莎草的脖子，将他甩上了陡峭的湖岸，落在了冬青爪的身边。等小猫们过去以后，冬青爪将蕨丛放了回去。狮爪突然睁大了眼睛，瞪着那些枝叶，好像他从未在树林里走过路一样。

"松鸦爪在干什么？"他盯着沙滩上的弟弟问道。

冬青爪眯起了眼睛。松鸦爪正蹲在一根棍子旁。

"你带领其他猫先走，"她对狮爪说，"我们会追上来的。"

她冲回到沙滩上，朝松鸦爪叫道："你没事吧？"

松鸦爪似乎没听到她的声音。他正闭着眼睛，一动不动地面对着那根棍子，像是睡着了一样。冬青爪走得更近了一些，觉得自己像一个入侵者。

"我们都很安全，正如你所承诺的。"松鸦爪将鼻子顶在那根光滑、苍白的木头上，自言自语地说，"谢谢你。"

"我们必须得走了！"冬青爪催促道。

松鸦爪还是一动不动。"慢走，落叶，"他小声说道，"我希望有一天，你能够找到自己的路走出来。"

"快点，松鸦爪！"他们必须得抓紧时间了。

边界处传来的号叫声更加惨烈了。

松鸦爪抬起头来："我这就来。"他离开那根棍子，走到了冬青爪身边。

"你在干什么？"

"这不重要。"松鸦爪回答道。冬青爪很了解他，他就是这个脾气。有时候，她希望自己能更了解松鸦爪一些。了解狮爪就容易得多，他和石楠爪的感情违反了武士守则，可他喜欢风族猫这件事并不神秘。但似乎有只看不见的爪子正引领着松鸦爪，他像是行走在一个她永远也无法走进的世界中。

他们追上了其他猫。冬青爪的胸口疼了起来，而且在隧道中走了那么久，她的脚掌也酸痛不已。在粗糙的岩石上走过之后，她觉得，森林里柔软的地面简直太舒服了。风爪加快了脚步，小猫们得疾行才跟得上他。小蓟被一条树根绊了一下，狮爪立即把她叼了起来。她没有抱怨，而是懒洋洋地挂在狮爪嘴边，双眼疲惫地眨着。

小莎草艰难地喘息着。

"我可以带着你。"冬青爪主动要求道。那只小猫摇了摇头，他喘得太厉害了，以至于说不出话来。

突然，小燕尖叫了一声。一根黑莓枝挂住了她的毛发。松鸦爪用牙齿拨开了它。冬青爪的心悬了起来。让小猫们在树林中跑这么快，真是太残忍了。但他们必须阻止这场战争。

"我们就快到了。"她喵道。

地面开始下陷,形成了一道斜坡,风爪奔跑了起来,小莎草和小燕跟着他滑了下去。

一声愤怒的咆哮回荡在森林中:"我告诉过你,我们没有抓你们的小猫!"

是火星的声音。

"那他们去哪儿了?"一星质问道,"河族也信誓旦旦地说,他们没有抓小猫,但他们总得有地方去啊。我们必须找到他们。"

"你要是敢踏过来一步,我们就撕碎你!"

冬青爪凝神看着她的族猫们。透过树林,她看到黑莓掌正和风族山沟这边的灰脚对峙着。火星和他的副族长肩并肩地站在一起。刺掌、白翅、蛛足和莓爪站在他们身后,毛发直立着。风族猫则站在他们对面,也竖着毛发、咧着嘴唇愤怒地咆哮。鸦羽在一星和灰脚旁边,撕扯着脚下的地面,他的爪子伸了出来。而枭羽和裂耳则在他们身后跑来跑去。

冬青爪的心怦怦直跳,她越过小猫们,跟着风爪冲了下去。黑莓枝从她身上弹了回来,抽到了鼻子。她从灌木丛中冲出来时,正好看到风爪跃过了山沟。

"住手!我们找到小猫了。"风爪号叫道。

"没必要打仗了!"冬青爪焦急地回头瞟了一眼,希望其他的猫赶紧跟上来。

灌木丛颤动起来,武士们惊讶地看到,石楠爪正将小莎草和

小燕推到空地上。两只小猫蹒跚着停了下来，在月光下眨着眼睛。狮爪走出黑莓丛，将小蓟轻轻地放在了他们身旁。松鸦爪也跟着他钻了出来。

狮爪背上的毛发竖立着，他瞥了石楠爪一眼，然后走上前去解释道："他们自己跑到——"

冬青爪打断了他。"他们跑到沙滩上去了，"她喵道，"他们搭了个营地，想要避雨。"

现在，把狮爪的秘密泄露出去还有什么意义呢，这只会给他惹来麻烦。两族之间的隧道已经被堵死了，它已经失去了战略意义。她瞥了其他猫一眼，暗自祈祷他们也赞同她的做法。

石楠爪点了点头，继续说道："他们就在雷族领地里的沙滩上。"她定定地注视着风爪，"狮爪、冬青爪和松鸦爪看到我们在找他们，便说他们找到了小猫们的气味。"

"什么气味？"一星喵呜道，"我们什么也没闻到啊。"

风爪眨了眨眼。"肯定是被雨水冲走了。"他喵道。

一星用尾巴向小猫们示意："到这边来！"

小莎草、小蓟和小燕不情愿地朝边界走去，他们一个个都贴着耳朵，拖着尾巴，在山沟边停了下来。

"你们为什么未经允许就擅自离开营地？"一星隔着山沟咆哮道。

小莎草扬起下巴回答道："我们想出去见见世面。"

"见见世面？"一星重复道，"就因为找你们，我们差点儿跟河族、雷族打起来。"

小燕耷拉下脑袋，沮丧地说："很抱歉。"

"我们没想到会弄成这个样子。"小蓟补充道。

"在沙滩上搭建营地很好玩。"小莎草瞥了石楠爪一眼，眼里充满了玩味。他不知道保守隧道的秘密意味着什么。

狮爪走到边界线旁问道："你说的是差点儿跟河族打起来？"

冬青爪立刻满怀希望地问道："还没有发生过战争吗？"

"我们给河族发出了最后通牒，限定他们黎明前交出小猫。"一星愤怒地叹了口气，"看来是错怪他们了，需要向他们道歉。"

"道歉？"裂耳甩了甩尾巴，"别忘了，河族曾越过我们的边界！"

"他们是因为被恶狗追赶才越界的。"一星提醒道。

"他们上次就是这么说的。"鸦羽咆哮道。

"我闻到了狗的气味，"一星咆哮道，"我们必须相信我们亲眼所见，亲耳所听到的事实。"

鸦羽竖起了毛发，争辩道："但他们还是有可能入侵。"

一星眯起了眼睛："他们也有可能像他们承诺的那样，搬回原来的营地。到下次森林大会时，一切都会水落石出。在此之前，我们正常巡逻就行。如果再看到那只狗，我们就教训它一下，让它乖乖地待在自己的地盘上。"

冬青爪松了一口气，突然觉得自己很虚弱。战争的威胁已经过去了，风族小猫们也安全了。她注意到火星正盯着她。

"看来你是对的，冬青爪。"火星喵呜道。

冬青爪低下了头。"之前，谁也没想过我是对的。"她喵道。

黑莓掌将尾巴覆在了她的腰上："你看起来累坏了。我们应该把你们都带回家去。"

"是的。"一星同意道。他越过边界，把小猫们接了过去。"小猫们惹了这么多麻烦，我十分抱歉。"

"我们也有小猫，"火星回答道，声音里隐隐地透着温暖，"所以我们知道这种感受。"

裂耳哼了一声，叼着小蓟的脖子转身走进了树林。枭羽叼起小燕，鸦羽则叼起了小莎草。

"谢谢你们带我们回来！"小莎草被带走时尖叫道。

黑莓掌瞥了松鸦爪一眼，他正在灌木丛旁徘徊着。"你还好吧？"

"我没事。"松鸦爪安慰道。他开始梳理起自己的毛发来。

冬青爪眨了眨眼。难道松鸦爪就毫不在意他们刚刚阻止了一场战争吗？自从离开湖边以后，他似乎就一直失魂落魄的。

"我也该走了。"风爪简单地朝冬青爪和狮爪点了点头。"一起走吗？"他盯着石楠爪问道。她正在边界处犹豫不决。

"我一会儿再走。"

风爪哼了一声，跟着族猫们离开了。

石楠爪走到狮爪身边，鼓起勇气将他们的尾巴缠绕在一起。"谢谢你帮忙。"

火星眯起了眼睛。冬青爪僵住了，她盯着自己的哥哥，焦急不安地等待他的回答。一场战争刚刚平息，但另外一场战争却激战正酣？

"对任何一只猫，我们都会这么做的。"狮爪平淡地回答道。

石楠爪的眼里涌上了一抹悲伤："你会成为一名伟大武士的，狮爪。"

狮爪眼睁睁地看着她跃过山沟，消失在阴影里。随即，他朝火星眨了眨眼："我们现在可以回去了吗？"

火星点了点头，领着族猫离开了。

狮爪已经得到了应有的教训。武士守则凌驾于一切友谊之上，它指导着武士们的一切行为，它所阻止的战争比它引发的要多。松鸦爪可以随心所欲地对待武士守则，那是因为他和星族有着特殊的关系，而冬青爪和狮爪都是武士，没有了武士守则，他们就什么都不是。

我已经不再是一名巫医学徒了，我不能再像过去那样和柳爪交朋友了。遵守武士守则才是我们应尽的义务，如果我们按照守则去做，族群间才会安宁。冬青爪默默地对自己说。

她感到浑身酸痛，四肢疲惫不堪，她就这样跟着族猫走进了森林。今晚，她可以睡个好觉了。

第二十一章

在经历了隧道狂奔和激流历险后,狮爪的肌肉酸痛不已,但他却一刻也不想待在营地里。他一觉睡到了大中午。蜡毛拒绝带他出去训练,说他得再好好地睡一晚才行。在干燥的床铺上,心里的疼痛让他坐立不安,辗转难眠。最终,他决定放弃安逸,到森林里去走走。

"你想要活动一下四肢吗?"溪儿的喵声吓了他一跳。狮爪一走出营地,就陷入了沉思。此时,西斜的太阳正透过树林斜射进来。

"总是休息,我都烦透了。"狮爪告诉她。

"你看起来好多了。"她评价道,"你昨晚的样子,像是到大山上跑了个来回。"

狮爪盯着自己的脚尖喵道:"找小猫们真的很辛苦。"

"但你们还是找到了。"溪儿提醒他。

"是的。"狮爪咕哝道。他开始朝山坡上的树林走去。

"我会留意你的!"溪儿在他身后叫道。

"我不会去太久的。"狮爪答应道。

他慢慢地穿过树林,朝隧道入口走去。看到那标志着隧道入口的黑莓丛时,狮爪心里的疼痛更加剧烈了。他从满是荆棘的枝叶下钻了过去,爬上了斜坡,停在石楠爪曾经躲藏的小山洞前。他想象着她现在的样子,想象着她湛蓝的眼眸中闪耀着的兴奋。

他永远都不可能再见到她那副幸福的模样了——作为一对朋友,作为一对拥有属于自己神秘领地的暗族小伙伴。在拥有这一切和对雷族忠诚这两者间,他只能取其一。

他闭上眼睛,想象那种感觉——她熟悉的气息从隧道入口飘散出来,自己依然能够闻到。他知道这一切都是妄想,道路已经被滑坡堵死了,同时也堵死了他最宝贵的情感。

"再见,石楠爪。"他对着隧道喃喃自语,希望风可以带着他的话语穿越黑暗,幻化成石楠爪在另一头等待着的样子……

星族应该不会有族别的鸿沟。想起被困在隧道中时,他以为自己会死的那一刻,那时的紧张现在还残留在爪间。他又该如何放弃他们的友谊呢?

他不得不这么做。

因为她也必须这样做。

一轮残月浮上天际,狮爪从森林的阴影里走出来,朝营地走去。微风吹拂着树冠,蕨丛噼啪作响,一夜间,又长出了许多新叶。

突然,有团毛发从身侧掠过。

狮爪跳了起来，尾巴不停地颤抖。

"我们为你感到自豪。"虎星的喵声悬浮在傍晚的暮色中。狮爪回过头，看到了那名虎斑武士微亮的剪影，以及在暮色中闪耀的琥珀色双眼。

又有一团毛发从身体的另一侧掠过。是鹰霜。

"你作出了正确的抉择。"那名虎斑武士告诉他。他用肩膀顶了顶狮爪。在他鬼魅般的触碰下，狮爪战栗了起来。

"我失去了最好的朋友，"他咕哝道，"我从未如此空虚过。"

"友谊一文不值。"虎星咆哮道，"你已经学会了重要的一课，那是我永远也教不了你的东西。但是我会教给你更多的本领。总有一天，你会无比强大，那时候，你根本就不需要朋友了。当那一天来临时，我保证，你永远都不会后悔选择成为武士这条路。"

下集预告

二部曲中，雷族营地遭遇獾群袭击时，暴毛和溪儿突然从急水部落回到了族群，族猫对于他们的突然拜访感到非常奇怪。这一谜底在《驱逐之战》中揭晓了！原来，急水部落遭到了外来者的入侵，而暴毛带领部落猫奋勇抵抗，却使得队伍伤亡惨重。

于是，尖石巫师下令驱逐他。此后的时间里，急水部落一直在入侵者的压迫下生活，苦不堪言。在这危急关头，部落猫鹰爪和无星之夜偷偷来到了四大族群生活的森林，想要寻求帮助。

族群间的战火已然平息，但边界纷争依然困扰着雷族。尽管如此，火星还是答应暴毛、溪儿、黑莓掌、松鼠飞以及雷族三剑客前往山区援助急水部落。回忆起当初前往太阳沉没之地的旅程，黑莓掌又动员褐皮和鸦羽加入了他们的队伍。就这样，曾经一起探险的几只小猫带着他们的孩子再次上路了（鸦羽带上了他的儿子风爪）。

到达山区后，族群猫忙着教部落猫打斗技巧、设置气味标记以及安排边界巡逻，希望以此来约束入侵者，结果却以失败告终。在没有其他选择的情况下，一场战争在所难免……

此外，松鸦爪在山区多次遇见岩石，关于三只小猫的预言一直困扰着他，可这些跟急水部落有什么关系？松鸦爪展开了一系列的探索。他能否揭开一个个的谜团呢？

赶快阅读《驱逐之战》来一探究竟吧！

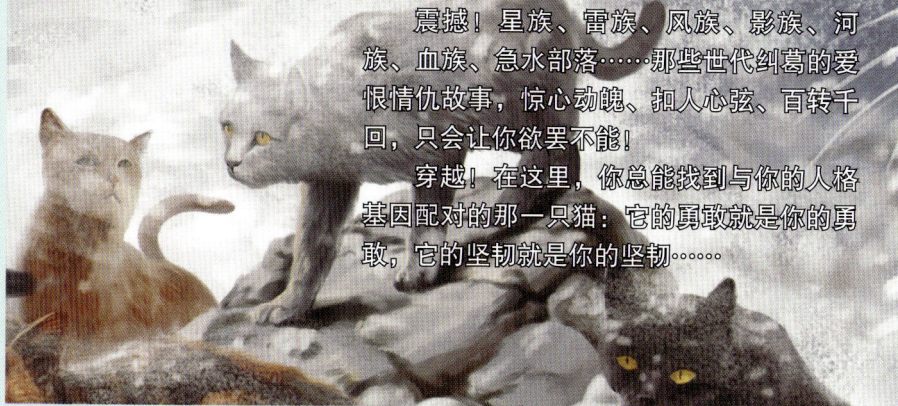

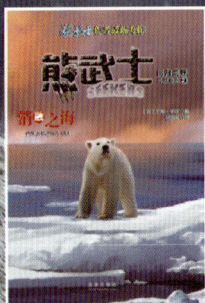

在冰天雪地、一望无际的地球北部，凶猛、强壮的熊武士们演绎着一段又一段神奇的传说……

《猫武士》作者团队创作的姊妹篇！这里的美丽让人窒息，这里的传奇更让人窒息！

世界上有三大奇幻经典：
《哈利·波特》《魔戒》，还有
一个……就是《纳尼亚传奇》！
《哈利·波特》的作者罗琳
女士曾经感慨，她的写作灵感是
受了《纳尼亚传奇》的启发；那
么，《纳尼亚传奇》启发你的作
品，将会是什么呢？